Norma Klein wurde 1938 in New York geboren. Immer schon hatte sie sich kleine Geschichten ausgedacht. Ihren ersten Roman schrieb sie, als sie 30 Jahre alt war. Ihre Tochter Jen Fleissner sagte einmal: »Mom benutzt oft Sachen aus unserem Leben für ihre Bücher. Tatsächlich hat sich einer meiner Freunde bei einem Konzert am Knöchel verletzt, wie Berger in ›Leda und die Anfänge der Liebe‹. Dass Mom so offen über Sex schrieb, störte uns nicht. So war es bei uns zu Hause: Sex und andere Tabu-Themen wurden offen und locker behandelt.«
Norma Klein ist 1989 gestorben.
In der ›Fischer Schatzinsel‹ und in der Reihe ›generation‹ sind von ihr bereits ›Leda und die Anfänge der Liebe‹ (Bd. 80144), ›Familienbande‹ (Bd. 80145), ›Der Weg zurück‹ (Bd. 80189), ›Lauras Baby‹ (Bd. 80211), ›Trennungen‹ (Bd 80212) und ›Der Tausch‹ (Bd. 80218) erschienen.

Unsere Adresse im Internet: www.fischer-tb.de

Man(n) hat's nicht leicht. Die 17-jährige Jody lebt in New York, ist emanzipiert und locker, besucht eine Privatschule und ist im letzten High-School-Jahr. In Jodys Schule sind feste Beziehungen absolut out, und Jody findet das auch gut so. Sie hat bereits mit einem Jungen geschlafen, mehr aus Lust als aus Liebe. Dann lernt sie während eines Praktikums in einem Chemielabor den gleichaltrigen Lyle kennen. Lyle kommt aus der Provinz und wohnt erst seit kurzem in New York. Lyle ist anders als die Jungen, mit denen Jody bisher befreundet war. Sie verlieben sich. Aber kann eine Beziehung gut gehen, in der von Anfang an alles verdreht ist?

Norma Klein

Man(n) hat's nicht leicht

Aus dem Amerikanischen
von Karen Nölle-Fischer

Fischer Taschenbuch Verlag

generation
Herausgegeben von Markus Niesen

Veröffentlicht im Fischer Taschenbuch Verlag GmbH,
Frankfurt am Main, April 2000

Lizenzausgabe mit freundlicher Genehmigung des
Alibaba Verlags GmbH, Frankfurt am Main
Die amerikanische Originalsausgabe erschien 1983
unter dem Titel ›It's okay if you don't love me‹
bei Dial Books, New York

Gesamtherstellung: Clausen & Bosse, Leck
Printed in Germany
ISBN 3-596-80292-X

Nach den Regeln der neuen Rechtschreibung

Eins

»Feigling.«

Wir standen uns am Netz gegenüber. Ich hatte den Tennisschläger in der Hand, aber Lyle stand nur da, auf seinen Schläger gestützt, und blinzelte mich an. Ich bewunderte, dass er sich immer auf die sonnenbeschienene Seite des Platzes stellte und nie eine Sonnenbrille trug. Ich trage nicht nur ständig meine Sonnenbrille, sondern auch noch den magischen grünen Plastiksonnenschirm. Er scheint wirklich Glück zu bringen. Bereits vorher war mein Spiel, bescheiden ausgedrückt, ziemlich gut, aber seit ich vor ein paar Monaten dieses grüne Plastikteil bekam, wurde ich richtig gut. Außerdem bin ich total empfindlich gegen die Sonne, vor allem, wenn ich Aufschlag habe. Eigentlich sollte ich Lyle nicht immer gegen die Sonne spielen lassen. Ich weiß, dass ist Ausdruck seiner Ritterlichkeit und so, und vielleicht sollte ich mir auch gar nicht so viel Gedanken machen, weil wir bis jetzt eh nur den Ball hin- und hergeschlagen haben

»Was hast du gegen Bälleschlagen?«, sagte er und lächelte mich an.

»Gar nichts, aber es macht mehr Spaß, einen Satz zu spielen.«

»Nur damit einer gewinnen kann?«

»Ja.«

Er machte ein skeptisches Gesicht.

»Schau, was hast du schon zu verlieren? Geht es gegen deinen Stolz, wenn ich gewinne?«

Wieder lächelte er. Ich mag sein Lächeln wirklich. Lyle sieht man total an, dass er nicht aus New York stammt. Vielleicht sollte ich das nicht sagen, wenn ich damit ausdrücken will, dass er nett ist, da ich selbst aus New York stamme, doch er hat etwas in seinem Verhalten, das einem noch auf Millionen Kilometer Entfernung sagen würde: Der ist nicht aus New York. Er ist groß und etwas schlaksig, mit grünlichen Augen und Haar von einer Farbe, die man wahrscheinlich als schmutzig-blond bezeichnen muss, und er hat dieses warme, sehr freundliche Lächeln. Er redet ziemlich langsam, so als ob er seine Worte sehr vorsichtig wählt, anders als ich. Ich sprudel die Dinge immer heraus. »Du scheinst ja wild entschlossen zu sein«, sagt er.

»Klar ... Und wir werden die Seiten den Regeln entsprechend wechseln.«

»Wird dich die Sonne nicht stören?«

»Also, wenn sie mich stört, dann dich auch. Du trägst ja noch nicht mal eine Sonnenbrille.«

»Mir macht es nicht so viel aus.«

»Egal. Gleiche Regeln für alle.«

Er drehte sich um, und ich rief: »M oder F?«

»Ich dachte, es heißt hart oder weich?«

»Wir sagen immer M oder F für Männer oder Frauen.«

»Gut, dann entscheide ich mich für M.«

Ich drehte den Schläger zwischen den Händen. »Okay, mal sehen ... Hmm, ich nehm den Aufschlag.«

Ich war nicht sicher, ob das so günstig war. Mein Aufschlag ist das, was ich am wenigsten im Griff habe. Wenn er klappt, ist er okay, doch ich scheine ihn in letzter Zeit nicht mehr so gut zu beherrschen wie früher. »Ich mach zwei zur Probe.«

»Du kannst so viele machen, wie du möchtest.«

Die ersten beiden gingen ins Aus, ein toller Anfang, doch hasse ich es, millionenfach Aufschlag zu üben, deshalb sagte ich nur: »Okay, ich bin so weit.«

Ich will mich hier jetzt nicht in einer Schlag-für-Schlag-Schilderung unseres ganzen Satzes verlieren, das Ergebnis war jedenfalls, dass ich verlor. Katastrophal. Schrecklich. Um die Wahrheit zu sagen, das Ergebnis lautete sechs zu null, das heißt, dass ich nicht einen mageren Punkt machte.

Lyle spielte phantastisch! Ob ich das nicht schon vorher durch die Ballwechsel hätte wissen sollen? Es gibt viele Leute – wie meine Freundin Marion –, die harte, flache Bälle schlagen, wenn es um nichts geht, und dann im Spiel total versagen. Oder sie platzieren die Bälle wie eine Einladung zu einem unerreichbaren Return. So ähnlich hatte ich es bei Lyle auch erwartet. Er schien nicht so der Kämpfertyp zu sein. Und der Eindruck bestätigte sich sogar, was die Sache noch schlimmer machte. Man merkte ihm direkt an, dass er gar nicht gewinnen *wollte*, dass es ihm peinlich war. Aber er hatte einen tollen Aufschlag, den ich kaum parieren konnte, und jedes Mal, wenn ich ans Netz kam, lobbte er den Ball entweder über mich hinweg oder schmetterte ihn an mir vorbei. Nach dem dritten Spiel verlor ich vollkommen den Mut. Ich weiß, dass man nie aufgeben sollte, doch mich überwältigte die schiere Blödheit der Sache. Da habe ich darauf bestanden, einen Satz zu spielen, während er total damit zufrieden war, Bälle hin- und herzuschlagen, und nun war ich die Totalverliererin und kam nicht einmal in die Nähe eines Balls. Ich war zu stolz, mitten im Spiel einfach zu sagen: »Lass uns aufhören«, und so stolperte ich chancenlos durch die nächsten drei Spiele. Als wir die Seiten wechselten und am Spielfeldrand aneinander vorbeigingen, lächelte er mich ein bisschen verlegen an.

Ich schaute nur finster drein.

Glücklicherweise marschierte gerade, als er seinen letzten Punkt gemacht hatte, ein Paar auf den Platz. Unsere Stunde war vorbei. Wir spielten Ecke Riverside / 120th Street, auf einem Platz, den ich sehr mag, weil man von dort einen Blick auf den Fluss hat. Selbst an heißen Tagen weht hier eine kühle Brise. Nach dem Spiel ist es schön, sich für eine Weile unter einen Baum zu setzen. Wir gingen vom Platz und ließen uns, die Schläger an der Seite, ins Gras plumpsen.

»Also, warum hast du's nicht gesagt?« Ich war so deprimiert, dass ich mich auf der Stelle hätte umbringen mögen.

»Was hätte ich sagen sollen?«

»Dass du so gut bist!«

»Du hast mich nie danach gefragt.«

»Nee, das läuft nicht ... Mein Gott, wenn *ich* so gut wäre, würde ich das aller Welt erzählen. Ich meine, wie du siehst, bin ich nicht so gut, wenn aber, würde ich es den Leuten *sagen*. Ich würde sie warnen.«

»Okay, vielleicht hätte ich es sagen sollen ... Ich dachte, ich hätte dir erzählt, dass ich in Ohio viel Tennis gespielt habe.«

Lyle stammt aus Ohio und war erst vor ein paar Monaten hierher gezogen. Ich traf ihn bei Sloan-Kettering, in diesem Labor, in dem wir beide den Sommer über arbeiteten. Wir sind beide im letzten High-School-Jahr und nutzen ein spezielles Angebot für Leute, die vor dem Abschluss stehen und sich für Naturwissenschaften interessieren; man arbeitet als eine Art Laborant. Es war ein toller Job, und er wurde sogar bezahlt, obwohl ich ihn auch ohne Bezahlung gemacht hätte, allein um der Erfahrung willen. Lyle arbeitete am anderen Ende des Korridors, und normalerweise hätten wir uns gar nicht näher kennen gelernt, aber eines Tages sagte er beim Mittagessen, zu dem sich alle in der Cafeteria zusammenfinden, dass er gar nicht wüsste, wie man an einen Pass für die städtischen Tennisplätze herankäme. So kamen wir ins Gespräch, und eines Tages ging ich mit ihm zu unserem Platzwart, wo er einen bekam. Heute haben wir zum ersten Mal gespielt. Unsere Jobs sind seit einer Woche beendet, und bald beginnt die Schule. Er geht auf die Bronx Science. Ich gehe schon seit der dritten Klasse aufs Talbot, eine Privatschule.

»Wann hast du mit Tennis angefangen?«, fragte ich. »Mit drei?«

»Mit acht. Meine Mutter war ziemlich gut und brachte es mir bei.«

»Wie Jimmy Connors, hmm?«

Lyle sah mich neugierig an. »Warum wolltest du unbedingt einen Satz spielen?«

»Warum nicht?« Ich fühle mich immer in der Defensive, wenn es darum geht, dass ich so gerne Sport treibe und mir so viel aus Sport mache. In den Magazinen liest man ständig, dass jüdische Mädchen nicht gern Sport treiben, weil sie Angst um ihre Frisur haben – und ähnliche blöde Vorurteile. Aber ich hab Sport schon immer gemocht, sogar Sportarten wie Basketball und Baseball. Zwar bietet unsere Schule kein sehr großes Sportprogramm, aber was es gab, hat mir immer Spaß gemacht, und ich hab immer zu den Besten gehört.

»Natürlich gibt es keinen Grund, nicht um Punkte zu spielen. Ich meine nur, du hättest schon beim Einspielen erkennen können, dass ich ziemlich gut bin.«

Ich seufzte. »Wahrscheinlich hast du Recht. Aber ich hoffte, dass du zu den Typen gehörst, die im Spiel zusammenbrechen.«

Er lachte. »Sehe ich so aus?«

»Man kann's nicht immer vom Aussehen ablesen.« Gott, wie peinlich.
»Jody, nimm es dir nicht so zu Herzen.«
»Warum nicht? Es ist mein unveräußerliches Recht, mich so lausig zu fühlen, wie ich will.«
»Nein, lass. Erstens bist du wirklich sehr gut. Die beste Tennisspielerin, gegen die ich je gespielt habe.«
Er konnte das nicht wissen, aber dieses Kompliment traf mich wie ein Schlag ins Genick. »Klar, hast du nicht erzählt, dass du auf einer Jungenschule warst? Gegen wie viele Mädchen hast du also schon gespielt?«
»Ach, gegen einige ... Du bist wirklich gut, das musst du doch wissen. Nur dein Aufschlag ist viel zu flach, und wenn es um Punkte geht, schlägst du nicht so hart wie vorher. Du schienst sehr nervös zu werden und hast den Ball dann nur lasch übers Netz gelöffelt, statt wirklich zuzuschlagen.«
»Vielleicht. Doch gewonnen hättest du auf jeden Fall.«
»Ist Gewinnen das Einzige, was zählt?«
»Ja!«
Er lächelte. »Das finde *ich* nicht. Wir scheinen unterschiedliche Lebenseinstellungen zu haben. Sieh mal, ich habe das Spiel ohne Punkte wirklich genossen. Warum sollen wir damit nicht weitermachen können?«
»Aber du bist viel besser als ich. Was hast du davon, mit mir einfach Bälle zu schlagen?«
»Weil du dabei jeden Ball zurückgebracht hast. Du schlägst wirklich hart. Hör mal, ich habe meine härtesten Bälle geschlagen, und du hast jeden gekontert. Das war ein wirklich gutes Training. Und wenn ich dir ein paar Tipps zum Aufschlag geben soll, werde ich das gerne tun.«
»Gern«, sagte ich niedergeschlagen.
»Du bist viel besser als viele der *Jungen*, gegen die ich ge-

spielt habe. Und überhaupt bin ich gut fünfzehn Zentimeter größer als du und wahrscheinlich dreißig oder vierzig Pfund schwerer. Das würde mir in jedem Fall einen leichten Vorteil verschaffen, selbst wenn wir gleich gut wären.«

»Wie groß bist du?«

»Einsachtzig. Und wie groß bist du?«

»Einsfünfundsechzig.«

»Und du wiegst ungefähr fünfzig Kilo?«

»Ungefähr.« In Wirklichkeit waren es fünfundfünfzig, aber fünfzig hört sich besser an.

»Also stimmt es doch, dass ich einen kleinen Vorteil habe, einfach vom Körperbau her, oder?«

»Ja, nur – ich hasse das!«, erwiderte ich heftig und riss dabei ein paar Grashalme aus.

»Warum? Was hasst du?«

»Es ist so unfair«, sagte ich. »Warum müssen Männer größer sein als Frauen? Ich seh nicht ein, wozu das gut sein soll.«

»Vielleicht war es biologisch gesehen notwendig.«

»War es nicht! Wozu denn? Meinst du, damit sie losgehen konnten, um wilde Tiere zu jagen und so?«

»Zum Teil.«

»Okay, vielleicht brauchten Männer oder wer auch immer dazu Muskeln und so, aber warum konnten Frauen nicht genauso stark sein? Ich meine, wem bringt es was, dass sie schwächer waren?«

»Vielleicht hat das was mit sexueller Selektion zu tun ... stärkere Männer waren für Frauen attraktiver.«

»Aber warum? Siehst du nicht, dass es auch umgekehrt hätte sein können? Warum hat die Natur oder Gott oder wer auch immer das Ganze nicht so geplant, dass Männer starke Frauen attraktiv finden? Und warum sind überhaupt Unterschiede eingebaut worden?«

»Wünschst du dir, dass Männer und Frauen genau gleich wären? Dass es überhaupt keine Unterschiede gibt?«
»Nein, ich kann, glaub ich, schon geschlechtliche Unterschiede akzeptieren. Trotzdem, wenn ich Gott wäre, hätte ich das alles etwas anders gemacht.«
»Wie hättest du es denn gemacht?« Er neckte mich ein bisschen, ohne gemein zu werden.
»Nun, wahrscheinlich so, dass beide schwanger werden können, der Mann oder die Frau. So würde keiner wissen, wer schwanger wird, wenn sie miteinander schlafen.«
»Das würde in der Tat für einige Überraschungen sorgen«, sagte Lyle lachend.
Immer wenn ich was sage, schaut mich Lyle irgendwie verdutzt an, so als ob er noch nie jemanden wie mich gesehen hätte. Hoffentlich findet er mich nicht komisch. Ich erwiderte unbeirrt seinen Blick. Ich hasse es, wenn mich jemand so lange anstarrt, bis ich wegschauen muss.
»Wenn du mich geschlagen hättest, wärst du dann jetzt glücklich?«
Ich nickte.
»Warum liegt dir so viel am Gewinnen?«
»Das geht doch jedem so! Dir nicht auch, wenn du ehrlich bist?«
»Es gibt Wichtigeres.«
»Vielleicht kommt das daher, dass du kein Jude bist. Juden wollen immer gewinnen, immer die Besten sein.«
»Aber nicht im Sport.«
»Sie treiben nur deshalb keinen Sport, weil sie da nicht die Besten sein können.«
»Bist du Jüdin?«
»Nein, ich bin Zen-Buddhistin.«
»Wie hätte ich das wissen sollen?«

»Weil ich ein besonderer Typ bin. In New York sind Mädchen wie ich Dutzendware.«
»Was für 'n Typ?«
»Irgendwie aggressiv, aber unsicher. Später werden wir alle Ärztinnen und Anwältinnen und gehen neun Millionen Jahre lang jede Woche zum Psychiater.«
Dazu sagte er nichts. »Und, willst du weiter mit mir Tennis spielen?«
»Gern.«
Er lehnte sich zurück und schaute über den Fluss. »Hoffentlich komme ich in New York zurecht. Na, es ist ja nur für ein Jahr.«
»Was meinst du mit ›nur für ein Jahr‹?«
»Na ja, im nächsten Jahr gehe ich aufs College. Du nicht?«
»Doch, klar, natürlich. Unglaublich, dass es schon so bald ist. Wo willst du studieren?«
»Tja, mein Vater hat in Yale studiert, deshalb werde ich mich wohl dort bewerben. Und vielleicht in Princeton und Haverford. Ich muss sehen, wo ich ein Stipendium bekomme.«
»Wieso?«
Einen Augenblick lang antwortete er nicht. »Meine Eltern sind vor sechs Monaten gestorben. Sie sind bei einem Autounfall umgekommen. Darum bin ich hier. Ich wohne bei meiner Schwester. Sie ist verheiratet.« Er brach ab.
»Oh.« Ich wusste nicht, was ich sagen sollte. Ich kam mir richtig blöd vor, dass ich mich mit dem Tennis so wichtig genommen hatte.
Nach ein paar Minuten sagte er: »Ich denke, es wird schon hinhauen. Sie haben gerade ein Baby bekommen, und ihre Wohnung ist ziemlich klein, deshalb ist es nicht unbedingt ideal, was den Platz angeht. Ich hätte auch in Ohio bleiben und bei der Familie von Kent, das ist mein bester Freund

dort, wohnen können, aber Renee wollte, dass ich zu ihnen komme. Ihr Mann hat hier einen Job.«

»Haben deine Eltern kein Geld hinterlassen? Brauchst du deshalb ein Stipendium?«

»Doch, sie haben was hinterlassen, aber nicht viel. Mein Vater hat Biologie an einem kleinen College unterrichtet, sein Gehalt war eher bescheiden, und meine Mutter hat Flötenunterricht gegeben.«

Ich versuchte mir vorzustellen, wie es wäre, keine Familie mehr zu haben außer Eric. Natürlich ist es bei meiner Familie ein bisschen anders, trotzdem leuchtete mir ein, wie schrecklich das wäre. »Wärst du lieber in Ohio geblieben?«

»In mancher Hinsicht wäre es vielleicht einfacher gewesen.«

»Hast du immer dort gelebt?«

Er nickte. »Na ja, als ich ein Baby war, lebten meine Eltern in Boston, aber als ich vier war, sind sie nach Ohio gezogen, sodass ich mich daran nicht mehr richtig erinnere. Hast du schon immer in New York gelebt?«

»Nein. Als ich klein war, haben wir eine Weile in San Francisco gewohnt, aber das war wohl eher ein Schlag ins Wasser. Meine Mutter war da erst vierundzwanzig. Sie meint, dass sie viel zu jung geheiratet hat. Deshalb hat sie sich eines Tages getrennt und ist nach Kalifornien gezogen, ohne dort eine Menschenseele zu kennen. Ich glaube, das war der Sinn der Sache – irgendwo hinzugehen, wo sie niemanden kannte.«

»Was ist mit deinem Vater?«

»Oh, er war in Scarsdale geblieben. Er baute dort gerade seine Praxis auf, er ist Zahnarzt. Im Grunde glaube ich, dass Mama Angst hatte. Wenn sie nicht weit genug von Papa weg wäre, hat sie befürchtet, würde sie doch wieder zu ihm zurückgehen, unseretwegen. Aber sie hat sich in Kalifornien nicht richtig wohl gefühlt, deshalb ist sie nach einiger Zeit nach New York zurückgekehrt.«

Lyle räusperte sich. »Aber es kam mir so vor, als wäre ein Mann am Telefon gewesen, als ich anrief, ein älterer Mann. War das nicht dein Vater?«

»Mm-mh. Er lebt immer noch in Scarsdale mit Boots und ihren Kindern. Er ist schon lange wieder verheiratet ... Ich nehme an, das war Elliott.«

»Elliott?«

»Mamas Freund. Er wohnt bei uns.«

»Wohnt er als Untermieter da?«

»Was?«

»Ich meine, na ja, da, wo ich herkomme, vermieten die Leute Zimmer, wenn sie ein großes Haus haben. Um die Kosten zu mindern.«

»Oh, jetzt verstehe ich, was du meinst. Na ja, Elliott teilt sich schon die Miete mit Mama. Ich bin mir nicht sicher, ob sie sie ganz genau teilen, weil er, glaube ich zumindest, nicht viel Geld hat. Er war verheiratet, aber jetzt – na, geschieden ist er noch nicht, aber er lebt getrennt von seiner Frau. Die will sich nicht scheiden lassen.«

»Das muss hart sein für deine Mutter«, sagte Lyle mitfühlend.

»Mm-mh! Mama sagt, keine zehn Pferde würden sie dazu bringen, noch mal zu heiraten. Natürlich hat sie das auch gesagt, bevor sie Philip heiratete. Diesmal behauptet sie aber, dass sie es ernst meint.«

»Wer ist Philip?«

»Mein Stiefvater. Er lebt hier ganz in der Nähe. Er unterrichtet Physik an der Columbia University.«

Wenn ich jemandem unsere Familiengeschichte erzähle, sehe ich den Leuten an, dass ich ihnen Leid tue. Einerseits denken

sie: Armes Ding, ihre Eltern haben sich getrennt, als sie noch so klein war, noch ein Baby. Aber ich habe wirklich kaum noch Erinnerungen an die Zeit damals. Elliott würde wahrscheinlich sagen, ich verdränge sie, aber, um die Wahrheit zu sagen, habe ich eigentlich nicht einmal mehr richtige Erinnerungen an die Zeit in Kalifornien. Ich war erst drei, als wir dorthin zogen – Eric war anderthalb –, und fünf, als wir zurückkamen. Selbst aus der ersten Zeit nach der Rückkehr nach New York erinnere ich mich nur an eines deutlich, nämlich, dass Mama damals in einer literarischen Agentur arbeitete, bevor sie dann später mit ihrer Freundin Henrietta eine eigene gründete. Bis dahin war sie tagsüber immer zu Hause, und seitdem ist sie fast nie mehr da.
Als Mama und Philip sich trennten, habe ich ziemlich gelitten. Ich war acht, als sie heirateten, und dreizehn, als sie sich trennten, und obwohl Mama sagt, es wären die härtesten fünf Jahre ihres Lebens gewesen, waren sie für mich ziemlich schön. Ich mochte Philip wirklich gerne. Altersbedingt hatte ich noch die Hoffnung, Mama würde aufhören zu arbeiten und mehr Kinder kriegen. Ich weiß noch, dass ich ständig quengelte, sie sollten doch bitte noch mehr Kinder kriegen. Wahrscheinlich war ich eine ziemliche Pest.
Das versuchte ich Lyle zu erklären. »Mama sagt, ihr größtes Problem ist, dass sie bis jetzt immer den Mann geheiratet hat, in den sie verliebt war. Mittlerweile ist ihr klar, dass man einen Mann lieben kann, ohne mit ihm zusammenleben zu müssen. Was nicht heißt, dass sie ihre Ehen bereut. Ich meine, selbst in Bezug auf Philip reagiert sie wirklich sauer, wenn Freunde zu ihr sagen: ›Mein Gott, bin ich froh, dass du dich von Philip getrennt hast, den konnte ich wirklich nicht ausstehen.‹ Sie antwortet dann: ›Schließlich war ich mit ihm verheiratet.‹ Das kann ich gut verstehen.«

Lyle saß da und schaute mich ernst und freundlich an. »Das muss hart für dich gewesen sein«, sagte er schließlich, »diese ständigen Umstellungen.«
»Ach, eigentlich nicht. Außerdem sehe ich Philip noch immer häufig. Er ist eher ein Freund als ein Stiefvater. Er hat mir das Schachspielen beigebracht.«
Lyle lächelte. »Vielleicht können wir mal zusammen spielen.«
Ich schüttelte den Kopf. »Niemals! Wahrscheinlich bist du so eine Art Bobby-Fischer-Senkrechtstarter.«
»Jody, ich bin nicht in allem gut«, sagte Lyle. »Ich glaube, du machst dir da ein falsches Bild.«
»Was kannst du denn nicht?«
Er wurde rot. »Vielleicht sollten wir lieber gehen«, sagte er. »Renee sieht es gerne, wenn ich um sechs zu Hause bin.« Er wollte mich nach Hause begleiten, aber ich sagte ihm, dass ich nur ein Stück mit dem Bus den Riverside Drive runter müsste. Und er hätte deswegen einen Riesenumweg machen müssen, weil seine Schwester in der Bronx wohnt. Ich kenne niemanden, der in der Bronx wohnt, ja, ich war selbst bis jetzt so gut wie noch nie da. Für mich ist die Bronx fast so was wie ein anderer Bundesstaat.

Zwei

Auf dem Weg nach Hause fing ich an, darüber nachzudenken, was es hieß, dass Lyle eine Waise war. Ich habe noch nie jemanden gekannt, der keine Eltern mehr hatte. Ich habe auch nicht den Eindruck, dass es noch so viele Waisen gibt wie früher, aber vielleicht bekommt man auch bloß nichts davon mit. Obwohl ich glaube, dass es schon etwas anderes ist, ob man mit siebzehn Waise wird oder bereits als Baby. Lyle merkt man jedenfalls an, dass er nicht genau ausspricht, was er fühlt, aber dass es irgendwo in seinem Innern verborgen ist. Ich hätte gerne mehr über seine Eltern gewusst, wie sie gewesen waren und wie er mit ihnen ausgekommen war, aber als er anfing, über sie zu reden, war seine Stimme wie zugeschnürt, so als ob es ihm weh täte, darüber zu reden.

Komischerweise schien er über meine Familie so ähnlich zu denken wie ich über seine, als ob Mamas doppelte Scheidung mich auch zur Waise macht. Ich denk mal, er weiß schlicht nicht, dass hier in New York alle Eltern geschieden sind. In meiner Schule gibt es kaum jemanden, der noch mit den beiden Original-Eltern unter einem Dach lebt. So etwas scheint eine echte Rarität zu sein. Deshalb kommt mir unsere Familienkonstellation keineswegs seltsam oder ungewöhnlich vor. Und ehrlich gesagt bin ich froh, dass Mama Elliott nicht heiraten will. Nicht, dass ich was dagegen hätte, wenn sie sich noch einmal scheiden ließe. Aber er ist halt ein bisschen – na ja, Mama hat was dagegen, wenn ich dauernd ätzend sage, deshalb sage ich lieber, er ist halt ein bisschen schwerfällig. Er ist Professor für Psychologie und hat lauter total veraltete Ideen über Frauen, von denen man annehmen sollte, dass sie Mama auf die Nerven gehen würden, aber sie gleitet einfach irgendwie darüber hinweg.

Wenn ich Elliott davon erzählen würde, wie wütend ich geworden bin, weil ich gegen Lyle beim Tennis verloren habe, bekäme ich von ihm einen ganzen Vortrag zu hören. Alles läge daran, dass ich lieber ein Junge wäre und dass ich meine Weiblichkeit nicht akzeptiere und all so was. Das stimmt nicht! Ich will kein Junge sein! Ich will bloß eine wirklich gute Tennisspielerin sein. Warum kann ich nicht einsachtzig groß sein und mich einfach darüber freuen? Wenn ich als Mädchen einsachtzig wäre, müsste ich mir schon wieder Sorgen machen, es sei denn, ich gehörte zu diesen superselbstbewussten Frauen, und das ist nicht der Fall. Aber wenn ich einsachtzig wäre, wäre ich auf alle Fälle eine bessere Tennisspielerin. Ich wäre vielleicht immer noch nicht so gut wie Lyle, aber ich wette, mein Aufschlag wäre besser.

»Wer hat gewonnen?«, fragte Eric. Ich hatte ihm erzählt, dass ich heute vielleicht einen oder zwei Sätze gegen Lyle spielen würde. Eric ist total unsportlich, wie Mama, deshalb hat er überhaupt kein Verständnis dafür, dass mir Sport so wichtig ist.

»Er«, murmelte ich und ging unter die Dusche. Ich muss das Badezimmer meines Bruders mitbenutzen, weil ich in meinem keine Dusche hab.

»Wie hoch?« Das ist wirklich typisch für Eric. Ich glaube nicht, dass er das Ergebnis an sich wissen will. Er hat nur diese hinterhältige Art, mich zu demütigen.

»Sechs zu zwei«, sagte ich. *Sechs zu null* brachte ich einfach nicht über die Lippen.

»Er muss ziemlich gut sein«, bemerkte Eric. Er lag auf seinem Bett und las irgendeinen Sciencefictionroman, wie so häufig.

»Ja, er war ziemlich gut«, antwortete ich.

Die Dusche in Erics Badezimmer ist klasse. Sie wird als Nadeldusche bezeichnet, weil man auf einen Extraknopf drücken kann und das Wasser dann von allen Seiten kommt. Es mag masochistisch klingen, aber ich liebe es, so kochend heiß zu duschen, dass ich fast ohnmächtig werde. Dann lege ich mich hin und erhole mich langsam. Ich lag auf dem zweiten Bett in Erics Zimmer, irgendwie hingeflegelt und mit einem Handtuch umwickelt, als Elliott reinschaute und fragte: »Wie hungrig seid ihr, Leute?«

»Am Verhungern«, sagten wir unisono.

»Könnt ihr bis sieben warten?«

»Haben wir eine Wahl?«, fragte Eric.

»Sicher, macht euch selbst einen Hamburger.«

»Okay, wir warten.«

Das mit dem Essen bei uns zu Hause könnte durchaus besser geregelt sein. Da Mama den ganz Tag arbeitet, hat sie beschlossen, dass es unfair wäre, wenn sie auch noch jeden Abend kochen müsste. Deshalb kochen Eric und ich an manchen Abenden – wir tun das, seitdem wir zehn sind. Als Elliott zu uns zog, meinte er, dass er sich selbstverständlich an unserer Essensvorbereitung und anderen Haushaltspflichten beteiligen würde. Das Problem ist nur, dass seine Spezialität die chinesische Küche ist – er hat mal einen chinesischen Kochkurs besucht. Anfangs bereitete er diese gigantischen Festmahle zu, die nie vor elf Uhr abends fertig waren, sodass alle bis dahin schon vor Hunger umfielen. Mama sagte, es wäre ein Trick, um sie dazu zu bringen, selbst wieder das Kochen zu übernehmen. Sie erlaubte auch allen in der Familie, früher zu essen, wenn sie sich ihren eigenen Kram zubereiteten. Grundsätzlich halte ich das für eine gute Idee, doch habe ich nicht immer Lust zum Kochen, und Hamburger können einem auf die Dauer zum Hals raushängen. In letzter Zeit schafft Elliott es allerdings auch oft, abends etwas früher fertig zu werden.

Nachdem ich mich vom Duschen erholt hatte, ging ich in die Küche, um mir Saft und Brezel zu holen. Mama war noch nicht zu Hause. Sie kommt abends oft erst nach sechs.

»Mit wem hast du heute Tennis gespielt?«, fragte Elliott. Er putzte gerade seltsam aussehendes Gemüse auf diesem Spezialplastikbrett, das er mitgebracht hat, als er letztes Jahr bei uns einzog. Er besitzt lauter so Spezialgeräte wie Woks und dergleichen, sodass unsere Küche ziemlich überfüllt ist.

»Lyle Alexander. Ich habe ihn diesen Sommer kennen gelernt.«

»Bei Sloan-Kettering?«

»Ja.« Ich habe immer das Gefühl, dass Elliott alle Informationen, die ich ihm gebe, speichert und sie in einem kleinen Schubfach in seinem Gedächtnis ablegt, als Material für eine Arbeit über neurotische Störungen bei siebzehnjährigen jüdischen Mädchen. Mama meint, er sei einfach nur schüchtern und ich solle mich nicht darüber aufregen oder es persönlich nehmen. Elliott ist neunundvierzig, zehn Jahre älter als Mama. Er hat krause, angegraute Haare und sehr dicke schwarze Augenbrauen; um die Mitte ist er ein bisschen breit gebaut. Philip war fünf Jahre jünger als Mama, deshalb weiß ich nicht, warum sie sich auf einmal jemanden ausgesucht hat, der so viel älter ist. Ich nehme an, über Geschmack lässt sich nicht streiten.

»Mein Aufschlag war heute nicht der beste«, sagte ich und biss in eine Brezel. Ich muss gestehen, dass es ganz interessant ist, Elliott beim Kochen zuzusehen. Er hackt unablässig irgendetwas klein und stellt es beiseite, um das Nächste zu putzen. Man sieht überall kleine Häufchen liegen und denkt: Und daraus soll tatsächlich eine Mahlzeit werden? Bis plötzlich, vielleicht acht Stunden später, wenn du kurz vor der Ohnmacht bist, weil dein Blutzuckerspiegel auf null ist, ein fertiges Mahl auf dem Tisch steht, das meistens sogar ziemlich gut schmeckt.

»Oh? Hat das dein Spiel kaputt gemacht?«

»Mmh.« Ich setzte mich auf einen Hocker. »Ich glaube, ich war zu sehr darauf aus, zu gewinnen, und dadurch habe ich schlechter gespielt als sonst.«

»Das kann passieren. Mit Ehrgeiz kann man manchmal schlecht umgehen.«

»Geht dir das auch so?«

Elliott schaute erschrocken auf. »Mir persönlich? Ja, ich weiß nicht ... ich glaub schon, dass ich manchmal ehrgeizig bin, auf manchen Gebieten jedenfalls. Obwohl ich zugeben muss, dass ich meine Probleme damit gehabt habe.«

»Inwiefern?«

»Nun, ich denke, Männer sind schlicht so gemacht, dass sie das Gefühl haben, sich draußen in der Welt beweisen zu müssen, dass sie gut sind. Und natürlich werden sie von ihren Frauen darin bestärkt.«

»Echt?« Elliott hat dieses Vorurteil gegen Ehefrauen, und ab und zu kommt es an die Oberfläche.

»Okay, vielleicht nicht alle Ehefrauen. Da ich nur eine gehabt habe, kann ich nur von ihr sprechen. Ich habe zu ihr immer gesagt: ›Pam, wenn du willst, dass ich alles beiseite lege und nur noch die Hälfte verdiene, ist das in Ordnung. Wir müssen dann sparsamer leben, aber für mich ist das okay.‹ Doch sie wollte es nicht wirklich, Jody. Das ist der Widerspruch bei Ehefrauen. Sie behaupten, sie möchten, dass du sanft und lieb und emanzipiert bist, aber gleichzeitig rennen sie jedem Hans und Franz nach, sobald er erfolgreicher zu sein scheint als du, auch wenn er all die Eigenschaften besitzt, über die sie sonst ständig herziehen.« Er machte eine betrübte Miene und warf irgendwelche grünblättrigen Dinger in den Abfall.

Ich wollte nicht weiter auf das Thema Elliots Ehefrau eingehen. Wenn man ihm zuhört, muss sie ein totales Miststück gewesen sein und, wie er sagt, »in ihren Wertvorstellungen inkonsequent bis zum Gehtnichtmehr«. Ich finde, da ist was dran. Ich meine, wenn man schon inkonsequent ist, warum dann nicht bis in die letzte Konsequenz?

Nach dem Essen rief Lyle an. »Wie geht es dir, Jody?«

»Ich fühl mich wie ein Kloß. Wir haben gerade acht Gänge gegessen.«

»Nein, ich meine, du sahst so niedergeschlagen aus, als du in den Bus gestiegen bist.«

»Mach dir keine Sorgen. Ernsthaft. Elliott würde sagen, dass es nur daher kommt, dass ich die Männer ausstechen will ... Er hat nicht ganz Unrecht. Ich wette, wenn ich verloren hätte und du ein Mädchen gewesen wärst, hätte es mir nicht so viel ausgemacht.«

»Wirklich?«

»Ja, ich meine, es hätte mir immer noch was ausgemacht, aber ich würde mich nicht so total vernichtet und gedemütigt fühlen.«

»Das solltest du auch nicht.«

»Ich weiß. Ich arbeite dran.«

Pause.

»Ich rufe an, weil ich wissen möchte, ob du vielleicht Lust hast, am Samstag mit ins Kino zu gehen oder was anderes zu unternehmen?«

»Klar.«
»Wann würde es dir passen?«
»Willst du zum Essen kommen?«
»Macht das deiner Mutter nicht zu viel Arbeit?«
Er hat wirklich unglaubliche Manieren, dieser Bursche. Ich frage mich, ob die Schule, die er besucht hat, eine Art Militärakademie gewesen ist. »Komm um sieben. Magst du chinesisches Essen?«
»Ich hab es noch nicht oft gegessen, aber ich werde es gerne probieren.«
Als ich den Hörer auflegte, wurde mir plötzlich ein bisschen mulmig. Warum muss ich ihn gleich zum Essen einladen? Wenn ich ihm schon seltsam vorkomme, na, was wird dann erst, wenn er den ganzen Laden hier in Aktion erlebt? Andererseits habe ich nichts zu verbergen. Ich meine, schließlich *ist* es meine Familie, und sie hat eindeutig liebenswerte Seiten. Vielleicht wird er es interessant finden, eine richtige New Yorker Familie kennen zu lernen. Vielleicht sehe ich ihn nie wieder, wer weiß.

Drei

»Ich möchte, dass Lyle entscheidet«, sagte Mama. Sie hatte heute Abend gekocht, deshalb gab es nur Lammkoteletts mit grünen Bohnen und gebackene Kartoffeln.

»Er kennt dich nicht einmal«, sagte Eric.

»Darum geht's ja«, antwortete Mama. »Er wird objektiv urteilen.«

»Beth, lass den Jungen doch in Ruhe seine Lammkoteletts essen«, meinte Elliott.

»Ich möchte einfach meine Sicht der Dinge darlegen«, sagte Mama, »da ihr euch alle so verdammt stur stellt.«

Lyle saß da, aß still vor sich hin und kümmerte sich nur um sich selbst, was in unserer Familie ziemlich selten vorkommt.

»Ich wäre gern bereit, meine Meinung zu sagen«, meinte er, »nur glaube ich nicht, dass ich richtig verstanden habe, worum es geht.«

»Findest du, dass ich zu alt bin, um noch ein Kind zu bekommen?«, fragte Mama.

»Beth, das ist eindeutig eine unfaire Fragestellung«, sagte Elliott.

»Lass ihn doch antworten!« rief sie.

»Wie alt sind Sie?« fragte Lyle.

»Neununddreißig. Okay, also, es geht um Folgendes. Ich hab diese Kinder« – sie zeigte auf mich und Eric – »bekommen, als ich selbst noch ein Kind war. Ich war zweiundzwanzig, mein Gott, ich war vollkommen unbedarft. Ich hab sie irgendwie großgezogen, nach Dr. Spock, nach irgendwelchen altmodischen Vorstellungen aus einem Buch, und ich glaube – ich sage nicht, dass ich es tun werde –, aber ich glaube halt, dass es interessant wäre, jetzt ein Kind zu bekommen, wo ich mein Leben so ziemlich im Griff habe.«

Elliott hob eine Hand in die Luft und intonierte mit tiefer Stimme: »Zur Hölle mit Ihnen, Rifka Rabinowitz.«

Mama wurde richtig wütend. »Das hat nichts mit Rifka Rabinowitz zu tun.«

Eric sagte: »Klar, klar doch.«

Rifka Rabinowitz ist eine alte Freundin von Mama, die zwei Kinder im Teenageralter hat. Plötzlich, vor zirka drei Jahren, bekam sie ein Baby – Judd. Mittlerweile steckt sie voller verrückter Ideen über Kindererziehung: Die Kleinen sollten jahrelang gestillt werden, zum Beispiel, und von Geburt an bei den Eltern im Bett schlafen. Sie ist sogar der Meinung, dass alle in ihrer Familie im gleichen Zimmer schlafen sollen, selbst Trudy und Evan. Weshalb, habe ich vergessen, klingt aber, als wäre es für alle Beteiligten bescheuert.

»Was wirst du mit diesem Kind machen?«, fragte Elliott.

»Machen? Was meinst du mit machen? Ich werde es mit ins Büro nehmen. Darum geht es doch! Früher wurde alles mit Tagesmüttern und Kinderkrippen geregelt, und alles lief streng nach Plan. Heute würde ich das Kind einfach mitnehmen und in einer Kiste oder so in der Ecke schlafen lassen.«

»Liebling, ich glaube, was Kleinkinder angeht, ist dein Gedächtnis ein bisschen getrübt.«

»Wie dem auch sei«, sagte Eric, »was ist an uns so schlecht?«

»Schlecht ist das falsche Wort«, meinte Mama, »aber ihr seid nicht richtig frei. Ihr habt noch die gleichen Komplexe wie unsere Generation.«

»Jede Generation hat ihre Komplexe«, meinte Elliott. »Das liegt in der menschlichen Natur.«
»Sei still, du Pessimist!«, sagte Mama. »Na, Lyle, du sitzt so ruhig dabei, aber nach deiner Miene zu urteilen, wirst du uns gleich eine kluge Zusammenfassung liefern, die die Sache in einem neuen Licht erscheinen lässt.«
In Wirklichkeit saß Lyle wahrscheinlich da und dachte: ›Wie bin ich nur in dieses Irrenhaus geraten?‹ Doch er antwortete: »Vielleicht sollte man in dem Zusammenhang auch an die Überbevölkerung denken.«
»Da!« Elliott war entzückt. »Ein Mann nach meinem Herzen, ein Mann der Vernunft.«
»Du musst gerade das Maul aufreißen!«, schrie Mama. »Du hast vier.«
»Das lag nicht an mir«, antwortete Elliott hastig. »Das lag an Pam.«
»Ach, komm schon. Es gehören immer noch zwei dazu, ein Baby zu machen«, sagte Mama.
»Sag bloß, Mama«, sagte Eric. »Hey, hör zu, ich muss mich um acht mit Dick treffen. Wollen wir die ganze Nacht weiter diskutieren?«
Mama und Elliott brachten eine Melone herein. »Nein, ich finde Lyles Gedanken durchaus wertvoll«, antwortete Mama. »Er hat Recht. Obwohl, drei sind vielleicht ein Grenzfall, meint ihr nicht? Ich meine, vier sind eindeutig unverzeihlich, im Licht der Überbevölkerung gesehen, aber drei?«
»Unsere Lehrerin, Mrs. Littman, meint, schon ein Einziges ist unverzeihlich«, sagte Eric.
»Ach, so was ist doch nur blöde«, meinte Mama und brauste erneut auf. »Niemand auf der Welt soll mehr Kinder bekommen? Wie soll das irgendwelche Probleme lösen?«

»Sie sagt nur, dass niemand gezwungen werden sollte, Kinder zur Welt zu bringen«, sagte Eric.

»Wer redet denn von Zwang? Natürlich sollte niemand gezwungen werden, Kinder zu kriegen. Hör mal, wenn du und Jody keine haben wollt, dann lasst es eben bleiben. Mir geht es um die, die Kinder wollen. Lyle, wie viele Kinder willst du denn eines Tages kriegen?«

»Er will gar keine kriegen, weil er kein Mädchen ist«, sagte Eric und kringelte sich über seinen gelungenen Witz.

»Ich habe darüber noch nicht nachgedacht«, antwortete Lyle. »Ein oder zwei klingt nach einer guten Zahl.«

»Du wirst bestimmt ein sehr guter Vater«, meinte Mama und sah ihn unverwandt an. »Das sehe ich dir an. Du solltest auf jeden Fall eine Familie gründen.«

»Was ist mit mir?«, fragte Eric. »Werde ich auch ein sehr guter Vater?«

»Du!« Sie stöhnte. »Darüber will ich lieber nicht nachdenken.«

»Na gut, ich werde eh keine kriegen«, meinte Eric. »Ich lass mich sterilisieren, sobald ich achtzehn bin. Dann kann ich mit so viel Frauen schlafen, wie ich will, und brauch mir keine Sorgen zu machen.«

»Jesus!«, sagte Elliott.

»Typisch«, sagte Mama. »So ist das mit eurer Generation. Ihr bildet euch ein, alles zu wissen, und dabei wisst ihr überhaupt nichts. Eine Sterilisation, Herrgott noch mal.«

»Mama, er nimmt dich nur auf den Arm«, erklärte ich.

Mama vertritt eine seltsame Mischung von Ansichten über Sex, von denen einige sehr liberal sind und andere eher seltsam. Zufällig bekam ich im letzten Frühjahr, als Eric sechzehn wurde, mit, wie Papa Mama anrief und sagte, er hätte eine großartige Geschenkidee für Erics Geburtstag. Er wollte

mit ihm zu einem wirklich guten Callgirl gehen. Da ging Mama an die Decke und schrie ihn an, das wäre wohl die fürchterlichste Macho-Idee, die sie je gehört hätte, und wenn er es wagen würde, etwas in dieser Richtung zu unternehmen, dann würde sie dieses und jenes tun, bla, bla, bla. Ich gebe zu, die Idee war ein bisschen derb, aber sie ist typisch für meinen Vater. Es ist ebenso typisch, dass er es bis heute noch nicht besser weiß und meine Mama mit solchen Vorschlägen anruft und erwartet, dass sie begeistert zustimmt. Soweit ich sehen kann, interessiert sich Eric noch nicht besonders für Mädchen. Ich meine, er ist nicht besonders schüchtern oder abweisend oder so, er scheint sich einfach noch nicht besonders für sie zu interessieren.
Eric ging vor dem Kaffee, was die Lautstärke ein wenig, aber nicht wesentlich, reduzierte.
»Lyle, ich bin froh, dass du das mit der Überbevölkerung gesagt hast«, meinte Mama, »denn du hast Recht. Es war eine egoistische Idee. Und außerdem, wer sagt denn, dass das Dritte anders würde als die beiden Ersten? Ich meine, ich hab meine Chance gehabt, und das war's. Auf zu größeren und höheren Zielen!«
»Bravo!«, bekräftigte Elliott.
»Es liegt wohl daran«, sagte Mama, »dass ich in meinem Job mit all diesen kreativen Menschen zu tun hab, versteht ihr, und da überkommt mich von Zeit zu Zeit der Wunsch, trotz fortgeschrittenem Alter selbst etwas zu erschaffen.«
»Das geht uns allen so«, meinte Elliott.
»Ein Kind in die Welt zu setzen ist aber nicht die Antwort, das ist offensichtlich«, antwortete Mama. »Das wäre sogar eine sehr reaktionäre Lösung. Ich weiß gar nicht, warum ich darauf nicht gekommen bin.«
Wenn man Mama ein bisschen Zeit lässt, kaut sie gewöhnlich

so lange an einem Problem herum, bis sie genau beim Gegenteil von dem ankommt, was sie am Anfang der Diskussion vertreten hat. Logik ist nicht gerade ihre starke Seite. Wenn ich so darüber nachdenke, glaube ich, dass das für alle in der Familie zutrifft. Eric kann ziemlich pingelig sein, aber ich bin mir nicht sicher, ob er deshalb logischer denkt.

Als Lyle und ich draußen waren, sagte ich: »Hör zu, Lyle, sie sind einfach so. Es tut mir Leid.«

»Nein, ich fand sie nett«, sagte er. »Du hast eine sehr ungewöhnliche Familie. So was hab ich schlicht noch nie erlebt.«

»Was meinst du mit ungewöhnlich?«, fragte ich schnell. Es ist seltsam, aber obwohl ich stundenlang die Fehler meiner Familie aufzählen könnte, gehe ich sofort in die Defensive, wenn sich jemand anders kritisch über sie äußert.

»Na, zum Beispiel die Offenheit«, sagte Lyle, »mit der über so was gesprochen wird.«

»War das bei deinen Eltern nicht so?«

Er schüttelte den Kopf. »Manchmal nahm mich einer von ihnen beiseite, um über irgendwas zu reden, aber das war dann immer unter vier Augen und nicht offen wie bei euch.«

»Waren deine Eltern glücklich miteinander?«, fragte ich unvermittelt.

»Meine Eltern? Ja, ich glaube schon. Sie stritten sich manchmal, aber sie … na ja, man merkte ihnen an, dass sie sich wirklich liebten.«

»Das ist schön, dass sie so waren.«

Er nickte nachdenklich. »Es waren liebe Leute«, sagte er.

Liebe Leute … Lyle hat schon eine komische Art, sich auszudrücken. Ich frage mich, was seine Familie von meiner gehalten hätte.

Nach dem Kino gingen wir in unsere Wohnung zurück. Es

war dunkel und still, obwohl das Licht im Wohnzimmer an war, was bedeutete, dass Mama und Elliott ausgegangen waren. Wenn sie nach Hause kommen, machen sie normalerweise das Licht aus. Egal, ich glaube, Mama hatte erzählt, dass sie zu irgendeiner Party gehen wollten.

Lyle und ich gingen in mein Zimmer. Ich habe ein Bett mit eingebauten Regalen darüber und einen schönen flauschigen Teppich und meine Platten und Bücher. Auch wenn Leute, die zu mir kommen, sagen, es sei nicht fair, dass Erics Zimmer so viel größer sei, liebe ich mein Zimmer, gerade auch, weil es klein ist. Und weil es ganz am Ende des Flurs liegt, in der Nähe der Tür zum hinteren Treppenhaus, weit von Erics Zimmer und dem Zimmer von Mama und Elliott entfernt. Ich glaube, mir ist es wichtig, meine Ruhe haben zu können. Mir wäre es gar nicht lieb, mein Zimmer mit jemandem teilen zu müssen, so wie es einige Freunde von mir tun.

Lyle setzte sich zu mir auf den Boden, und wir hörten Musik. Ich habe keine Deckenlampe in meinem Zimmer, nur die Schreibtischleuchte und die Stehlampe in der Ecke. Es war dämmerig, aber nicht finster. Wir konnten einander noch sehen.

Auf einmal sagte Lyle: »Jody, hättest du etwas dagegen, wenn ich ...«, und dann küssten wir uns.

Es ist schon komisch mit der Lust. Manchmal merkt man, wie sie einen packt, wie eine Stimmung. Ich finde das nicht unbedingt vorteilhaft, weil ich schon mit Jungen unterwegs gewesen bin und dann mit ihnen geschlafen habe, ohne sie wirklich zu mögen, nur weil ich irgendwie Lust darauf hatte. Es ist zwar nur ein- oder zweimal passiert, aber hinterher hatte ich dran zu knapsen. Wohl kein Zeichen für vollkommen erfolgreiche Emanzipation. Aber an diesem Abend war ich eigentlich gar nicht so darauf aus. Vielleicht war ich noch zu durcheinander vom Abendessen und weil sich alle so angebrüllt hatten. Ich weiß es nicht. Außerdem war ich mir, glaube ich, nicht sicher, was Lyle für mich empfand. Ich dachte, er sah in mir mehr nur die Tennispartnerin oder eine sonst irgendwie interessante, merkwürdige Person, ohne sich sexuell angezogen zu fühlen.

Doch als wir anfingen, uns zu küssen, ging es gleich richtig ab. Er muss schon viele geküsst haben. Nachdem wir uns lange und ausgiebig geküsst hatten, schob er seine Hand unter mein T-Shirt. Ich trage keinen BH. Nicht aus Prinzip. Ich meine, ich sehe ein, dass ein BH für eine Frau mit einem richtig großen Busen, der wackelt und bei jeder Bewegung stört, eine prima Sache ist. Aber mein Busen ist nicht groß und nicht klein. Er ist einer von meinen schönsten Körperteilen. Früher habe ich mir manchmal gewünscht, er wäre größer, aber mittlerweile bin ich ganz zufrieden mit ihm. Ich bin überhaupt ziemlich zufrieden mit meinem Körper, abgesehen davon, dass ich ein wenig füllig bin – als Kind war ich ziemlich pummelig – und meine Beine ein bisschen kurz geraten sind.

Nachdem wir uns eine Weile auf diese Weise beschäftigt hatten, rutschte Lyle mit seiner Hand nach unten und ließ sie an meinem Bauch unter meine Jeans und in meine Unterhose gleiten. Er streckte die Hand weiter aus, bis er meine Scheide berührte. Doch dann tat er etwas, womit ich nicht gerechnet hatte. Er legte seine Hand nur eben eine Sekunde darauf und zog sie gleich wieder weg. »Hör zu, ich muss mich entschuldigen«, sagte er.

»Weswegen?«

»Ich wollte nicht ... echt, ich schwöre dir, ich bin heute Abend nicht mit diesem Plan im Kopf hergekommen.«

»Klar doch, das ist okay.«

»Ich wusste nicht mal, dass du keinen BH trägst«, sagte er. »Sonst hätte ich vielleicht nicht ...«

»Ich finde BHs halt unbequem«, antwortete ich. Wir atmeten beide ein bisschen zu schnell.

»Ich hab wohl einfach die Kontrolle verloren«, sagte er. »Es tut mir Leid.«

»Warum willst du dich entschuldigen?«

»Wir kennen uns noch nicht einmal sehr gut«, sagte er.

»Lyle, hörst du bitte auf, dich zu entschuldigen? Ich mein das ernst.«

»Bist du echt nicht sauer?«

»Meinst du, ich würde mitmachen, wenn es mir nicht passt?«

Er machte ein verwirrtes Gesicht, so als ob er darauf nie gekommen wäre. »Ich möchte halt nicht, dass du denkst, ich respektiere dich nicht oder so«, antwortete er.

Ich glaube nicht, dass ich schon jemals so eine Diskussion geführt habe. »Aber, ich meine, willst du damit sagen, dass man den andern nicht respektiert, wenn man von ihm erregt wird?«, fragte ich.

»Nein, das nicht«, meinte er.

Wir schwiegen uns ein paar Minuten an.

»Es ist wohl irrational«, sagte Lyle nach einer Weile, »aber ich habe das Gefühl, dass du wütend auf mich bist.«

»Bin ich nicht!«

»Wirklich?«

»Ja. Ich verstehe nur nicht, warum du mittendrin plötzlich aufgehört hast.«

»Na ja, ich hatte eigentlich nicht vorgehabt, so weit zu gehen.« Plötzlich lächelte er. »Jody, du bist so hübsch. Und, weißt du was, ich wusste doch, dass du keinen BH trägst. Ich habe vorhin gelogen. Ich hatte es schon gesehen.«

»Das ist okay.«

»Du sahst so hübsch aus, und da hab ich mir gedacht, dass du vielleicht nichts dagegen hast.«

»Hatte ich doch auch nicht!«

»Würdest du immer noch – ich meine, ich würde dich wirklich gerne sehen, bloß um mit dir zu reden und was zu unternehmen. Ich wollte nicht, dass du denkst, dass ich nur das hier will.«

»Das denke ich auch nicht.«

»Okay, na gut, ich glaube dir«, sagte er schließlich.

Ich sah ihn an. Sein Haar war verwuschelt, und ich konnte sehen, dass er es heute gewaschen hatte. Es roch gut nach Shampoo. Unvermittelt fragte ich: »Hast du schon mal mit einer geschlafen?«

Er starrte mich an. Dann sagte er, mit einem verlegenen Lächeln: »Ich – warum reden wir nicht morgen darüber?« Wir hatten vor, uns bei seiner Schwester zum Mittagessen zu treffen. Sie und ihr Mann wollten einen Tagesausflug zum Bear Mountain machen.

»Okay«, sagte ich.

Ich begleitete ihn zur Tür und stand da, an eine Wand gelehnt, während er auf den Aufzug wartete. Als dieser kam, beugte er sich vor und küsste mich leicht auf die Lippen. »Schlaf gut«, sagte er.

Als ich ins Bett ging, schwirrten mir alle möglichen finsteren Gedanken im Kopf herum. Als er meinte, »Lass uns morgen darüber reden«, schien er damit sagen zu wollen, dass das eine lange Geschichte sei, als ob er mit Millionen von Mädchen geschlafen hätte und gar nicht alles auf einmal erzählen konnte? Im Grunde plagen mich verschiedene Ängste, von denen sich wahrscheinlich einige widersprechen. Erstens befürchte ich, dass er vielleicht mit einem Mädchen aus Ohio liiert sei. Das würde erklären, warum er das Gefühl hatte, sich so für das Petting entschuldigen zu müssen. Vielleicht hat er ihr versprochen, treu zu bleiben, und fühlt sich jetzt schuldig, weil er es nicht war. Ich weiß, dass er auf einer reinen Jungenschule war, und habe den Eindruck, dass man sich dort nach festeren Regeln verhält, wenn man Mädchen einlädt, mit einem tanzen zu gehen, oder wenn man eine feste Freundin hat und so. In meiner Schule ist es völlig passé, fest miteinander zu gehen, aber in Ohio ist das wahrscheinlich anders.

Ich habe das Gefühl, dass er schon eine ganze Reihe sexueller Erfahrungen hat. So ist das in kleinen Städten, jedenfalls steht das in einigen Büchern, die ich gelesen habe. Da gibt's nicht viel, was man sonst machen könnte. Außerdem fahren Teenager in kleinen Städten meistens mit dem Auto durch die Gegend, anders als in der Großstadt, wo wir die U-Bahn oder den Bus benutzen. Deshalb landen sie bei ihren Verabredungen meist auf irgendeinem dunklen Feld und vögeln auf dem Rücksitz ihres Autos.

Je mehr ich darüber nachdachte, um so überzeugter wurde ich, dass es sich hier um einen typischen Fall von Doppelmoral handelte: Er hat mit lauter Mädchen geschlafen, die er nicht respektiert, hat dann ein anderes Mädchen kennen gelernt, mit dem er fest geht. Ich kann sie mir genau vorstellen. Ich sehe das Mädchen, mit dem Lyle geht, absolut deutlich vor mir. Sie ist ungefähr einssiebzig und ein bisschen dünn, mit langen Beinen. Ich wette, sie hat hellbraunes Haar mit Seitenscheitel, das sie mit einer Haarspange zurücksteckt. Bestimmt hat sie blaue Augen.

Während ich so dalag und sie mir vorstellte und dabei allmählich leise anfing, sie zu hassen, kam es mir vor, als sähe ich die weibliche Version von Lyle vor mir. Überhaupt, warum sollte ich sie hassen? Lieber sollte ich Mitleid mit ihr haben, wenn er nebenbei mit anderen schläft, die er nicht wirklich mag. Mama behauptet zwar ständig, die Zeit der Doppelmoral sei ein für alle Mal vorbei und Eric und ich hätten ein unglaubliches Glück, weil wir zu einer Generation gehören, in der alle die gleichen Rechte haben, aber ich habe da meine Zweifel.

Dass Lyle ein Vertreter abgestandener Doppelmoral ist, darauf wäre ich von allein nicht gekommen, aber offensichtlich kann man sich da leicht täuschen. Doch was hätte ich tun sollen? Hätte ich empört reagieren sollen, als er mich unterhalb der Gürtellinie berührte? Offensichtlich hat er das von mir erwartet. Er hat bloß darauf gewartet, dass ich das sagen würde, was Mädchen in solchen Momenten sagen sollten. Das Problem ist nur, dass ich diese Art zu denken nie verstanden habe. Als ich klein war, ungefähr zehn oder elf, habe ich etliche Bücher über Teenagerlieben gelesen, wo die Mädchen Dinge sagten wie: »Du kannst meine rechte Brust berühren, aber nicht meine linke« oder »du kannst deine Hand fünf Zentimeter höher legen, aber fünf Zentimeter tiefer ist verboten« und »Das können wir beim dritten Mal machen, aber nicht beim zweiten«. Es kam mir immer vor wie ein seltsamer, total ausgeklügelter Code, den ich vermutlich erst begreifen würde, wenn ich sechzehn war. Ich weiß nicht mehr, wie ich auf sechzehn gekommen bin, aber ich war mir ziemlich sicher, dass mir bis dahin ein Licht aufgehen und ich alles verstehen würde.

Leider muss ich gestehen, dass mir diese Logik immer noch fremd geblieben ist. Mir geht es eher so, dass ich, wenn ich einen Jungen genug mag, um ihn zu küssen, eigentlich keinen entscheidenden Unterschied mehr darin sehe, ob wir uns nur küssen oder auch noch alles andere miteinander machen.

Ich gebe zu, die Frage hat sich noch nicht oft gestellt, und vielleicht bin ich mehr der Typ, der häufig schon vorm Küssen Halt macht, aber irgendwie finde ich, wenn man schon so weit gekommen ist, dann sind die Unterschiede nur noch graduell.

Gegen vier Uhr morgens schlief ich endlich ein und wünschte, ich hätte Lyle nie nach seinen sexuellen Erfahrungen gefragt. Wozu muss man immer alles genau wissen? Letztes Jahr in der Schule haben wir ein Stück von Oscar Wilde gelesen, darin stand der schöne Satz: »Unwissenheit ist eine zarte, exotische Frucht. Wird sie berührt, ist ihre Blüte dahin.« Das sollte ich mir wohl zu Herzen nehmen.

Vier

»Eric, wenn du bis zwölf Uhr nicht angezogen bist, gibt es ein Riesendonnerwetter.«

»Immer mit der Ruhe, in zehn Minuten bin ich fertig«, antwortete Eric und nahm sich noch ein Stück Hefekranz.

Jedes Wochenende fechten Mama und Eric einen Kleinkrieg darüber aus, wann er sich endlich anzieht. Eric sieht nicht ein, warum er nicht den ganzen Tag im Schlafanzug bleiben kann, wenn es Wochenende ist und er nicht vorhat, aus dem Haus zu gehen. Er sagt, dass es nichts gäbe, was er nicht auch im Schlafanzug tun könnte. Mama meint, es wirke dekadent und verkommen, den ganzen Tag im Schlafanzug herumzulaufen und so auch zum Essen zu erscheinen, sogar noch zum Abendessen. Sie meint, es hat einen schädlichen Einfluss auf seine geistige Haltung. Er entgegnet, das sei doch völlig unlogisch; ob er einen Schlafanzug trage oder nicht, habe nicht das Geringste mit seinem Denkvermögen zu tun. So streiten sie sich für gewöhnlich bis gegen zwölf oder ein Uhr, und dann gibt Eric auf.

Ich gähnte ausgiebig und schüttelte meinen Kopf.

»Wann bist du nach Hause gekommen, Jody?«, fragte Mama. »Ich habe dich gar nicht gehört.«

»Ihr wart noch nicht wieder da. Wir sind gegen elf zurückgekommen.«

»Warum hast du ihn nicht hereingebeten. Er scheint ein sehr netter Junge zu sein.«

»Ich habe ihn hereingebeten.«

»Also wirklich, Mama, seit wann müssen wir einen Bericht über unser Sexualleben einreichen?«, fragte Eric. »Ich dachte immer, in diesem Haus wird großen Wert darauf gelegt, dass das Privatleben auch privat bleiben kann.«
»Wer hat sie denn nach ihrem Sexualleben gefragt? Ich hab bloß kein Licht bei ihr gesehen, als wir nach Hause kamen, und dachte deshalb, sie wären noch unterwegs.«
»Im Dunkeln ist gut munkeln«, meinte Eric.
»Jetzt halt endlich den Mund«, sagte ich. »Mama, sag ihm, dass er aufhören soll.«
»Hört mal, ich will den Tag nicht mit Kabbeleien beginnen. Jo, ich wollte dir nur sagen, dass er ein Schatz ist und dass ich hoffe, ihr hattet einen schönen Abend zusammen ... Du«, – sie zeigte auf Eric – »gehst sofort in dein Zimmer und ziehst dich an, und sobald du ein Sexualleben hast, das den Namen verdient, werden wir dir alle gerne zuhören.«
Eric stand auf und torkelte in sein Zimmer. Normalerweise stemmt er ungefähr eine halbe Stunde lang Gewichte. Als er klein war, war er immer eher rundlich, so wie ich, und er hat nach wie vor Komplexe wegen seiner Figur, auch wenn er in den letzten Jahren plötzlich in die Länge geschossen ist und alles andere als rundlich wirkt.

Ich fuhr mit der U-Bahn zum Haus von Lyles Schwester. Es lag weit oben, zwischen der zweihundertsten und dreihundertsten Straße. Sie wohnen in einem dieser Häuser mit fünf oder sechs Stockwerken, und in dem man Treppen steigen muss, weil es keinen Aufzug gibt. Es sah ein bisschen schäbig aus: Auf dem Flur lagen alte Zeitungen herum, und die Wände brauchten einen neuen Anstrich. Mama sagt immer, dass Eric und ich überhaupt nicht wüssten, was Geldmangel bedeute, da Großmama und Großpapa uns nach ihrer Schei dung immer geholfen haben und sie heute in ihrem Job sehr gut oder immerhin ziemlich gut verdient. Ich nehme an, sie hat Recht, aber richtig luxuriös haben wir auch noch nie gelebt. Es gibt in meiner Schule ein paar Kinder, die jedes Jahr die Frühjahrsferien in Paris verbringen oder zu Neujahr in Vail Ski fahren. So teure Reisen haben wir nie gemacht.

»Hallo, Jody.« Für Ende August war es kühl, und Lyle trug einen weißen Pullover und Chinos und seine Tennisschuhe. Er war braun gebrannt und sah plötzlich fast erschreckend gut aus; ich bekam wieder dieses flaue, niedergedrückte Gefühl. Das lag zum Teil daran, dass ich müde war, und wenn ich müde bin, dann neige ich zum Fatalismus. Ich wusste, dass ich nun moralisch verpflichtet sein würde, mir die leidige Geschichte von all diesen Mädchen anzuhören, mit denen er geschlafen hatte, und irgendwie fühlte ich mich dem nicht recht gewachsen.

Vielleicht merkte er mir das an, weil er nicht direkt darauf zu sprechen kam. Er nahm mich mit in die Küche und machte Käse-Schinken-Toast. »Ist Schinken okay? Ich meine, du hältst dich doch nicht an irgendwelche Essensvorschriften, oder?«

Zuerst dachte ich, er fragte, ob ich auf Diät wäre, doch dann wurde mir klar, dass er auf mein Jüdischsein anspielte. »Oh, nein, damit haben wir nichts am Hut.« Mama hat tatsächlich den Hebräisch-Unterricht mitgemacht, als sie noch klein war, und auch die Bat-Mitzwa, doch heute findet sie den ganzen Kram blödsinnig und behauptet, dass keine sieben Millionen Pferde sie mehr in die Nähe einer Synagoge bringen würden. Sie sagt, dass Eric und ich tun und lassen können, was wir wollen, solange sie sich das nicht anhören muss, weil sie glaubt, dass alle Religionen in irgendeiner Form Schwachsinn sind. Ich hab im Grunde noch nicht viel darüber nach-

gedacht, deshalb weiß ich nicht, ob ich ihrer Meinung bin oder nicht.
»Kitty hatte heute Morgen ein bisschen Fieber. Sie wären beinahe nicht gefahren«, sagte Lyle, während er den Schinken auf der Teflonplatte verteilte.
»Ihre Katze?«
»Kitty ist ihr Baby. Sie heißt Katherine, aber sie nennen sie immer so. Ich bin froh, dass sie gefahren sind. Renee ist in letzter Zeit irgendwie niedergedrückt. Wesley meint, sie müsste häufiger mal rauskommen.«
»Arbeitet sie nicht?«
»Früher hat sie gearbeitet. Sie war Mathelehrerin, aber sie hat ihre Stelle aufgegeben, als Kitty geboren wurde.«
»Tja, das ist vermutlich das Problem«, sagte ich. »Dann fällt den Leuten die Decke auf den Kopf. Diese Frau, für die ich babysitte, Mrs. Hart, erzählt, dass ihr das auch so gegangen ist.«
»Renee sagt, sie will sich ganz dem Kind widmen, bis es drei oder vier ist.«
Über Babys zu sprechen finde ich immer deprimierend, vor allem wenn es um Frauen geht, die ein Kind bekommen und dann unglücklich werden. Ich wünschte, ich würde mehr Frauen kennen, die einfach nur Kinder bekommen haben und im Übrigen so geblieben sind wie vorher. Ich meine, sie können doch nicht alle durchdrehen, und trotzdem hab ich den Eindruck, nur solche zu kennen oder nur von solchen zu hören, denen es so ergangen ist.
Der Käse-Schinken-Toast war gut; es fing schon an, mir besser zu gehen.
»Also, ich nehme an, dass du von mir jetzt eine Antwort auf deine Frage von letzter Nacht erwartest«, sagte Lyle schließlich.

»Du …, ich meine, es muss nicht sein, wenn dir nicht danach ist.«
»Nein, ich – na ja, sie ist nicht sehr kompliziert. Ich habe noch nie mit einem Mädchen geschlafen.«
Ich stellte meinen Becher mit Milch auf den Tisch. »Echt?«
Lyle lachte. »Echt.«
»Du hast tatsächlich noch nie mit jemandem geschlafen?«
»Jody, hör zu, ich weiß, dass es wahrscheinlich in New York anders läuft, aber ich bin noch nicht einmal – die Wahrheit ist, ich bin noch nicht einmal sehr oft mit einem Mädchen ausgegangen.«
Ich sah ihn misstrauisch an. »Wie kommt es dann, dass du so gut küssen kannst?«
Er wurde rot. »Echt?«
Ich nickte.
»Na ja, Louise Bender und ich haben uns früher geküsst – sie war ein Mädchen aus meiner Stadt. Wir sind ein paar Mal zusammen ausgegangen, und wir haben uns geküsst, aber das war auch alles.«
»Wie kommt das?«
»Wie kommt was?«
»Wie kommt es, dass ihr euch nur geküsst habt?«
Er runzelte die Stirn. »Ich dachte halt, dass sie nicht wollte, dass ich weiter ging.«
»Das kann ich nicht glauben.«
»Warum? Was hast du erwartet?«
»Gott, ich dachte, du hättest mit Millionen von Mädchen geschlafen. Wahrscheinlich weil du aus einer kleinen Stadt kommst, und ich dachte, das wäre praktisch alles, was die Leute in einer kleinen Stadt in ihrer Freizeit machen.«
»Wie kommst du denn auf die Idee?«

»Aus Büchern und Filmen und so.«
»Tut mir Leid, in unserer Stadt nicht. Hör mal, bevor wir diese Ermittlung fortsetzen, wie wär's mit Nachtisch? Magst du ein Stück Kuchen? Renee sagt, wir können ihn aufessen.«
»Okay.« Das Wort ›Ermittlung‹ machte mich ein bisschen nervös.
»Also ... und du?«, fragte er und stellte ein Stück Kuchen vor mich hin.
»Was?«
»Hast du schon mit einem Jungen geschlafen?«
»Ehrlich gesagt ... nur mit einem.«
Lyle war baff. »Wer war das?«
»Er war auf meiner Schule. Er war eine Klasse über mir. Im Herbst geht er aufs College. Ich meine, wir haben im Frühjahr Schluss gemacht.«
Lyle machte ein komisches Gesicht. Er stocherte mit der Gabel in seinem Kuchen herum.
Ich sah ihn beunruhigt an. »Macht es dir was aus – dass ich es getan habe?«
»Na ja, ich muss zugeben, dass ich mich erst an den Gedanken gewöhnen muss«, antwortete Lyle. »Da, wo ich herkomme, machen es die Mädchen normalerweise nicht. Da ist es eher selten.«
Ich nickte. »Okay.« Meine Stimmung sank wieder auf Null.
Lyle streckte seinen Arm aus und nahm meine Hand. »Hör mal, Jody, das ist okay, echt. Es wäre nicht ehrlich, wenn ich nicht sagen würde, dass ich überrascht bin, aber ich hab nichts ... Ich möchte mich weiter mit dir treffen ... Was haben deine Eltern dazu gesagt? Ich meine, deine Mutter? Wusste sie es?«

Ich verzog das Gesicht. »Tja, wir haben nie richtig darüber gesprochen. Doch eines Tages fand ich diesen Brief, den sie an eine Freundin geschrieben hatte. Er war richtig plump. Sie ließ sich lang und breit darüber aus, dass ich einen Freund hatte: ›Jody ist jetzt mit diesem reizenden Jungen zusammen, der ist ja so charmant, bla, bla, bla.‹«
Lyle verfiel eine Zeit lang in Schweigen.
»Ich hätte es wohl lieber nicht erzählen sollen«, sagte ich schließlich.
»Warum? Nein, es ist gut, dass du es mir gesagt hast.«
»Ich hab nur den Eindruck, du hast total an deinen Vorurteilen aus der Kleinstadt zu knapsen.«
»Das stimmt nicht.«
»Wirklich?«
»Ja.« Er lächelte unsicher.
Plötzlich hatte ich das Gefühl, ich hätte auf einen Streich alles kaputt gemacht. Was soll diese Manie, immer alle Karten auf den Tisch zu legen? Als ob Lyle erraten hätte, was ich fühlte, stand er auf. »Jody, komm, ich zeig dir den Rest der Wohnung.«
»Wo ist dein Zimmer«, fragte ich. Ich hoffte, er würde nicht denken, dass ich damit irgendwelche Andeutungen machen wollte. Nach so einem Gespräch kam es mir vor, als ob alles, was man sagte, plötzlich Untertöne oder Doppelbedeutungen hatte.
»Ich schlafe hier«, sagte er und zeigte auf das, was aussah wie das Wohnzimmer. Ich sage das, weil ein Klavier, eine Couch und ein Liegesessel darin standen.
»Das sieht aus wie das Wohnzimmer«, sagte ich.
»Es ist das Wohnzimmer.«
»Ja, wie kannst du hier schlafen? Wo bringst du deine Sachen unter?«

»Ich hab nicht viel Zeug«, sagte er. »Meine Sachen sind im unteren Teil von Kittys Kommode.«
Er zeigte mir den Rest der Wohnung, und es stimmte, sie war winzig. Es gab eine Art Elternschlafzimmer, längst nicht so groß wie das von Mama und Elliott, wo es auch noch Platz für einen Schreibtisch und einen Sessel gab. Hier stand nur ein Doppelbett, das fast den ganzen Raum einnahm. In der Ecke gab es noch einen Fernseher auf einer Kommode, und das war's. Das Kinderzimmer war noch kleiner, es stand nichts drin als eine Wiege und eine Kommode, die auch als Wickeltisch diente und über der ein Mobile hing.
Wir kehrten ins Wohnzimmer zurück und setzten uns auf die Couch. Wie gesagt, Privatsphäre ist mir sehr wichtig, und deshalb tat mir Lyle richtig Leid. Ich könnte nicht ertragen, in einem Zimmer zu schlafen, das noch nicht einmal eine Tür hat. »Was machst du abends, wenn sie Freunde zu Besuch haben oder zum Essen einladen oder so was?«
»Oh, sie kriegen nicht viel Besuch«, antwortete Lyle. »Und ich glaube, seit der Geburt des Babys sind sie überhaupt noch nicht ausgegangen.«
»Wie alt ist das Baby?«
»Fünf Wochen. Renee hatte uns gerade erzählt, dass sie schwanger sei, als meine Eltern den Unfall hatten. Meine Mutter hatte vor, hierher zu kommen, um ihnen zu helfen.«
»Wo hätten sie sie denn untergebracht?«
»Wahrscheinlich hier auf der Couch. Nein wirklich, es ist gar nicht so schlecht. Sie gehen früh zu Bett, gegen halb elf, sodass ich aufbleiben und lernen oder lesen kann, ganz wonach mir der Sinn steht. Der Fernseher steht im Schlafzimmer, deshalb gehen sie manchmal schon gegen acht ins Bett, um

sich Filme anzuschauen; dann ist es fast so, als hätte ich die Wohnung für mich allein.«

Ich konnte es nicht glauben. Offensichtlich war Lyle der Typ, der aus jeder Situation das Beste zu machen verstand. Ob ich so anpassungsfähig wäre? Ich ließ das Zimmer auf mich wirken. Auf dem Klavier standen einige Fotos. Eines zeigte einen Mann und eine Frau, die auf Gartenstühlen aus Korbgeflecht saßen. »Sind das deine Eltern?«

Er nickte. »Das war vor ungefähr zehn Jahren, gerade nachdem mein Vater den Job in Kendall bekommen hatte.«

Lyle sah aus wie seine Mutter. Sie war nicht so groß wie er, hatte aber den gleichen Gesichtsausdruck, irgendwie ernst und ein bisschen verwirrt, als ob sie gerade versuchte, ein schweres Problem zu durchdringen. Sein Vater war groß und dünn mit einem dunklen Schnurrbart, und er lachte.

»Hast du Lust, zur 120. Straße zu fahren und zu sehen, ob wir einen Platz kriegen?«, fragte Lyle plötzlich.

»Gute Idee.« Plötzlich ging es mir viel besser. Wenigstens wussten wir nun das Wesentliche voneinander, was für unsere Freundschaft wichtig war.

»Warum arbeiten wir nicht an deinem Aufschlag?«, meinte Lyle.

Ich sah vor meinem inneren Auge einen dieser Filme, in denen ein Mann einem Mädchen beibringt, wie sie ihr Golfspiel verbessern kann. Sie stehen da, und er hat seine Arme um sie gelegt, während sie ihn bewundernd anschaut und murmelt: »Oh, Bill, du bist so stark. Wie soll ich je so gut werden wie du?« Auch nur an die Möglichkeit einer solchen Situation zu denken, lässt bei mir das Licht ausgehen. Nicht, dass ich mich so verhalten würde, aber manche Situationen verführen einfach zu bescheuertem Verhalten. »Können wir stattdessen probieren, den Ball im Spiel zu halten?«, fragte ich.

»Klar.« Er grinste. »Gegen Ballwechsel hab ich noch nie was gehabt.« Er legte seinen Arm um mich. »Du weißt doch, der Typ ohne Ehrgeiz.«
»Klar«, sagte ich. »Ich kenne deinen Typ.«

Fünf

Jedes Jahr gehe ich mit Philip zu den Viertel- und Halbfinalspielen der U.S. Open nach Forest Hills. Dieses Jahr bat ich darum, Lyle mitbringen zu dürfen, und Philip erklärte, er würde versuchen, noch eine Karte zu organisieren. Ich dachte, Lyle würde sich freuen. Natürlich hätten wir das alles auch im Fernsehen sehen können, aber es ist aufregender, tatsächlich dabei zu sein.

Zunächst aber muss ich das mit Philip erklären.

Ich weiß noch, dass ich anfangs fand, er sei der hässlichste Mensch, den ich je gesehen hatte. Meiner Meinung nach sah er fast wie ein Monster aus. Er ist ungefähr einsdreiundneunzig, hat eine sehr helle Haut, sehr helle blaue Augen, und seine Haare sind beinahe weiß-blond, so wie man sie sonst nur bei kleinen Kindern sieht. Man konnte meinen, er sei ein Albino. Philip behauptet, Mama hätte ihn geheiratet, weil sie Herausforderungen liebt und er eine harte Nuss zu sein schien. Es stimmt wirklich, dass kein Mensch, vor allem aus Mamas Bekanntenkreis, verstehen konnte, warum sie es getan hatte. Mama ist eher gesellig; nicht, dass sie dauernd auf Partys geht, aber sie mag Leute und Trubel, und Philip ist so ziemlich der ungeselligste Mensch, der mir je begegnet ist. Selbst in seinem Job geht es ihm weniger ums Unterrichten als vielmehr darum, in seinem kleinen Zimmer zu sitzen und den ganzen Tag zu denken.

Wenn Mama und Philip ihre Auseinandersetzungen hatten, was ziemlich häufig der Fall war, schimpfte und tobte Mama wie üblich herum, warf sogar manchmal einen Teller, vor allem, wenn sie gestresst war, und Philip kämpfte auf seine – total entgegengesetzte – Weise. Er gab keinen Piep von sich und verschloss sich total, manchmal eine Woche lang oder länger. Man könnte vielleicht sagen, dass er das nur tat, um Mama zu reizen – und die Wirkung erreichte es auf jeden Fall –, aber ich glaube eher, dass er sich nur seinem Wesen entsprechend verhielt. Er verstummt eben ab und an. Ich denke, die meisten Durchschnittsmenschen würden, selbst wenn sie anfangs eine Absicht verfolgt hätten, nach einer Weile zusammenbrechen. Ich meine, selbst wenn es einem ums Prinzip ginge, käme irgendwann der Punkt, wo man irgendwas bräuchte und wo man nicht mehr umhin könnte, den andern um das Salz zu bitten oder zu fragen: »Weiß jemand, wo der Tacker ist?« Doch bei Philip war das anders. Er ging einfach in sein Arbeitszimmer und setzte sich hin und dachte nach und las oder spielte Schach. Wie gesagt, er hat mir das Schachspielen beigebracht, und dadurch sind wir uns dann näher gekommen. Eric stellte sich auf Mamas Seite, was ich überraschend finde, wenn man bedenkt, wie oft zwischen ihm und Mama dicke Luft ist. Er fand Philip komisch, und jedes Mal wenn Mama und Philip dicken Zoff hatten und Philip ein paar Tage abhaute, fing Eric wieder damit an, dass er weder verstand, warum Mama Philip überhaupt geheiratet hatte, noch warum die Tatsache, dass er ein Genie war, wie Mama immer behauptete, irgendeine Bedeutung habe.

Man könnte wohl sagen, dass ich Philip mochte, weil er mich mochte. Doch das klingt ein bisschen wehleidig, so als ob ich verzweifelt nach jemandem gesucht hätte, der mich mag.

Der Eindruck hat damals nur entstehen können, weil es zu der Zeit war, als Mama Eric und mich von einer Schule, die ihr zu konservativ war, auf eine andere, Talbot, geschickt hatte, die freier sein sollte. Sie hatte dies vor allem Erics wegen getan, der als leistungsschwach galt, sich aber nur nicht gern auf den Hosenboden setzte, um zu lernen. Heute, nach den Erfahrungen mit beiden Schulen, hat Mama erkannt, dass der Unterschied zwischen ihnen nicht sehr groß ist und es an Eric selbst liegt, sich zusammenzureißen. Also hat sie beschlossen, sich darüber nicht länger aufzuregen.

Doch damals regte sie sich noch auf, und Rifka Rabinowitz behauptete, haargenau das gleiche Problem mit Evan gehabt zu haben, bis er nach Talbot geschickt worden war und plötzlich lauter Topnoten nach Hause brachte.

Das war ja alles schön und gut, doch ich hatte an meiner alten Schule, die in einem völlig anderen Stadtteil lag, Freunde gefunden, und plötzlich ganz neu anfangen zu müssen brachte mich einigermaßen aus dem Gleichgewicht. Über Erics Leistungen kann man sagen, was man will, aber solche Probleme hat er nie. Da scheint er Mama ähnlich zu sein. Kaum kommt er in eine neue Schule oder ein neues Ferienlager, hat er schon Millionen beste Freunde gefunden. Ich weiß nicht, ob das beste Freunde in meinem Sinne sind, aber er ruft andere Jugendliche an und wird selber auch ständig angerufen. Der wesentliche Unterschied zwischen Eric und mir besteht darin, dass er sich selbst nicht in Frage stellt. Zum Beispiel war er früher ziemlich dick und war nie gut in der Schule und ist im Sport sogar eine absolute Null, aber er macht sich nichts draus. Ich dagegen habe diesen typischen Ehrgeiz der Erstgeborenen, und das bedeutet, dass ich überall erstklassige Zensuren habe und schufte und pauke und mir trotzdem ständig Sorgen mache, ob ich gut bin und zu den andern passe.

Genug, zurück zu Philip. Ich war also auf einer Art Tiefstpunkt mit der Schule. Marion Givits, die später meine beste

Freundin wurde – sie hat gerade dies Jahr an eine andere Schule gewechselt, aber das ist eine andere Geschichte –, war damals noch nicht in meiner Klasse. Und ich hatte Philip, der mich zu mögen schien und der selbst so sonderbar war, dass er mir wie ein Seelenverwandter erschien. Wir hatten unseren Spaß daran, herumzuwitzeln und zu frotzeln und vermutlich ziemlich kindisch albern zu sein. Philip hatte sich in seinem Arbeitszimmer einen Satz an die Wand geklebt. Er stammte aus einem Buch von Dr. Seuss mit dem Titel *Ich hatte Probleme auf dem Weg nach Solla Sollenig*, das von einem kleinen Jungen handelt, der in diesem schrecklichen Tal wohnt, dem Vung-Tal, und der unbedingt da weg will, um nach Solla Sollenig zu gehen, weil er gehört hat, dass dort alles besser sein soll, und weil er dort nach der Devise leben könnte: ›Hier hast du nie Probleme, und wenn, nur ganz wenig.‹ Bloß dass er auf dem Weg dahin alle möglichen Probleme hat. Zum Beispiel als er dieser wilden Horde von Tigern begegnet, den Splinnern. Die Zeile, die Philip gefallen hatte – er behauptete, sie treffe auf fast alle Lebenssituationen zu –, lautete: »Mal bist du Verlierer, mal bist du Gewinner. Bloß gewinnst du nie gegen so viele Splinner.« Immer wenn ich down bin und Philip anrufe, fragt er: »Na, Jo, zu viele Splinner?«
Philip lebt ganz allein in dieser unheimlich unordentlichen Wohnung in der Nähe der Columbia University. Es ist eine echte Junggesellenbude. Mama sagt, Philip ist im Grunde seines Herzens ein Junggeselle und er hätte nie heiraten dürfen, am wenigsten sie selbst. Philip hat jede Menge Theorien dafür, warum Mama ihn geheiratet hat. Zunächst die schon von mir erwähnte, die Theorie von der harten Nuss. Dann die Theorie vom verrückten Genie, die besagt, dass Mama Philip für einen brillanten Denker hält, der leider sehr verkorkst ist, aber wenn er sich nur ein bisschen am Riemen

risse, ein zweiter Einstein sein könnte. Es ist richtig, dass Mama und Elliott manchmal über Philip diskutieren und Mama dann sagt, dass es sie wirklich beunruhigt, dass Philip sein Talent nie voll ausschöpfen wird, und dass er in seinem tiefsten Innern schrecklich selbstzerstörerisch sei. Sie hat ihn sogar mal angerufen, um ihm zu sagen, dass ihm Elliott einen Therapeuten empfehlen würde, wenn er wollte, woraufhin Philip etwas Vages murmelte wie ›prima Idee‹, dann aber nie hinging.

Während der Tennisspiele saß ich zwischen Lyle und Philip. Philip schaut sich Tennis übrigens lieber an, als dass er selbst spielt. Der eine Grund ist, dass er Kettenraucher ist. Er raucht sogar auf dem Platz! Während er aufschlägt, hängt ihm die Zigarette aus dem Mund. Das macht sein Spiel etwas unberechenbar.

Wir guckten ein paar Stunden zu – Herreneinzel, Herrendoppel, dann Dameneinzel. Philip sagt, er guckt lieber zu, wenn Frauen spielen, als wenn Männer spielen, und mir geht das genauso, aber an diesem Tag gab es ein langes, sehr langweiliges Match zwischen Chrissy Evert und Virginia Wade. Sie standen nur an der Grundlinie und schlugen die Bälle hin und her. Es war nicht sehr interessant, selbst für eine Frauenrechtlerin nicht. Ich schaute die ganze Zeit zu Lyle hinüber und überlegte, was er wohl dachte. Ich stellte mir vor, er wünschte sich in Gedanken, ich sei wie Chrissy Evert. Sie wirkte auf mich wie genau der Typ Frau, in die sich Lyle eines Tages verlieben und die er später heiraten würde, so ein verkniffenes, hübsches kleines Püppchen, das sich die Nägel mattrosa lackiert und kleine goldene Kreolen in den Ohren trägt und das seine Jungfräulichkeit gerade im richtigen Moment mit dem richtigen Mann verliert.

Als wir nach unten gingen, um Hotdogs und Bier zu besorgen, sagte Philip zu Lyle: »Hast du Jody schon mal auf dem Platz erlebt? Pass lieber auf, die macht einen nach Strich und Faden fertig. Sie ist gnadenlos.«

Ich lachte dumpf.

»Sie ist sehr gut«, sagte Lyle diplomatisch. »Spielen Sie?«

»Nicht so richtig. Ich schlage den Ball ein bisschen übers Netz, aber ihre Klasse hab ich nicht.«

Hinterher nahm uns Philip zum Abendessen mit in seine Wohnung. Er machte Spagetti, das einzige Gericht, das er kann. Er kann es nur dadurch variieren, dass er manchmal Fleisch- und manchmal Muschelsoße macht. Ich sah, dass sich Lyle im Wohnzimmer umschaute. Philips Wohnung hat nur zwei Zimmer, das Wohnzimmer und das Schlafzimmer. Wie immer lagen überall kniehohe Bücher- und Papierstapel herum, und es roch ein wenig muffig; Philip vergisst ständig, die Fenster zu öffnen.

»Hast du vor, später in die Forschung zu gehen, Lyle?«, fragte Philip. »Jody hat erzählt, dass du diesen Sommer mit ihr bei Sloan-Kettering warst.«

Das ist es, was ich an Philip so mag. Mama behauptet, er sei nur mit sich beschäftigt und interessiere sich nicht im Geringsten für andere Menschen. Seine Art zu leben beweist dies im Prinzip tatsächlich, aber immerhin ist ihm eingefallen, Lyle nach sich selbst zu fragen, worauf keiner in meiner Familie gekommen ist, als er bei uns zum Abendessen war.

»Ich glaube schon«, antwortete Lyle. »Mein Vater dachte immer, dass er in die Forschung gehen würde, aber irgendwie ist er in Kendall hängen geblieben, und er hatte dauernd das Gefühl, etwas verpasst zu haben.«

Philip begann von der Zeit zu erzählen, als er seinen Doktor machte, und er beschrieb einen seiner Professoren.

»Aber Jody ist praktisch veranlagt«, sagte er. »Sie will Medizin studieren, wusstest du das? Wenn sie das praktische Jahr hinter sich hat, lass ich mich endlich durchchecken. Bis dahin bin ich fast fünfzig, und mindestens einer meiner Lungenflügel wird zusammengeklappt sein. Dann brauche ich jemanden, dem ich vertrauen kann.«

»Haben Sie jemals versucht, das Rauchen aufzugeben?«, fragte Lyle.

»Nein, nie«, sagte Philip entsetzt. »Jody kann bezeugen, dass ein Leben ohne Zigaretten für mich kein Leben wäre. Offen gesagt, gibt es Zeiten, in denen ich mich frage, ob sich die viele Mühe lohnt. Das heißt nicht, dass ich euch empfehlen will zu rauchen, falls ihr nicht schon ohnehin diese schlechte Angewohnheit übernommen habt.« Er grinste uns mit seinem schiefen Lächeln zu. Mittlerweile finde ich überhaupt nicht mehr, dass Philip hässlich ist, aber ich bin mir darüber im Klaren, dass er auf einen Fremden immer noch ziemlich seltsam wirken könnte, vielleicht sogar noch seltsamer als früher, weil ihm seine strähnigen, dünnen Haare inzwischen fast bis auf die Schultern reichen.

»Hey, hör mal, Philip, was ist denn aus deinem Job geworden?«, fragte ich plötzlich. Im letzten Frühjahr hat Philip einen Superjob in Harvard angeboten bekommen, mit allen möglichen Sonderkonditionen, bei dem er kaum hätte unterrichten müssen. Mama war ganz aufgeregt, weil sie meinte, man könne an dem Angebot sehen, dass Philip trotz seiner selbstzerstörerischen Veranlagung so genial sei, dass die Leute ihn anderen Kandidaten vorziehen. Sie hatte das Gefühl, es bestätige im Nachhinein, dass es richtig gewesen war, ihn zu heiraten.

»Ich hab ihn abgelehnt«, sagte er lahm. »Lyle, magst du einen Schluck Wein?«

»Wow, Mama wird dich umbringen«, sagte ich.

Philip schauderte. »Oh, oh. Glaubst du wirklich, hm?«
»Von dem Schock wird sie sich nie erholen.«
Philip seufzte. »Da enttäusche ich sie also wieder einmal. Aber weißt du was? Es tut mir nicht im geringsten Leid. Der Job hätte mich umgebracht, so einfach ist das. Dieses ganze dämliche ›Hier-sitzen-wir-alle-zu-Füßen-dieses-vermutlich-bedeutenden-Mannes‹. Und das in Harvard mit diesem ganzen steifen, intellektuellen Elfenbeinturm-Getue. Hier lässt man mich in Ruhe. Mehr will ich nicht. Das macht jede verdammte Vergünstigung auf der Welt wieder wett.«
»Soll ich Mama nicht davon erzählen?«, fragte ich.
»Nein, erzähl es ihr ruhig. Ich werde mein Telefon für ein paar Wochen abschalten.« Er machte sein verschmitzt-verschämtes Gesicht. Ich glaube, Mamas Meinung ist ihm schon wichtig, auch wenn er darüber seine Witze reißt. »Warum fehlt den Männern heutzutage der Ehrgeiz?«, fragte er. »Was ist mit uns los?«
»Elliott hat Ehrgeiz«, sagte ich, »oder jedenfalls behauptet er, Ehrgeiz entwickeln zu können.«
»Nun, der berühmte El Yut ist eine Klasse für sich«, sagte Philip. Philip nennt Elliott immer El Yut. Er behauptet fest und steif, dass Elliott in Wahrheit ein arabischer Scheich ist und sich nur als jüdischer Psychologieprofessor ausgibt.
»Obwohl er sagt, dass er vielleicht die Herausgeberschaft dieser Zeitschrift abgeben will«, sagte ich. »Er hat neulich gesagt, dass weltlicher Ruhm ihm nicht mehr so viel bedeutet wie früher.«
Philip zündete sich wieder eine Zigarette an. »Arme Beth. Sie lässt sich immer mit diesen potenziellen Siegertypen ein, die dann eines Tages das Handtuch werfen. Ich weiß es auch nicht. Es ist kein Fehler, Ehrgeiz zu haben. Wie steht es mit dir, Lyle? Wirst du eine Frau glücklich machen, indem du ein

Heilmittel gegen Krebs entdeckst und dafür den Nobelpreis bekommst?«

»Das weiß ich nicht«, sagte Lyle überrascht. »Wahrscheinlich nicht.«

»Ich hab's. Jody und du, ihr könnt zusammen das nächste Curie-Team werden und Seite an Seite arbeiten.«

»Wenn ich in die Forschung gehe, wer soll sich dann um deine Lungen kümmern?«, fragte ich.

»Auch wieder wahr. Okay, Lyle wird den Nobelpreis gewinnen, und du bekommst die Park-Avenue-Praxis, Jo. Wie gefällt dir das?«

»Großartig, er ist das Genie und ich die Materialistin. Vielen Dank.«

»Lyle, was machen wir nur mit diesem Mädchen? Ist sie bei dir auch so hyperempfindlich?«

Nach dem Essen rauchten wir noch ein bisschen Gras aus Philips Vorrat; er raucht oft nach dem Abendessen einen Joint. Ich bemühe mich nicht mehr, in Gras eine große Offenbarung zu sehen. Mich macht es in erster Linie schläfrig, und einmal habe ich echt schlimme Angstzustände bekommen. Irgendwelche wunderbaren Einsichten in die Bedeutung des Ganzen eröffnen sich mir nie.

Lyle und ich gingen zu Fuß nach Hause, den Broadway hinunter, Hand in Hand.

»Ich weiß, Philip ist etwas seltsam«, sagte ich stockend, »aber …«

»Nein, mir hat er gefallen«, antwortete Lyle. »Er scheint dich sehr gern zu haben.«

»Ja, na ja …« Es gab eine Zeit, ungefähr vor zwei Jahren, als Mama meinte, ihr passe es nicht, dass ich alleine zu Philip ginge. Als befürchtete sie, Philip würde mich verführen oder so was. Was ziemlich lächerlich ist, erstens weil Philip sagt, dass er Angst vor Frauen hat und dass die Ehe mit Mama seinen Bedarf an Berührung mit dem weiblichen Geschlecht für den Rest seines Lebens gedeckt hat. Außerdem weiß ich einfach, dass zwischen uns nichts in der Art ist, auch nicht verdeckt, und es machte mich unheimlich wütend, dass Mama auch nur auf den Gedanken gekommen war. Sie meinte, ich wäre zu jung, um mir der Komplexität dieser Dinge bewusst zu sein, und die Menschen würden nicht immer ihre eigenen Beweggründe verstehen, vor allem wenn Sex im Spiel wäre. Wenn man mich fragt, dann ist Mamas ganze Generation sexuell verklemmt. Sie erzählt ununterbrochen, wie grässlich alles in ihrer Jugend in den Fünfzigerjahren war und wie unterdrückt die Mädchen waren und wie schuldig sie sich fühlten, wenn sie masturbierten oder so, und sie traktiert mich dauernd mit irgendwelchen Horrorgeschichten über Mädchen, die zugegeben hatten, mit einem Mann geschlafen zu haben, und die dann gemieden wurden, von niemandem mehr eingeladen wurden und, kaum auf dem College angekommen, irgendeinen schrecklichen Kerl heirateten, weil ihr Selbstbewusstsein für immer zerstört war. Das mag ja alles stimmen – da ich nicht dabei war, kann ich es nicht beurteilen –, aber die daraus entstandenen Einstellungen, beispielsweise die Idee, dass Philip auf einmal eine wahnsinnige Leidenschaft für mich hegen soll, finde ich ein bisschen daneben. Mama ist dabei nicht ohne Widersprüche, denn wenn sich Eric über Philip lustig macht und ihn den verrückten Wissenschaftler nennt oder den Großen Plempinski, geht sie an die Decke.

Nun hat Lyle also alle meine Väter kennen gelernt, außer dem richtigen. Mit Papa ist es etwas heikler; ich glaube, ich schiebe das, wenn möglich, noch eine Weile hinaus.

Eines ist auf alle Fälle wahr – man kann längst nicht immer vorhersagen, wie Leute auf etwas reagieren. Ich hatte nicht die Absicht, Mama von Philips Entscheidung gegen Harvard zu erzählen, aber beim Frühstück brachte sie irgendwie selbst das Gespräch darauf, indem sie fragte: »Na, wie war Philip drauf?« Sie wusste, dass Lyle und ich mit ihm beim Tennis gewesen waren.

»Okay«, sagte ich beiläufig und mampfte mein Müsli mit Milch. »Gut.«

»Hat er Harvard schon abgesagt?«

Ich starrte sie an. Ich wusste, dass Philip es ihr nicht erzählt haben konnte, weil er, wie gesagt, wirklich Angst vor Mama hat. Außerdem hatte er gesagt, dass er es niemandem außer mir erzählt hätte. »H .... ja, hat er.«

»Das hätte ich mir denken können«, sagte sie. »Nun, wahrscheinlich ist es so besser für ihn.«

Ich erstickte fast an meinen Körnern. »Aber ich dachte, du wolltest, dass er die Stelle annimmt. Du hast gesagt, es wäre die Chance seines Lebens.«

»Hab ich das? Ja, vermutlich schon«, sagte Mama. »Na ja, ich hab es mir anders überlegt. Er soll tun, was seiner Art entspricht. Ich glaube, ich bin in einer weichen Phase. Ich meine, sieh es dir doch an, Philip wäre in Harvard todunglücklich gewesen. Er kann es nicht leiden, verehrt zu werden. Vielleicht würde es ihm tief in seinem Innern gefallen, aber das liegt so tief, dass es niemals an die Oberfläche kommen wird. Es hätte ihn wahnsinnig gemacht. Dieses ganze Umfeld, in dem andere Männer selig aufgehen würden, eifrige Studentinnen, die ihn umschwärmen – er wäre total ausgeflippt.«

»Ich wette, dass er sehr glücklich wäre, wenn er dich hören könnte«, sagte ich.

»Ich habe mich Philip gegenüber wie eine dumme Kuh verhalten«, sagte meine Mutter und löffelte dabei ihre Grapefruit aus. »Nicht, dass es nicht verzeihlich gewesen wäre. Ich gebe mir selbst keine Sekunde lang die Schuld dafür. Ich hatte mir so ein idiotisches Ideal zurechtgelegt, wie und was ein Professor sein sollte, und bestand darauf, dass er dem entsprach.« Sie sah mich konzentriert an. »Jetzt ist es vorbei mit diesen Vorstellungen und der dazugehörenden Panik. Sieh dir Elliott an. Er sagt, in einem Jahr oder so will er mit Unterrichten aufhören und endlich das Buch schreiben, das er schon immer schreiben wollte. Na, vor ein paar Jahren hätte ich gedacht: ›Mein Gott, was ist, wenn er den Job nicht wiederbekommen kann? Was ist, wenn das Buch nicht gut wird?‹ Jetzt denke ich mir, wenn er das tun möchte, dann soll er es tun. Leben bedeutet eben Risiken eingehen.«
»Was höre ich da?«, fragte Elliott und betrat das Zimmer.
»Du hörst mit Unterrichten auf«, sagte ich.
»Echt?« Er machte ein erstauntes Gesicht.
»Dein Buch, dein Buch!«, sagte Mama.
Elliott hielt seine Hand hoch. »Sekunde mal, Leute. Wir wollen nicht voreilig sein. Beth, ich hab davon geredet, dass ich mein Lehrdeputat ausdehnen will, von Aufhören hab ich nichts gesagt.«
»Einschränken, aufhören«, sagte Mama. »Die Hauptsache ist doch, dass es dir früher immer um die verrückte Jagd nach Prestige und Macht ging und dass du mittlerweile einsiehst, dass das nicht das Einzige ist. Du willst keinen zweiten Herzinfarkt bekommen, und du versuchst endlich, vernünftig zu leben. Ich sage euch, wenn ich doch nur noch mal zwanzig sein könnte und so weise wie mit vierzig!«
»Schatz.« Elliott setzte sich an den Tisch. »Also, es ist schon in Ordnung, wenn wir unter vier Augen so miteinander re-

den, aber ich habe noch keine endgültige Entscheidung getroffen. Von mir aus kann Jody es mitkriegen, aber versprich mir bitte, dass du nicht rumläufst und es in ganz New York ausposaunst. Vielleicht kommt es gar nicht dazu. Sieh nur, was ich schon für Probleme habe, nur einen Artikel zu schreiben. Offen gesagt, hab ich bei der Vorstellung ein ganzes Buch zu schreiben, ganz schön die Hosen voll.«

»Wunderbar«, meinte Mama. »So soll es sein. Warum sollte man es sonst tun? Überhaupt, wer gibt hier gute Ratschläge? Nur nicht nervös werden ... Jo, hast du schon alles, was du für die Schule brauchst? Wann fängt sie an, nächsten Mittwoch?«

Ich nickte.

Sie sprang auf. »Hört zu, ich muss mich jetzt beeilen. Sagt bitte Eric, dass er um zwei einen Zahnarzttermin hat und dass ich ihm den Kopf abreißen werde, wenn er nicht hingeht.«

»Ich werd's ihm sagen«, antwortete ich.

Sechs

Ich nehme an, im letzten Schuljahr geht allen irgendwie die Luft aus. Das ist allgemein bekannt und nicht weiter überraschend. Alle sind in Gedanken schon beim College, und alle haben es über, immer die gleichen Gesichter anzugaffen, die sie schon seit drei Jahren angaffen. Für mich ist das aber das kleinere Übel. Mir macht die Sache mit Whitney mehr zu schaffen oder vielmehr die Tatsache, dass nichts mehr mit Whitney ist. Ich habe was dagegen, mich als ein statusorientiertes Wesen zu sehen, aber es ist nicht zu leugnen, dass man sich schon geschmeichelt fühlt, wenn ein Junge, den alle für den Größten halten, einen ausgewählt hat und sich um einen kümmert. Damit will ich nicht sagen, dass ich automatisch jeden gemocht hätte, nur weil der mich so behandelte, aber ein schönes Gefühl war es schon. Ich hab Whitney kennen gelernt, weil er als verantwortlicher Redakteur des Jahrbuchs für alles Künstlerische verantwortlich war und ich die Arbeit daran als Projekt für mein drittes Jahr gewählt hatte, aber gehört hatte ich von ihm schon früher. Whitney entwarf die Poster für die Tanzveranstaltungen in der Schule und die Schulfeste, und er entwarf schon die Titelbilder für das Jahrbuch, als ich mit der High School anfing. Ihn kannte wirklich jeder.

Als er mit mir auszugehen begann, waren, glaube ich, alle überrascht. Einerseits bestimmt, weil die Leute in der eigenen Klasse, vor allem die Jungen, fast so was wie ein familiäres Verhältnis zu einem haben. Man albert herum und kennt sich ziemlich gut, aber sie sehen dich eigentlich nicht als Sexualobjekt und du siehst sie auch nicht so. Deshalb fielen die Jungen in meiner Klasse aus allen Wolken, beinahe so wie Eric: Was findet er denn an *der?* Ich glaube nicht, dass jemand wusste, dass wir miteinander schliefen. Ich hatte es nur Marion erzählt, und sie ist so schüchtern, dass sie es bestimmt keiner Menschenseele verraten hat. Whitney war auch nicht der Typ, der rumläuft und so was ausposaunt. So erntete ich also die Bewunderung dafür, seine Auserwählte zu sein, ohne die fiesen kleinen Witze über mein Sexualleben ertragen zu müssen. Das hätte mich auch total fertig gemacht.

Erst im März fing ich an, mich mit Whitney außerhalb der Schule zu treffen, aber auch die Schule war den ganzen Frühling über aufregend, weil ich wusste, dass ich ihn dort sehen würde. Ich wachte meistens ganz früh morgens auf und blieb noch im Bett liegen und dachte an ihn. Wenn ich durch den Park zur Schule radelte, sah alles so frisch und schön aus. Ich fühlte mich so toll, dass ich über die Baumkronen hätte segeln können. Glücklicherweise waren es nur noch zwei Wochen bis zum Ende des Schuljahres, als er damit anfing, dass wir uns auch mal mit anderen verabreden müssten, oder mit anderen Worten, dass zwischen uns Schluss war. Sonst wäre es schwer zu ertragen gewesen. Ich hatte den ganzen Juni, um meine Wunden zu lecken. Danach ging der Job bei Sloan-Kettering los, und das war gut so, nicht nur, weil die Arbeit interessant war, sondern weil ich an andere Dinge denken konnte. Keiner dort wusste etwas von Whitney oder von meinem so genannten »Vorleben«. Das war eine ziemliche Erleichterung.

Wirklich, mit etwas Abstand – was mir jetzt nach vier Monaten nicht mehr allzu schwer fallen dürfte – mache ich Whitney überhaupt keine Vorwürfe. Ich kann verstehen, dass man, wenn man mit dem College beginnt, einen neuen Anfang machen möchte. Ich hatte mir auch gar nicht vorgestellt, dass wir für immer zusammen sein würden. Selbst wenn man mich mittendrin gefragt hätte, hätte ich vermutlich gesagt, dass wir uns wohl eines Tages trennen würden. Doch als dann tatsächlich Schluss war, war es doch ziemlich hart.

Nicht deshalb, weil wir miteinander geschlafen hatten. Echt, die Sexualität war nicht das Wichtigste an unserer Beziehung. Whitney hatte schon vorher mit anderen Mädchen geschlafen, und ich glaube, er hat nach einer Weile ein bisschen die Geduld mit mir verloren. Ich scheine eine Art Spätzünder zu sein. Ich meine, auch wenn ich es mir vornehme, fällt es mir von meinem Temperament her schwer, mich wirklich fallen zu lassen. Gegen Ende wurde es etwas besser mit mir, aber vielleicht nicht so, dass es für Whitney Grund genug gewesen sein konnte, mich nicht aufzugeben. Wie dem auch sei, mir wäre es ohnehin nicht recht, wenn jemand nur mit mir geht, weil er gern mit mir schläft, obwohl das aus mancher Sicht vielleicht schmeichelhaft wäre.

Das erzähle ich alles nur, um zu erklären, warum die Schule für mein Gefühl dies Jahr so langweilig ist. Ich fahre immer noch mit dem Fahrrad zur Schule, und eigentlich ist der Herbst meine Lieblingsjahreszeit, viel mehr als der Frühling. Ich schaue mich um und stelle fest, wie schön es ist, wenn die Blätter sich färben, aber mir fehlt die Begeisterung. Vielleicht wäre das anders, wenn Lyle auf dieselbe Schule ginge wie ich. Andererseits bin ich schrecklich froh, dass das nicht der Fall ist. Ich wollte nicht schon wieder das Gefühl haben, dass mich alle beobachten und dass die Lehrer über uns lächelten und Pipapo.

Dies Jahr habe ich Französisch, Englischen Aufsatz, Europäische Geschichte, Trigometrie und Sexualkunde. Sexualkunde scheint ganz interessant zu werden. In den vergangenen Jahren wurden die Jungen und Mädchen in der Regel getrennt, und die Mädchen hatten dann bei einer Lehrerin, die sie über die Menstruation und Empfängnisverhütung aufklärte, während die Jungen einen Lehrer hatten, der ihnen ihre Seite der Dinge darlegte. Jetzt hat die Schule entschieden, dass die Methode überholt, ja, vielleicht sogar sexistisch sei und dass die Jungen über Mädchen Bescheid wissen sollten und umgekehrt. Unser Lehrer ist Hal Meleo, der außerdem Erdkunde und Differenzialrechnung unterrichtet. Er ist nicht sehr groß, hat dichtes, lockiges blondes Haar und einen Schnurrbart. Mitte letzten Jahres hat er Sally Lippold geheiratet, die Kunst und Töpferei unterrichtet.
In der ersten Stunde verteilte er einen langen Fragebogen, den wir zu Hause ausfüllen sollten. Er sagte, wir sollten die Fragen so ehrlich wie möglich beantworten, aber ohne unseren Namen auf die Bögen zu schreiben, stattdessen sollten wir nur unser Geschlecht angeben – m oder w. Es war wirklich ein ziemlich ausführlicher Fragebogen, und die Fragen reichten von ›Wie häufig masturbierst du?‹ und ›Wie empfindest du das‹ bis zu ›Hast du schon mal mit einem Jungen/Mädchen geschlafen?‹ und ›Was weißt du über Empfängnisverhütung?‹. Eigentlich hat er nichts ausgelassen. Als ich die Fragen sah, war ich echt froh, dass wir keinen Namen draufschreiben mussten. Auch wenn Mr. Meleo die Namen in der Klasse nicht genannt hätte, wäre mir dabei mulmig gewesen. Weil aber alles anonym bleiben würde, versuchte ich, ehrlich zu sein.
In der nächsten Woche brachte er alle Fragebogen mit. Sie lagen offen da, in einem Stapel auf seinem Schreibtisch. Er ver-

kündete, dass er nicht vorhabe, alle Fragen einzeln durchzugehen, dass ihm die Fragebogen aber einen ziemlich genauen Einblick in den Stand der Dinge verschafft hätten und dass das sehr hilfreich für ihn wäre. »Vier, die ihre Unschuld verloren haben, von – wie viele seid ihr? Zweiundzwanzig? Ich nehme an, das ist in etwa Durchschnitt.«

»Waren es Mädchen oder Jungen?«, fragte Steve Kozody.

»Das geht dich nichts an, mein Junge.«

Man merkte deutlich, dass alle in der Klasse dasaßen und sich fragten, wer die vier waren, außer mir und den andern drei, die sich nur fragten, wer die drei waren. Das Komische ist, dass ich mir ziemlich sicher bin, dass ich, wenn jeder in der Klasse eine Mutmaßung abgeben sollte, wer die vier sind, bei niemandem auf der Liste erscheinen würde. Und wer waren die drei anderen? Ich wette, jeder würde auf Louise Gideon tippen, weil sie schmutzige Witze erzählt und derbe Schimpfwörter benutzt, aber das bedeutet in Wirklichkeit überhaupt nichts. Ich weiß, dass mich die meisten Jungen in der Klasse für ein Mädchen halten, das Tennis und die naturwissenschaftlichen Fächer liebt, zwar nicht die klassische Brillenschlange, aber doch eher eine in die Richtung als alles andere. Um diesen Eindruck zu erhalten, bemühte ich mich, sehr ernsthaft und nachdenklich dreinzuschauen. Ich war wirklich froh, dass Marion, die weiß, was mit mir ist, nicht da war, um mir heimliche Blicke zuzuwerfen oder mich verstohlen anzustupsen.

»Was mich überrascht«, fuhr Mr. Meleo fort, »ist weniger die Zahl der noch Unschuldigen, als die Tatsache, dass derart viele von euch als Grund den ›Mangel an Gelegenheit‹ angegeben haben. Was soll das heißen? Ihr lebt in einer der größten Städte der Welt. Und abgesehen davon, seid ihr doch hier auch nicht auf einer einsamen Insel, oder?«

Alles lachte.
»Was ist los?« Er machte ein verblüfftes Gesicht.
»Wir kennen uns zu gut«, antwortete Miriam Leonard.
»Aha? Um Sex zu haben, muss man sich fremd sein?« Er ließ einen misstrauischen Blick über die Klasse schweifen. »Hört zu, Kinder, wollt ihr mir etwa erzählen, ihr stellt es euch vor wie den *Letzten Tango in Paris?* Wo man kein Wort sagen darf, oder die Stimmung ist hin? Das ist aber traurig.«
»Wieso ist das so traurig?«, fragte ein stilles Mädchen namens Ginny Porter, die erst auf der High School in unsere Klasse gekommen war.
»Bitte keine vorschnellen Schlüsse! Nehmt bitte nicht den Eindruck mit nach Hause, dass ich euch überreden will, alle miteinander ins Bett zu springen. Offen gesagt, finde ich, dass so was ohnehin allzu sehr gang und gäbe ist, nicht so sehr in dem Sinne, dass es an sich verwerflich wäre, sondern in dem Sinne, dass es zu viel Sex aus falschen Gründen gibt. Mich verwirrt etwas anderes. Ihr seid eine Generation, die als durch und durch realistisch gilt, und dann scheint ihr dieses pseudoromantische Bild zu haben, dass ihr eure Liebste eines Tages aus der Ferne, quer durch einen überfüllten Raum erblickt. Ich meine, prima. Aber so ein Bild kann nur so und so lange die Phantasie nähren, irgendwann verliert das Mysteriöse seinen Reiz, und was dann?«
Niemand schien zu wissen, was dann. Mr. Meleo blickte auf unsere Bögen. »Okay, was noch? Ach, ja. Ein anderer kleiner Bereich, in dem mich eure Antworten erstaunt haben, war die Empfängnisverhütung. Ich meine, ehrlich Jungens, Antworten wie ›Ich glaube, da gibt es dieses Ding, das das Mädchen einschieben kann …‹ sind einfach zu vage. Es scheint da eine Unkenntnis in diesem Bereich zu herrschen, die ich ansprechen und klären möchte. Und eine ganze Reihe von

euch, auch unter den Mädchen, neigen anscheinend immer noch dazu, den Bereich der Empfängnisverhütung ausschließlich der Verantwortung der Frauen zu überlassen. So geht das nicht. Das wird also ein weiteres Thema sein, das wir zu besprechen haben.« Er lächelte. »Offen gesagt, habe ich den Eindruck, dass wir es in dieser Klasse mit einer ungewöhnlich hohen Zahl von Schau-mer mal-Kandidaten zu tun haben. Kennt einer von euch die Schau-mer-mal-Mentalität in der Empfängnisverhütung?«

»Man macht es und schaut, dass sie nicht schwanger wird?«, rief Virgil Newman.

Mr. Meleo warf ihm nur einen müden Blick zu. »Es scheint in dieser Klasse – und das irritiert mich ehrlich – die Einstellung vorzuherrschen, ›Kommt Zeit, kommt Rat‹, und das ist, wie ihr sehr wohl wissen dürftet, nur eine althergebrachte Methode, sich vor der Verantwortung zu drücken. Nach dem Motto ›Ich rechne nicht damit, dass ich es tun werde, deshalb setze ich mich nicht damit auseinander, ich werde mich nicht vorbereiten, ich werde keine Verantwortung für meine Handlungen übernehmen‹, Schau-mer-mal bringt es nicht, meine Lieben, der kluge Mann baut vor. Okay! Ich will euch keinen Vortrag halten. Wie gesagt, wir werden darauf ausführlich zurückkommen, und ihr werdet jede Menge Gelegenheit haben zu fragen. Fürs erste möchte ich euch einen kleinen Text vorlesen, den ich diese Woche aus der *Times* ausgeschnitten habe. ›Liebe mit und ohne Folgen‹. Was so viel heißt wie ›Sex aus Vergnügen und Sex für Babys‹ «

Die Klasse war ganz Ohr. Allen war klar, dass es hier anders zugehen wird als in den andern Fächern.

Nach der Schule gingen mir noch einige der Dinge, die Mr. Meleo gesagt hatte, durch den Kopf. Immerhin glaube ich nicht, dass ich zu den Schau-mer-mal-Kandidaten zu rechnen bin. Ich hab mir letztes Jahr die Pille verschreiben lassen, als ich anfing, mit Whitney zu schlafen, und ich hab sie auch danach nicht wieder abgesetzt.

Trotzdem weiß ich, was Mr. Meleo meint. Ich finde es wahnsinnig schwer, andern, auch anderen Mädchen, zu erzählen, dass ich die Pille nehme. Es ist nicht leicht zuzugeben, dass man den Wunsch hat, mit jemandem zu schlafen. Es mag ja noch gehen, sich abstrakt dazu zu äußern, aber offen und ehrlich mit einem Satz rauszukommen wie: Ich glaube, ich will heute Abend mit Soundso schlafen, und deshalb will ich lieber vorbereitet sein – das ist schwer.

Sieben

Am Wochenende stehen Lyle und ich immer früh auf, um uns auf dem Platz an der 120th Street zu treffen. Man muss gegen halb acht da sein, wenn man zwischen acht und neun spielen möchte. Jetzt ist Mitte Oktober und morgens schon ziemlich kühl, aber wenn es neun wird, hab ich in der Regel meinen Pulli ausgezogen und bin gut durchgewärmt.

Es ist mir nicht mehr peinlich, dass Lyle so viel besser spielt als ich. Mittlerweile macht es mir unheimlich Spaß, mit ihm zu spielen. Unsere Ballwechsel klappen prima. Manchmal geht der Ball vierzigmal hin und her, bevor ihn einer von uns – dreimal dürft ihr raten wer – ins Aus schlägt oder ins Netz. Wenn ich Lyle beim Spiel beobachte, habe ich das Gefühl, ein schönes Tier zu bewundern, das in großen Sätzen durch den Wald springt. Er bewegt sich so anmutig und leicht, überhaupt nicht, als hätte er eine Million Stunden genommen und sich sorgfältig alles eingeprägt, was man ihm beigebracht hat, sondern eher so, als ob er so selbstverständlich spielte, wie andere Leute atmen. Er behauptet, das wäre nicht der Fall, er hätte sich das erarbeitet. In anderen Sportarten, wie Basketball zum Beispiel, wäre er niemals gut gewesen. Angeblich galt er bei den meisten Jungen in seiner Klasse eher als ungelenkig und nicht besonders sportlich, bis er Tennis für sich entdeckte. Das finde ich interessant, aber schwer zu glauben.

Nach dem Spielen gehen wir immer ins Chock Full o' Nuts frühstücken.

»Hör mal, du kannst bei uns duschen, wenn du willst«, sagte ich eines Samstags. Mir war aufgefallen, dass er seine Straßenkleider wie üblich in einer Tasche dabeihatte, da er sich immer im Umkleideraum umzieht.
»Okay.« Er zögerte fast unmerklich, bevor er zusagte, als ob er befürchtete, dass ich irgendetwas im Schilde führte. Ich hatte aber wirklich keine Hintergedanken. Wir wollten den Tag ohnehin zusammen verbringen, und da fragte ich mich, warum wir uns erst mal für gut vier Stunden trennen sollten, damit jeder bei sich zu Hause duschen konnte, bloß um uns dann wieder zu treffen. Es war ein rein pragmatischer Vorschlag.
Wir kamen um zehn zu Hause an. Eric lag auf der Couch im Wohnzimmer und sah fern, wie üblich noch im Schlafanzug. Mama und Elliott schliefen, zumindest war ihre Tür noch zu. Oft bleiben sie samstags und sonntags lange im Bett, manchmal bis mittags. Ob sie dann miteinander schlafen? Ich hab neulich gehört, wie Mama am Telefon zu Henrietta meinte, es sei so gut wie unmöglich, mit zwei Kindern im Teenageralter auch nur ein halbwegs befriedigendes Geschlechtsleben zu führen, weil die immer auf wären und man nie wirklich Zeit für sich hätte. Das Schlimmste sei, meinte sie, dass Eric ständig hereinplatze. Elliott hält das für eine ganz normale ödipale Neigung. In seinem innersten Herzen, unbewusst, hoffe Eric, sie beim Sex zu ertappen. Eric sagt, das sei dummes Geschwätz, er habe am Samstagvormittag Besseres zu tun, als einem alternden Liebespaar im Nahkampf aufzulauern.
Jedenfalls war ihre Tür an diesem speziellen Morgen zu.
»Dusch du zuerst. Probier mal die Nadeldusche aus«, sagte ich und zeigte Lyle die Knöpfe der Dusche und wie sie funktionierten.

»Was ist das?«

»Wenn man da drückt, spritzt das Wasser hart aus allen Öffnungen, siehst du? Wenn man sich erst daran gewöhnt hat, ist das ein tolles Gefühl.«

Ich schlenderte langsam ins Wohnzimmer zurück. Zugegebenermaßen war ich unablässig mit der Vorstellung beschäftigt, wie Lyle ohne Klamotten aussieht. Ich hatte ein deutliches Bild davon, wie er unter der Dusche stand und das Wasser andrehte. Nicht dass ich eine Sexfanatikerin bin, und als Schwester eines Bruders falle ich beim bloßen Anblick eines nackten Männerkörpers nicht gerade in Ohnmacht, aber bei jemandem, den man nicht kennt, ist das was anderes. Da hat Nacktheit durchaus was Geheimnisvolles.

Im Allgemeinen ist man in unserer Familie ziemlich zwanglos, wenn es darum geht, ob man angezogen oder ausgezogen herumläuft. Erst neulich abends hatten Mama und Elliott einen Riesenkrach deswegen. Eric und ich saßen im Wohnzimmer, als Mama, nur mit einem Halbrock bekleidet und obenrum nackt, hereinkam. Sie hielt zwei Kleider hoch. »Welches findet ihr besser?«, fragte sie. Wir empfahlen das blaue, aber dann hörte ich, wie sie und Elliott sich in ihrem Schlafzimmer stritten. Elliott war der Meinung, sie provoziere Eric damit, weil sie ihn sexuell stimuliere, indem sie, wie er es ausdrückte, »nackt herumstolzierte«. Doch Mama entgegnete: »Hör auf, er kennt mich nackt, seitdem er ein Baby ist.« »Er ist kein Baby mehr, falls du das noch nicht bemerkt hast«, meinte Elliott. Darauf Mama: »Sei nicht so verklemmt. Er ist mein Kind. Lass ihn mich auf meine Weise kaputtmachen. Du sagst doch selbst, dass Pam eure kaputtgemacht hat, indem sie zu rigide war, oder? Außerdem bin ich fast vierzig. Was soll denn an einer neununddreißigjährigen Matrone so stimulierend sein?« Elliott stöhnte: »Ach, Beth, komm, du bist super in Form, und das weißt du genau. Solche Spielchen hast du doch nicht nötig.« »Na schön, dann hör du mit diesem Ödipus-Quatsch auf«, antwortete sie. Übrigens zog sie tatsächlich das blaue Kleid an. Eine von Mamas Theorien besagt, dass man sich nie hinter geschlossenen Türen streiten sollte, und das bedeutet, dass ich eine Menge Kräche mitkriege, die, offen gesagt, nicht sehr interessant sind. Wenn Leute sich hinter geschlossenen Türen streiten, denkt man: Wow, wenn ich nur hören könnte, was sie sagen. Aber wenn man es dann tatsächlich hört, wird es einem schnell langweilig.

»Wann gehst du duschen?«, fragte Eric.

»Wenn er fertig ist.«

»Wieso duscht ihr nicht zusammen?«

Ich starrte ihn an: »Eric, könntest du bitte leise sprechen?«

»Warum?«

»Er kommt aus Ohio, vergiss das nicht. Vermeide also bitte solche anzüglichen Bemerkungen, wenn er hier ist.«

»Das soll eine anzügliche Bemerkung gewesen sein?«, fragte Eric unschuldig. »Was ist denn so besonders an Ohio? Haben die Leute da keinen Spaß miteinander?«

In dem Moment klingelte das Telefon. Es war Marion. Sie war übers Wochenende aus diesem piekfeinen Internat zurück, auf das ihre Mutter sie für das letzte Schuljahr geschickt hat, damit sie eine bessere Chance hat, einen Studienplatz an einer tollen Eliteuniversität zu ergattern. »Hör zu, Marion, ich möchte wirklich gern mit dir reden«, sagte ich, »aber im Moment geht das nicht so gut.« Der Apparat, von dem aus ich telefonierte, stand in Erics Zimmer, und ich konnte hören, wie die Dusche abgedreht wurde. Ich befürchtete, Lyle würde denken, dass ich hier in der Hoffnung ausharrte, einen Blick von seinem nackten Körper zu erhaschen.

»Was macht die Schule?«, fragte sie. »Ich nehme an, dir fehlt Whitney ziemlich.«
»Ach, na ja, darüber bin ich irgendwie einigermaßen hinweg«, antwortete ich.
»Hast du jemand Neues getroffen?«
»Schon, ja.« Ich hörte, wie die Tür zur Dusche geöffnet wurde.
»Wer ist es? Ist es einer aus der Schule?«
»Marion, kann ich dich zurückrufen? Er ist – äh, er ist gerade hier, und er kommt gleich aus der Dusche.«
Marion stieß einen Schrei aus. »Jody!«
»Wir waren nur Tennis spielen, es ist nicht, was du denkst.«
In dem Moment, als ich auflegte, kam Lyle mit einem Handtuch um die Taille aus dem Badezimmer.
»Oh ... Ich bin eben erst reingekommen, um ans Telefon zu gehen«, sagte ich und versuchte, ihn nicht anzustarren.
»Ich bin in einer Minute fertig, Jo«, sagte er. Er griff nach seinen Sachen und zog sich schnell wieder ins Badezimmer zurück.
Nach dem schnellen Blick zu urteilen, den ich von dem Teil erhaschen konnte, der nicht vom Handtuch bedeckt war, sah er echt ziemlich gut aus. Trotzdem sollte ich es unbedingt langsam angehen lassen. Ich habe lauter Artikel darüber gelesen, wie aggressive Frauen Männer impotent machen können und so. Wobei es nicht etwa so ist, als ob wir dieses Stadium schon erreicht hätten. Um die Wahrheit zu sagen, sind wir immer noch in demselben Stadium wie an dem ersten Abend, als wir uns geküsst und von der Taille aufwärts gestreichelt haben. Kann sein, wenn ich mich nicht in Acht nehme, kommen wir nie weiter.
Lyle und Eric und ich knallten uns bis gegen Mittag vor den Fernseher, dann schleppten sich Mama und Elliott aus ihrem

Zimmer. Angeblich soll man es Leuten ansehen können, wenn sie sich gerade geliebt haben. Ich frage mich, ob das stimmt. In meinen Augen sah Mama morgens immer gleich aus, leicht zerknittert und mit abstehenden Haaren. Ein besonderes Leuchten oder so hat sie jedenfalls nie.

»Jody, Marion hat gestern Abend angerufen«, sagte Mama. »Hast du die Nachricht gesehen?«

»Ja, ich hab schon mit ihr gesprochen.«

»Wie hat sie sich auf Miss Dingsda eingelebt?«

»Wir haben noch nicht richtig miteinander geredet. Ich ruf sie nachher zurück.«

Mama gähnte lauthals. »Ich nehme an, ihr zwei seid schon seit dem Morgengrauen auf. Ich halt es nicht aus, auch nur daran zu denken.«

»Es ist wunderschön draußen morgens um sieben«, sagte ich. »Du solltest es auch mal ausprobieren.«

Sie schüttelte sich. »Gott bewahre!«

»Na, wer ist es?«, fragte Marion. Sie war nach dem Abendessen rübergekommen. Lyle war nach Hause gefahren, um auf das Baby seiner Schwester aufzupassen.

»Ich habe ihn im Sommer kennen gelernt. Ich mag ihn wirklich sehr.«

»Mein Gott, du lernst dauernd Jungen kennen!«

Marion ist klein und hellhäutig mit rotblonden Haaren und großen blauen Augen. Sie ist sehr schüchtern. Sie findet immer alles, was ich tu, großartig, ganz gleich, was es ist. Selbst wenn ich eine Bank ausrauben oder jemanden umbringen würde, würde Marion, glaube ich, immer noch Mittel und Wege finden, es toll zu finden. Als ich mit Whitney ging, war ihr ständiges Thema, was für eine große Ehre es wäre, dass er mich unter Tausenden ausgewählt hätte, weil ich so begabt und so hübsch bin etc. pp. Mir war klar, dass sie, wenn ich ihr nur die leiseste Chance bot, auch aus der Sache mit Lyle eine Riesengeschichte machen würde.

»Er ist ein bisschen schüchtern«, sagte ich stirnrunzelnd in der Erinnerung daran, wie schnell er sich ins Badezimmer zurückgezogen hatte.

»Seid ihr schon viel zusammen ausgegangen?«

»Gott, wir spielen zusammen Tennis. Abends haben wir noch nicht so viel zusammen gemacht.«

»Wirst du mit ihm schlafen?«

»Weiß ich nicht. Es hört sich verrückt an, aber ich weiß nicht, ob er will.«

»Wieso?«

»Na ja, es ist komisch, aber er hat's noch nie gemacht. Irgendwie hab ich den Eindruck, ich hätte ihm lieber nichts von Whitney erzählen sollen. Ich befürchte, das könnte ihn abgeschreckt haben.«

»Warum hast du es ihm denn erzählt? Mensch, bist du ein Trottel!«

»Was hätte ich denn tun sollen? Lügen?«

»Klar.«

»Ach komm, Marion. Würdest du wirklich lügen?«

»Natürlich! Wobei ich wahrscheinlich noch hundert Jahre warten kann, bis das Thema bei mir akut wird.«

»Und warum würdest du lügen?«

Sie zögerte. »Weil er dich jetzt vielleicht nicht mehr respektiert.«

»Das ist doch überholt! Heutzutage denken Jungen nicht mehr so.«

»Soll'n wir wetten?«

»Na schön, aber Lyle jedenfalls nicht. Er sagt, ihm macht es nichts aus, dass ich nicht mehr Jungfrau bin.«

»Aber warum sagst du denn, dass du Angst hast, du könntest ihn abgeschreckt haben?«
Ich zog eine Grimasse. »Okay, es stimmt. Wenn ich gewusst hätte, dass er es noch nie gemacht hat, hätte ich es vielleicht nicht gesagt. Zumindest nicht so schnell.«
»Wieso hast du angenommen, dass er es schon gemacht hat?«
»Na ja, als wir am ersten Abend abgestürzt sind, hatte ich den Eindruck, dass er sich ziemlich gut auskennt.«
»Hat er wirklich gesagt, dass er nie mit dir schlafen will?«
»Nein, aber er ... na ja, er scheint nicht gerade darauf erpicht zu sein.«
»Vielleicht ist er schwul?«
»Oh, nein! Niemals.«
»Na, du musst es wissen.« Sie warf mir einen zweifelnden Blick zu.
»Es ist nicht so, dass es mich wahnsinnig macht, noch zu verzichten, sondern eher ...«
»Dass du wissen willst, ob er sich von dir angezogen fühlt?«
»Nein, nicht mal so sehr das. Ach, ich weiß nicht, was es ist!«
»Trotzdem, Jo du, in meiner Schule läuft das alles ganz anders. Ich hab einigen Mädchen erzählt, dass ich eine Freundin hab, die schon mit einem Jungen geschlafen hat, und sie waren alle voll entsetzt.«
»Echt?«
»Ja, obwohl es sein kann, dass sie nur so taten, als ob. Ich meine, vielleicht haben sie es nur so gesagt, und in Wirklichkeit ... Ich weiß es nicht.«
»Und, was macht dein Sozialleben?«
»Nichts, gar nichts. Mama würde mich umbringen, wenn

sie's wüsste, aber ich war noch nicht mal auf der Kennenlern-party; oder wie die an unserer Schule heißt. Es ist so widerlich, von diesen Jungen, die man noch nicht mal kennt, quasi taxiert zu werden. Du würdest genauso ausflippen wie ich!«

Marion tat mir wirklich Leid. Ihr ist es völlig egal, auf welches College sie geht. Sie meint, sie ist sich noch nicht einmal sicher, ob sie überhaupt studieren will. Aber ihre Mutter hat sich nun mal in den Kopf gesetzt, dass sie unbedingt nach Wellesley gehen muss, weil da alle Frauen aus ihrer Familie in den vergangenen Millionen Jahren studiert haben.

Marion hat's wirklich schwer.

Acht

»Es macht mir nichts aus. Wirklich nicht.«

»Bist du sicher? Es tut mir Leid, Jody. Meine Schwester behauptet, sie hätte es mir gesagt. Wahrscheinlich hab ich nicht zugehört.«

»Wann gehen sie aus?«

»Gegen halb neun. Sie schlug vor, dass du zum Dessert kommst. Sie möchte dich gerne kennen lernen.«

Lyle und ich hatten vorgehabt, ins Kino zu gehen, doch offensichtlich rechnete seine Schwester damit, dass er das Baby hüten würde, deshalb versprach ich, ihm Gesellschaft zu leisten.

Renee war groß und etwas zu dünn, mit braunen, hoch gesteckten Haaren, die dunkler waren als Lyles. Sie wirkte nervös und hatte eine dieser gehetzten sanften Stimmen, bei denen man ganz genau hinhören musste, um alles mitzubekommen, was sie sagte. Ihr Mann sah ganz gut aus, obwohl er nicht meinem Geschmack entsprach. Er war ein bisschen gedrungen, mit kantigen Gesichtszügen und dickem schwarzem Haar. Ich hatte das Gefühl, dass sie mich prüfend betrachteten und fast damit rechneten, etwas zu entdecken, was ihnen nicht gefiel, aber ich habe, wie Mama ständig betont, die Tendenz, hyperempfindlich zu sein, deshalb war es vielleicht nur Einbildung.

»Ich habe in der Zeitung gelesen, dass Moshe Dayan an Popularität verliert«, sagte Wesley, als wir beim Nachtisch waren.

Er sah mich direkt an, doch mein Mund war so voll, dass ich nur »Ach« murmelte.
»Ich nehme an, dass man gespannt sein darf, was sich in den nächsten Wochen in der Führungsspitze tut.«
»Ja, das glaube ich auch.«
Dann fing er mit einem endlosen Monolog zum Thema Israel an und dass er gehört hätte, was für ein interessantes Land das sei, und dass ein Freund von ihm vor kurzem da gewesen sei und dass die Leute so voller Energie und Leben gewesen seien. Ich brauchte eine ganze Weile, bis ich begriff, dass er das alles sagte, weil er gehört hatte, dass ich Jüdin bin, und er wollte, dass ich mich bei ihnen wohl fühlte. Angesichts der Tatsache, dass es in unserer Familie angeblich nur überzeugte Atheisten gibt, wirkte das schon ziemlich absurd. Aber ich konnte ja kaum sagen: »Hört mal, Leute, das Thema Judentum könnt ihr beiseite lassen«, weil sie sich ja im Grunde nur bemühten, nett zu sein. Klar, man könnte ihnen vorhalten, dass sie ein umgekehrtes Vorurteil haben, wenn sie sich dermaßen überschlagen, aber ich glaube, es war eher ein Zeichen von Unbeholfenheit. Gleichzeitig fragte ich mich natürlich, was Lyle ihnen wohl erzählt hatte. Hatte er gesagt: »Ich habe da dieses Mädchen kennen gelernt, und sie ist Jüdin«, als wäre das das wichtigste an meiner Person?
»Warst du schon mal in Israel, Jody?« Renee schenkte mir Kaffee nach.
»Nein, noch nie. Die Sache ist die, dass meine Mutter – äh – Atheistin ist. Ich meine, sie hat mit dem Judentum nicht sehr viel am Hut, deshalb bin ich nie, deshalb sind wir nie ...«
»Oh.« Sie machte große Augen.
»Wahrscheinlich ist Atheistin nicht ganz das richtige Wort«, sagte ich schnell. »Es ist wohl eher so, dass sie zum Hebräisch-Unterricht geschickt wurde, als sie klein war, und dass

sie uns jetzt unseren eigenen Weg finden lassen will. Wenn das der jüdische Glauben ist, ist das okay, aber wenn es etwas anderes ist oder vielleicht gar nichts, dann ist das auch okay.«

»So war Papa auch«, sagte Renee. »Er hat sich nie bei Mutter eingemischt, aber er war längst nicht so streng katholisch wie sie.«

»Ich glaube, ich hab noch nie einen echten Katholiken kennen gelernt«, sagte ich.

Alle starrten mich an.

»Ich meine, vielleicht kenne ich doch welche und wusste nur nicht, dass sie katholisch sind«, sagte ich hastig. »Auf unsere Schule gehen mehr – gehen wohl in erster Linie Juden, glaube ich.« Ich fragte mich, ob sie religiös waren. Es gibt Situationen, da hat man das Gefühl, egal was man sagt, es ist das Falsche; dieses Gefühl beschlich mich langsam.

»Lyle hat erzählt, dass du eine waschechte New-Yorkerin bist«, sagte Renee.

»Na ja, wir leben hier, seit ich sechs bin.«

»Es ist eine faszinierende Stadt, so viel steht fest«, sagte sie. »Aber ich bin mir bis heute nicht sicher, ob es eine gute Stadt für Kinder ist.«

»Sie meinen wegen der Raubüberfälle und der Umweltverschmutzung und so?«

»Ja, das, aber auch ... Hat Lyle Ihnen erzählt, dass ich Lehrerin war? Im Moment arbeite ich nicht, aber vor Kittys Geburt habe ich einige Jahre unterrichtet und, weißt du, ich bin zwar nicht gerade naiv, aber, mein Gott, dass es so viele kaputte Familien gibt! Es ist kaum zu glauben. Am Ende war es fast soweit, dass ich vom Hocker fiel, wenn ich mal einem Elternpaar begegnete, das unter demselben Dach lebte.«

»So ähnlich ist das an unserer Schule auch«, sagte ich.

»Diese Frauen!«, sagte sie. »Sie meinen, dass sie emanzipiert sein wollen, okay, dagegen hab ich nichts, aber wozu kriegen sie dann erst Kinder? Diese Kinder haben so viele Väter, dass sie nie einen Sinn für Stabilität entwickeln. Grausig ist das.«
Ich nahm einen großen Schluck Kaffee. »Ja, wahrscheinlich kann es wirklich ziemlich schlimm sein.«
»Zu einer Frau habe ich eines Tages gesagt – vielleicht war das nicht besonders taktvoll von mir, aber sie war zum zweiten Mal schwanger, ohne verheiratet zu sein, und mit einem Liebhaber, der kam und ging –: ›Warum wollen Sie dieses Kind auf die Welt bringen?‹ Daraufhin ließ sie eine lange Tirade über ihre Freiheit los und darüber, dass sie tun und lassen könnte, was sie wollte. Aber was ist mit den Kindern? Das möchte ich wirklich mal wissen.«
»Renee sind Kinder unheimlich wichtig«, sagte Wesley.
»Sag mal, Jody, Lyle hat erzählt, dein Vater ist Psychologe. Das muss interessant sein.«
»Mein Vater. Hm, nee, mein Vater ist – äh – Zahnarzt.«
»Wirklich? Woher habe ich denn diese Idee mit dem Psychologen? Wahrscheinlich bloß daher, dass scheinbar jeder, den man in New York trifft, zum Psychiater geht, und daraus muss ich irgendwie ...
»Rennie, ich glaube, wir müssen gehen«, sagte Wesley.
»Ach, stimmt!« Sie sprang auf. »Jody, ich bin so froh, dass du kommen konntest. Wie du siehst, ist es bei uns ein bisschen eng, aber ich hoffe trotzdem, dass du recht oft kommst Ich habe ein schlechtes Gewissen, dass ich Lyle als Babysitter benutze, aber seit ich nicht mehr arbeite, ist es finanziell ein bisschen ...«
»Rennie, es wird wirklich Zeit«, sagte Wesley.
»Ich komme!«

Als sie rausgingen, fragte Renee: »Soll ich in der Pause anrufen?«
»Warum?«, sagte Wesley. »Lyle weiß, was zu tun ist.«
»Okay, Lyle. Ich würde sie aber lieber nicht durchschlafen lassen. Weck sie doch einfach um zehn, wie immer, okay? Ich hab den Eindruck, dass ihr der Brei nicht recht bekommt.«
»Okay«, sagte Lyle lächelnd. »Mach dir keine Sorgen. Ich krieg das schon hin.«
»Jody kann dir ja helfen«, sagte sie und schenkte mir ein richtig liebes Lächeln, sodass ich etwas gelöster wurde. Sie wusste ja nicht, dass ich kaum Erfahrung mit kleinen Kindern habe und deshalb nicht sicher war, ob ich wirklich eine Hilfe sein konnte.
Wir sahen eine Weile im Schlafzimmer fern und gingen dann ins Wohnzimmer, wo wir uns auf die Couch setzten und uns küssten. In meinem Hinterkopf geisterte der Gedanke herum, dass heute Abend vielleicht endlich der Abend sein würde, an dem wir ... Ich meine, wir hatten die Wohnung für uns allein, und sie hatten gesagt, sie würden nicht vor Mitternacht nach Hause kommen. Wir legten uns lang hin und schauten uns an. Lyle sagte: »Dies ist mein Bett.«
»Ich weiß.«
»Ich wette, du hast nicht damit gerechnet, so früh am Abend schon mit mir im Bett zu liegen.«
»Gewisse Hoffnungen hatte ich schon. Wollen wir es nicht aufschlagen?«
»Lieber nicht.«
»Warum nicht?«
»Na ja, es würde komisch aussehen, wenn sie zurückkämen und wir ...«
»Wir haben noch viel Zeit. Es ist erst zwanzig nach neun.«

»Stimmt.« Doch er klang zögerlich.

»Es wäre einfach gemütlicher.«

»Okay« Ich trat zurück, während Lyle die Couch in ein Bett verwandelte. Es war ein ziemlich großes Bett, noch ohne Laken. »Ich werde mal Laken drauflegen«, sagte er. Er holte welche aus dem Wandschrank in der Diele. Dann sahen wir uns an.

»Wir könnten uns ausziehen«, schlug ich vor. »Ich meine, wäre doch nahe liegend.« Vielleicht hätte ich das nicht so direkt sagen sollen, aber ich war nervös.

Er wirkte beunruhigt. Dann sagte er: »Okay. Warum nicht?«

Ich zog meine Bluse und meine Hose und meine Unterhose aus und warf sie in die Ecke. Lyle zog sich ziemlich langsam aus. Er legte sich hin und sah mich an. Er legte eine Hand auf meine Hüfte, aber seine Augen sahen mich von oben bis unten an. »Du bist so schön, Jody.«

Ich weiß, dass ich wahrscheinlich das erste Mädchen bin, das er je nackt gesehen hat, aber so eine Bemerkung freut einen natürlich trotzdem. Eigentlich komisch, dass man nicht dasselbe zu einem Jungen sagen kann. »Danke«, sagte ich. Mein Herz schlug wild.

Er legte seine Arme um mich, und wir lagen ungefähr eine Minute so da, und unsere Körper berührten sich auf der ganzen Länge. Mir fiel dabei eins auf: obwohl er vorher, als wir nur schmusten und noch angezogen waren, eine Erektion hatte, hatte er jetzt keine mehr. Stattdessen zitterte er leise am ganzen Körper.

»Hör mal, wir müssen es nicht tun«, sagte ich.

»Es tut mir Leid«, sagte er. »Ich weiß, dass du es gerne möchtest.«

»Nein, wirklich nicht, es ist mir egal. Lass uns doch einfach so liegen bleiben.« Unsere Gesichter waren sich so nahe, dass ich nur seine Augen sehen konnte, die genau in meine sahen.

»Jody.« Er brach ab und setzte sich dann auf und sagte: »Es gibt da einen Grund. Vielleicht sollten wir darüber reden.«

»Okay.«

»Bloß es ist schon fast zehn. Würde es dir etwas ausmachen, wenn ich zuerst Kitty füttern würde und wir dann drüber reden?«

»Mm-mm. Ich meine, nein, dagegen hab ich nichts.«

»Vielleicht sollten wir uns erst wieder anziehen«, sagte er.

»Okay.«

Nachdem wir uns angezogen hatten, gingen wir ins Kinderzimmer. Kitty lag auf dem Rücken und hatte einen grünen Strampelanzug an. Sobald sie Lyle sah, fing sie an zu strahlen. Das war wirklich enorm. Ich weiß, dass es dumm klingt, aber ich war auf das Baby richtig eifersüchtig. Lyle ging so zärtlich mit ihr um, so vertraut. Er zog ihr die nasse Windel aus und wischte ihre Vulva mit Babyöl sauber, und währenddessen lag sie die ganze Zeit da und strahlte ihn an.

»Na, wie ist das? Besser?«, fragte er. Er hob sie hoch. »Normalerweise füttere ich sie im Wohnzimmer«, sagte er.

Er holte ihr Fläschchen aus der Küche und setzte sich auf den Stuhl, um es ihr zu geben. Ich saß im Schneidersitz auf dem Fußboden und beobachtete ihn.

»Du scheinst dich gut mit Babys auszukennen«, sagte ich schließlich.

»Da ist nichts dabei«, sagte er. »Stimmt's, Kitty?« Er nahm ihr das Fläschchen weg. »Ich versuch mal, ob sie ein Bäuerchen machen will. Manchmal spuckt sie, wenn sie keins macht.« Er ging mit Kitty auf und ab, und sie lehnte den Kopf an seine Schulter. Sie hatte immer noch diesen verträumten, zufriedenen Ausdruck im Gesicht. Wenn ich jemals irgendjemand so hab aussehen sehen, wie man angeblich aussehen soll, wenn man sich gerade geliebt hat, dann dieses Baby.

»Gib du ihr doch die zweite Hälfte«, schlug Lyle vor.

»Soll ich? Ich weiß nicht, wie ich sie halten soll.«

»Mach es einfach so, wie ich es gemacht habe. Es ist nicht schwer.«

»Sie kennt mich doch aber gar nicht.« Ich nahm das Baby, dem das nichts auszumachen schien. Sie schnappte nach der Flasche und nuckelte gleich los.

Lyle lächelte mich an.

»Sie ist richtig in dich verliebt, weißt du das?«, fragte ich. »Du hast es wohl mit den ganz kleinen Mädchen.«

»Du machst das wirklich gut, Jody«, sagte er. »Du scheinst ein Händchen für Babys zu haben.«

»Das glaub ich nicht! Ich hab große Angst vor ihnen.«

»Du hältst sie genau richtig.«

Ich begann mir vorzustellen, wie es wäre, wenn wir ein Teenagerpärchen wären, das heiraten *musste* und von der Schule abgegangen war, um dann in dieser kleiner Wohnung zu leben. Kitty war unser Kind. In diese Phantasie mischte sich die Erinnerung daran, wie Lyle ausgesehen hatte, als er auf dem Bett neben mir gelegen und mich zum ersten Mal von Kopf bis Fuß angesehen hatte.

Nachdem wir Kitty wieder hingelegt hatten, gingen wir ins Wohnzimmer zurück. Wir legten uns auf das Bett, aber diesmal blieben wir angezogen.

»Ist der Grund, dass du einfach nicht willst?«, sagte ich. »Es muss nämlich nicht sein. Es ist nicht so wichtig.«

Er runzelte die Stirn. »Na, das Problem ist, ich bin mir nicht sicher, ob ich dich liebe.«

Ich war erleichtert. »Das macht doch nichts. Ich bin mir auch nicht sicher, ob ich dich liebe.«
»Das mein ich ja eben.«
»Es ist nicht so wichtig, ob du mich liebst oder nicht.«
»Es sollte dir aber wichtig sein.«
»Wieso?«
»Jody, es ist dein Geburtsrecht, geliebt zu werden.«
»Echt?«
»Klar. Und ich glaube, wir könnten uns vielleicht eines Tages lieben. Wir müssen uns nur erst besser kennen lernen.«
»Aber das macht vielleicht auch alles kaputt«, sagte ich. »Dann werde ich nichts Geheimnisvolles mehr haben.«
Er lachte.
»Aber vielleicht ist das mit der Liebe sowieso ein bisschen ... ich meine, Mama sagt, wir sind alle so von diesem romantischen Getue in Filmen und Büchern beeinflusst, dass wir glauben, es müssten Funken fliegen und sonst was, während die Liebe sich vielleicht ganz anders meldet. Es könnte doch auch was sein, was auf einmal da ist, ohne dass du weißt, wie es angefangen hat.«
Er machte wieder ein beunruhigtes Gesicht. »Hör mal, das mit der Liebe ist aber nicht die Hauptsache. Es fällt mir etwas schwer, darüber zu reden.«
Ich hätte ihn gern in die Arme genommen, um ihn zu beruhigen. »Du musst nicht drüber reden, Lyle, echt.«
»Nein, ich will drüber reden. Ich will, dass du es weißt. Nämlich, es hat mit meinen Eltern zu tun. Ich hab einfach das Gefühl, dass dies ein ziemlich hartes Jahr für mich werden wird. Ich muss in der Schule unbedingt so ran, dass ich mich für ein Stipendium qualifiziere, und das mit neuen Lehrern, die mich nicht kennen ... und davon abgesehen, habe ich wahrscheinlich irgendwo Angst, dass ich ... zerbrösele.«

»Wirklich? Du meinst, dass du zusammenbrechen könntest?«
»Ich weiß, das hört sich melodramatisch an. Aber, wovor ich Angst habe, das ist, dass, wenn wir eine Beziehung anfangen und es irgendwie schief geht, dass es mich dann umhauen könnte, und das kann ich mir im Augenblick nicht leisten.«
»Aber, wenn es gut ginge, dann könnte es doch auch sein, dass dir das gut tut.«
»Das kann sein. Daran habe ich auch schon gedacht.« Er lächelte. »Man sagt, dass alles bis zum Miteinanderschlafen für das Mädchen schöner ist und alles von da an für den Jungen.«
»Echt?«
»Das sagten zumindest die Jungs in meiner Schule.«
»Na dann, auf ins Vergnügen!«
Er lächelte nicht einmal andeutungsweise. »Wird es dir sehr schwer fallen, Jody? Wird es dich zu traurig machen?«
»Ach, wir können doch andere Sachen zusammen machen. Ich meine, auch wenn du keinen Geschlechtsverkehr willst, können wir doch alles Mögliche machen.«
»Jody, es ist nicht, dass ich keinen Geschlechtsverkehr will. Ich habe das Gefühl, dass es wahrscheinlich ganz toll wäre, aber ... Wahrscheinlich läuft es darauf hinaus, ob du Geduld mit mir haben kannst?«
Ich nickte. »Ich glaube schon. Möchtest du, dass ich mich noch einmal ausziehe?«
»Vielleicht könnte *ich* dich ausziehen?«
»Okay.« Wir legten uns hin, und Lyle zog mir die Bluse über den Kopf und dann, eine Weile später, zog er mir sanft die Jeans herunter und dann die Unterhose. Er streichelte mich am ganzen Körper, aber behutsam und tastend. Dann zog er sich auch wieder aus.

»Soll ich … kann ich dich berühren?«, fragte ich.
»Okay.«
Ich traute mich kaum, ihn unterhalb der Taille zu berühren. Er hatte wieder eine Erektion, und ich war mir nicht sicher, ob er was dagegen hatte, wenn ich seinen Penis berührte. Vielleicht würde er es als zu provokativ empfinden.
»Das fühlt sich schön an«, sagte er leise.
Als wir so dalagen und uns gegenseitig streichelten, fing ich an, mir vorzustellen, er wäre in mir drin. Sein Penis lag genau an meinem Bein, und ich überlegte, wie komisch es doch ist, dass so ein kleiner Schritt oder die paar Zentimeter eine so große psychologische Bedeutung haben, selbst für einen Jungen. Und dann kam ich ganz unvermittelt.
»Was hast du?«, fragte Lyle. Wahrscheinlich hab ich aufgeschrien oder mich bewegt.
»Ich bin gekommen. Ist das okay? Ich konnte nichts dagegen machen. Du hast dich so schön angefühlt.«
»Du fühlst dich auch schön an.«
»Möchtest du, dass ich das auch bei dir mache?«
»Ja.«
Ich berührte ihn, aber ganz sanft. Als er kam, rollte er sich auf den Bauch und seufzte: »Jody.« Er küsste meine Hand.
»Hab ich es richtig gemacht?«
»Ich glaube, ich liebe dich vielleicht doch.«
»Das ist nur der Sex.«
»Nein. Ich sag das nicht wegen dem, was wir gerade gemacht haben. Aber … du bist so lieb. Du bist so ein lieber Mensch.«
»Ach, das stimmt doch nicht. Ich berühr dich so gern.«
»Wirklich? Ich hab nie richtig verstanden, wie ein Mädchen das mögen kann. Ein Penis ist so ein komisches Ding.«
»Nun, die Vulva ist auch nicht gerade toll.«

Er setzte sich auf. »Ich glaube, wir sollten das Bett wieder zusammenklappen. Sie kommen wahrscheinlich bald nach Hause.«

Als Renee und Wesley eine Stunde später nach Hause kamen, spielten Lyle und ich Schach. Wahrscheinlich brauch ich nicht erst zu erwähnen, dass er ein sehr guter Spieler war; ich konnte auf ein Patt hoffen, wenn ich Glück hatte.

»Wie war Kitty?«, fragte Renee.

»Ohne Probleme«, sagte Lyle.

»Sie ist wirklich süß«, sagte ich.

»Ein halbes Fläschchen hat Jody ihr gegeben«, sagte Lyle.

»Nun, Jody, du musst oft zu uns kommen und Lyle Gesellschaft leisten. Ich bin sicher, das hat ihm den Abend sehr versüßt.«

Wir sahen uns an, und ich versuchte, nicht zu lächeln.

»Das mach ich gern. Es war auch für mich ein schöner Abend«, sagte ich höflich.

Neun

Manchmal habe ich den Eindruck, Rifka Rabinowitz hat einen schlechten Einfluss auf Mama. Heute war sie zum Mittagessen bei uns und fing, kaum war sie zur Tür herein, mit dieser langen Geschichte über Trudy und Evan an, ihre beiden älteren Kinder, die schon ziemlich groß waren, als sie ihre neue, positive Einstellung zur Kindererziehung entwickelte. Evan hatte letztes Jahr das College geschmissen, war wieder zu Hause eingezogen und hatte für sechs Monate seine Freundin zu sich geholt. Mittlerweile geht er wieder aufs College und seine Freundin auch. »Ich sollte meinen Kopf untersuchen lassen«, sagte Rifka. »Für Trudy war es das schlimmste, was man sich vorstellen kann, ihren Bruder, den sie anbetet – du weißt, wie sie ihn immer angebetet hat – so mit Kisha zusammen zu erleben. Das Haus stank förmlich nach Sex. Natürlich hatte sie nichts Eiligeres zu tun, als auch sich einen Freund zu suchen, und jetzt kommt sie dieses Jahr an und fragt: ›Mama, warum hast du das zugelassen?‹ Sie wollen Verbote haben! So einfach ist das! Die haben wir ihnen genommen mit diesem ganzen liberalen Gerede über Sex. Alles ist immer schön und toll und fabelhaft. Und jetzt stellt sich raus, dass die Beziehung, in die sie sich gestürzt hat, ein Desaster war. Ein absolutes und vollkommenes Desaster! Sie war einfach noch nicht soweit. Woher denn auch?«

»Aber ich dachte, du hättest gesagt, sie wäre jetzt mit einem netten Jungen zusammen«, sagte Mama.

»Ja, das mit ihrem jetzigen Freund ist eine ganz andere Geschichte. Der ist wirklich ein Schatz, obwohl ich sie letztens hätte umbringen können. Da fragt sie mich: ›Mama, kommst du eigentlich jedes Mal?‹ Sie ist achtzehn, und wenn sie nicht jedes Mal zum Orgasmus kommt, fühlt sie sich betrogen. Jesus, ich hab zehn Jahre gebraucht, bis ich auch nur in die Nähe gekommen bin. Diese Kinder! Sie möchten ihre Orgasmen auf einem silbernen Tablett serviert bekommen! Ich hätte ihr eine knallen können.«
Ich ging in die Küche, um mir was zu essen zu holen. »Da schau einer Jody an!«, sagte Rifka. »Du siehst super aus!«
»Danke.« Als ich mit meinem Apfel rausging, hörte ich, wie sie meiner Mutter *sotto voce*, was bei Rifka bedeutet, dass man sie noch drei Zimmer weiter hört, zuflüsterte: »Was ist denn mit dem Jungen, mit dem sie letztes Jahr zusammen war?«
»Oh, das ist längst aus«, sagte Mama.
»Du bist wirklich gut damit umgegangen, Beth. Gott, bei Trudy war ich kurz davor, an die Decke zu gehen.«
»Jody ist alt genug, um auf sich selbst aufzupassen. Ihr Urteilsvermögen ist vollkommen intakt«, sagte Mama.
»Ach, komm! Sie sind Kinder, kleine Kinder! Lass uns der Tatsache ins Gesicht sehen. Es ist mir egal, ob sie jede Sekunde einen Orgasmus haben, sie sind Kinder! In etlichen Beziehungen waren wir in dem Alter viel weiter als sie.«
Ich ging in Erics Zimmer. »Ist sie noch da?«
»Ja.«
»Hey, hab ich dir gesagt, dass Philip angerufen hat? Du sollst ihn vor zwölf zurückrufen.«
»Danke, dass du's mir jetzt schon sagst.«
»Ist doch erst zwanzig vor zwölf.«
Philip wollte wissen, ob ich mit ihm in eine Fotoausstellung gehen wollte. Ich war froh über seinen Anruf. Ich hatte das

Gefühl, dass ich gerne mit jemandem über Lyle reden würde, und dachte, es könnte vielleicht hilfreich sein, die Meinung eines Mannes einzuholen. Papa ist unmöglich, und Elliott würde zweifellos wieder mal zu einem großen Sermon über Kastrationsängste ausholen. Eric ist ein kleiner Klugscheißer, und abgesehen davon ist er noch Jungfrau, sodass mir Philip die beste Wahl zu sein schien. Bei Philip hab ich das Gefühl, dass ich ihm vertrauen kann. Er ist meistens so still, dass ich mich darauf verlassen kann, dass er es niemandem weitererzählen wird, aber auch sonst ist er jemand, dem man anmerkt, dass er die Privatsphäre respektiert. Schon als ich erst neun war, war Philip derjenige, dem ich von den Sachen erzählte, die keiner wissen sollte, und ich erinnere mich nicht daran, dass er auch nur ein einziges Mal etwas verraten hat.

Philip sagte, er müsse sich schon bald auf den Weg in die City machen, und fragte, ob ich ihn gegen zwei in der Galerie in Soho treffen könnte. Ich sagte zu. Ich weiß, wo die Galerie ist, weil wir schon mal dort waren; Philip kennt den Typen, der sie leitet. Sie verkaufen Fotos, und Philip sammelt welche, vor allem von alten Gebäuden und so. Es ist komisch – wenn ich Fotos sammelte, würde ich wahrscheinlich welche mit Menschen drauf haben wollen, aber Philip meint, dass sie nur die abstrakten Linien kaputtmachen oder so ähnlich.

Ich ging runter zur U-Bahn. Es war ein kühler Novembertag, und ich trug meinen Schaffellmantel. Ich habe ihn schon ein paar Jahre, und ich habe den Eindruck, dass er jedes Jahr, wenn Mama mich zwingt, ihn in die Reinigung zu bringen, einen Ton heller und vom Aussehen her schäbiger wird, aber ich liebe ihn immer noch. Er ist der wärmste Mantel, den ich je besessen habe.

Als ich in der U-Bahn saß, begann ich, über eine Sache nachzudenken, die vor zwei Wochen in der Schule passiert war und mich irgendwie umgeworfen hatte. Es war an einem Montag im Englischunterricht. Unsere Lehrerin, Mrs. Sirota, sagte, wir sollten einen Aufsatz darüber schreiben, was wir am Samstagabend gemacht hatten. Sie behauptete, wir würden meistens nur Phantasiegeschichten schreiben, und niemand von uns würde sich wirklich die Zeit nehmen, das Leben und die Menschen um uns herum genauer zu beobachten, obwohl das wesentlich interessanter sei. Na ja, zufällig war der Samstag, über den wir schreiben sollten, der Tag, an dem ich bei Lyle zum Babysitten gewesen war, deshalb schrieb ich darüber meinen Aufsatz. Normalerweise ist Mrs. Sirota von meinen Geschichten nicht sehr begeistert. Marion, die immer bei ihr gesittet hat – sie ist geschieden und hat einen fünfjährigen Sohn –, war in ihren Augen eine Art Musterschülerin, und sie las praktisch jeden Aufsatz von ihr in der Klasse vor. Unter meine schrieb sie dagegen meistens Dinge wie »zu wenig Details« oder so. Deshalb war ich wirklich überrascht, als sie sagte, sie wollte den besten der »Wie-ich-den-Samstagabend-verbrachte«-Aufsätze vorlesen, und sich dann herausstellte, dass es meiner war.

Keiner bekam mit, dass es meiner war, weil sie nie die Namen verrät. Anschließend bat sie die Klasse um ihre Kommentare. Das war das, was mir wirklich zu schaffen machte. Erstens konnten die meisten Jungen nicht glauben, dass es einen Jungen geben konnte, der nicht mit einem Mädchen schlafen wollte, obwohl das Mädchen dazu bereit war. Sie fanden die Vorstellung so erheiternd, dass sie ständig Bemerkungen machten wie »Sie muss ’ne totale Niete sein« oder »eine richtige Schreckschraube«. Dann stimmten die Mädchen mit ein, und sie alle bissen sich an dem einen Satz fest, nämlich dass Lyle gesagt hatte, es sei mein Geburtsrecht, von jemandem geliebt zu werden. Sie sagten alle, dass sie nicht verstehen könnten, dass sich das Mädchen »so erniedrigte«, dass sie mit jemandem schlafen wollte, von dem sie wusste, dass er sie nicht einmal liebte. Sie muss verzweifelt sein oder total einsam, lauteten die anderen Variationen zu diesem Thema. Mrs. Sirota hörte sich das alles an, und am Ende, als sie wie immer ihre eigene Meinung sagte, meinte sie, ihrer Ansicht nach hätten sie alle den Kern der Sache nicht erkannt. Sie seien alle auf Romantik aus oder auf eine ideale Form der wahren Liebe, und das Bewegende an der Geschichte sei gerade ihr Sinn für die Realität. Es war deutlich zu sehen, dass sie damit niemanden überzeugte.

Ich ging nach Hause und fing an, darüber nachzugrübeln, ob das, was alle sagten, vielleicht stimmte. Ich glaube nicht, dass ich eine »Schreckschraube« oder eine »Niete« bin. Ich bin vielleicht keine Kandidatin für die Miss America, aber ich denk, ich kann schon sagen, dass mir reichlich Bauarbeiter hinterherpfeifen und dass ich im Ganzen gesehen eher zu den Besseraussehenden gehöre. Was meinen Wunsch betrifft, mit einem Jungen schlafen zu wollen, der mich nicht liebt, nun, vielleicht ist das wirklich zu verurteilen. Meine Vermutung ist, dass ich irgendwo unterschwellig Angst davor habe, darauf zu warten, bis mich jemand rückhaltlos liebt, weil ich dann vielleicht bis an mein Lebensende warten muss. Ich denke, das ist ein Problem, das mich tatsächlich unsicher macht. Mama meint, dass die Gleichaltrigen da oft einen unguten Druck ausüben und dass man versuchen sollte, auf sich selbst zu hören, aber trotzdem. Um dem Ganzen die Krone aufzusetzen, lief ich am gleichen Abend noch Mrs. Sirota über den Weg. Jedes Jahr werden zwei Schüler der obersten Klasse in den Verwaltungsrat der Schule gewählt, und ich war eine der beiden. Nach der Sitzung kam Mrs. Sirota, die ebenfalls im Verwaltungsrat ist, auf mich zu. Sie erkundigte sich

nach Marion und ob ich sie gesehen hätte und wie es ihr gehe und wie es ihr auf der neuen Schule gefalle. »Sag ihr, dass sie mir fehlt«, sagte sie, »und Tommy auch.« Dann fügte sie hinzu: »Ich finde, die Klasse ist ein bisschen hart mit dir umgesprungen, Jody. Nimm dir das nicht zu Herzen. Das war wirklich eine ergreifende kleine Geschichte.«
Offensichtlich sagte sie das, um mich zu trösten, aber »ergreifende kleine Geschichte« klang nicht viel besser als die Kommentare meiner Mitschüler.

Philip war bereits in der Galerie und spazierte umher, seine Hände auf dem Rücken verschränkt, und schaute sich die Ausstellung an. Der Besitzer und seine Freundin saßen im hinteren Teil des kleines Raums.
»Kennt ihr meine Tochter?«, fragte Philip, als wir uns alle Fotos im Raum angeschaut hatten. »Jody, das sind Hal Maltman und Marya …«
»Berger«, sagte sie.
Sie starrten mich neugierig an. Ich finde es lustig, dass mich Philip den Leuten immer als seine Tochter vorstellt. Man sieht ihnen immer gleich an, dass es ihnen zu knacken gibt: Wenn Philip mein richtiger Vater wäre, hätte er mich schon bekommen haben müssen, als er ungefähr so alt war wie ich jetzt. Deshalb denken sie offensichtlich, dass er lügt, und fragen sich, warum. Vielleicht bilde ich mir das nur ein, aber das Gefühl hab ich wirklich oft.
Gleichzeitig gefällt mir das irgendwie. Ich sehe meinen richtigen Vater nicht so oft, und wenn ich mir jemanden als Vater aussuchen könnte, dann wäre es Philip. Als wir die Galerie verließen, schaute er mich an. »Ein Kleid, Jo?«, sagte er. »Seit wann trägst du Kleider?«
Tatsächlich ist dieses Kleid, eine Art langes T-Shirt in Lila,

eines der wenigen Kleider, die ich besitze. Ich mag es, weil man es einfach nur überzieht und fertig. »Ich trag manchmal Kleider«, antwortete ich.
»Es steht dir sehr gut«, sagte er fast förmlich.
Wir liefen eine Weile durch Soho und setzten uns dann in ein Café. Es wurde dunkel. Philip bestellte sich einen Jack Daniels und fragte, ob ich auch einen wollte.
Ich suchte in Gedanken ständig nach einer Möglichkeit, das Gespräch auf Lyle zu bringen, ohne dass es so aussah, als hätte ich die ganze Zeit nichts anderes im Kopf gehabt.
»Jo, was arbeitet denn da in deinem geheimnisvollen Kopf?«, fragte Philip. »Ich hab den Eindruck, ich kann fast lauter kleine Räder sehen, die sich in einem fort drehen und drehen.«
Ich lachte. Philip kann ein sehr feiner Beobachter sein. »Na, ich würde dich gern was Persönliches fragen. Ist das in Ordnung?«
Er nahm meine Hand und drückte sie, dann ließ er sie wieder los. »Kommt es je vor, dass du mir andere Fragen stellst?«
»Wie alt warst du, als du zum ersten Mal mit einem Mädchen geschlafen hast?«
Philip strich sich das Haar aus der Stirn und sah mich ein bisschen verlegen an. »Ich fürchte, du wirst schockiert sein.«
»Elf?«
»Versuche es am anderen Ende der Skala.«
»Dreißig?«
»Das ist schon näher dran. Zweiundzwanzig.«
Ich fiel aus allen Wolken. »Heißt das, dass du die ganzen Jahre im College hinter dich gebracht hast, ohne mit jemandem zu schlafen?«
»Richtig.«

»Wie hast du das geschafft?«
»Es war hart, glaub es mir.«
»Wirklich?«
Philip grinste ein bisschen traurig. »Oh, Jody, ich wünschte, es wäre so. Es war ganz einfach.«
»Hattest du nie eine Freundin?«
»Ich hab mich öfter mal aus der Ferne verliebt, weißt du, mit Anwandlungen von Wäre-es-nicht-toll-wenn-sie-mich-mögen-würde und dergleichen.« Er bestellte noch einen Drink. Mama meint, Philip ist, bevor er nicht zwei Gläser Alkohol getrunken hat, so schüchtern, dass er keinen ganzen Satz zusammenkriegt. Dazu kann ich nichts sagen, aber jedenfalls wirkt er nach zwei Drinks kein Stück betrunken. Höchstens ein bisschen weniger in sich gekehrt und unbeholfen. Ich beschloss, dass ich das Thema zu indirekt anging.
Ich leckte mir nervös über die Lippen. »Und wenn ein Mädchen einfach zu dir gesagt hätte: ›Hier bin ich, schlaf mit mir!‹, wie hättest du reagiert?«
»Du meinst, ein attraktives Mädchen?«
»Hmm.«
Er lächelte. »Ehrlich gesagt, wäre ich wahrscheinlich zu Tode erschrocken gewesen.«
Ich seufzte. »Das hab ich befürchtet.«
»Von wem reden wir? Lyle?«
»Ja.«
»Machst du ihm Angst?«
Ich runzelte die Stirn. »Wenn, dann ohne es zu wollen, ich mag ihn wirklich. Vielleicht hätte ich ihm nicht von Whitney erzählen sollen.«
»Weil er nun weiß, dass du keine Jungfrau mehr bist?«
»Ach, das ist, glaub ich, nicht so schlimm. Aber ich glaube, er baut irgendwie eine Riesenbarriere auf, weil ...«

»… . er befürchtet, dass er nicht so gut sein wird?«
»So ähnlich.«
»Hast du es so klingen lassen?«
»Nein! Wofür hältst du mich, einen Volltrottel?«
Philip schaute mich liebevoll an. »Mach dir keine Sorgen, Jo. Er mag dich.«
»Woher weißt du das?«
»An der Art, wie er dich ansieht. Gib ihm einfach Zeit.«
»Von mir aus kann er alle Zeit der Welt haben!«
»Nein, was ich damit sagen will, ist, gib ihm nicht das Gefühl, dass du ungeduldig bist oder was an seinem Zögern auszusetzen hast. Er sieht in dir offensichtlich die erfahrene Frau von Welt.«
»Das ist so dumm!«
»Na ja, im Vergleich zu ihm bist du erfahren. Also mach ihm keine Angst.«
Ich seufzte. »Es fällt mir einfach furchtbar schwer zu glauben, dass Männer je unsicher sind. Schau ihn dir an. Er sieht umwerfend aus!«
»Er würde wahrscheinlich in Ohnmacht fallen, wenn er dich reden hörte. Jo, woher hast du all diese verrückten Theorien? Männer sind nie unsicher?«
»Ja, ich kann nicht sehen, woher sie die Unsicherheit nehmen sollten. Sie haben doch alles.«
»Wirke ich auf dich so sicher?«
»Du bist anders. Dich kenne ich zu gut. Von dir denke ich nicht in solchen Kategorien. Du bist für mich einfach ein Mensch.«
»Wir sind alle Menschen.«
Ich starrte ihn an. »Da hast du wohl Recht.«
»Dräng ihn halt nicht, mehr kann ich dir nicht raten.«
»Wie meinst du das? Ich werde ihn nicht vergewaltigen!«

»Das ist nicht das, was mich beunruhigt.«
»Was denn?«
»Sieh mal, vielleicht identifiziere ich mich zu sehr mit ihm. Er erinnert mich irgendwie an mich selbst, als ich so alt war. Ich nehme an, ich habe die Befürchtung, dass er sich heillos in dich verliebt und du dann ...«
»Philip!«
»Nein, ich mein das ernst.« Er trank aus. »Bei euch Macho-Mädchen von heute kann einem Kerl schon ganz schön angst und bange werden. Als ich jung war, waren die Mädchen entweder dick, oder sie trugen Zahnspangen oder was auch immer. Heute scheint ihr alle voll aufgeblüht zu sein, atemberaubend schön, sexuell versiert ...«
Ich wurde wütend. »Philip, hör auf, ja? Ich mein das ernst! Sexuell versiert? Ich hab noch nie einen Orgasmus gehabt!« Er hörte sich langsam an wie Rifka Rabinowitz. Eigentlich stimmt es nicht ganz, dass ich noch *nie* einen Orgasmus hatte. Was ich sagen wollte, war, dass ich noch nie einen während des Verkehrs hatte. Das quält mich einerseits schon, aber Whitney und ich haben auch nur gut ein Dutzend Mal miteinander geschlafen, mehr nicht, und ich war immer irgendwie nervös. Ich hab die Hoffnung noch nicht aufgegeben, doch einmal einen zu erleben.
Philip sah aus, als wäre ihm das Thema peinlich. »Okay, Verzeihung.« Er nahm wieder meine Hand. »Das kommt noch, Jo, mach dir keine Sorgen.«
»Ich mach mir keine Sorgen. Ich beschwer mich nur, dass du behauptest, ich gestehe Männern keine Unsicherheiten zu. Und ihr, ihr gesteht den Frauen keine Unsicherheiten zu.«
»Stimmt auch wieder.«
Danach ließen wir das Thema fallen. Aber ich finde es wirklich merkwürdig, dass Philip das ganze Problem darauf redu-

ziert, dass sich Lyle unhaltbar in mich verlieben könnte. Nun sitz ich also mit einem ganzen Berg sich widersprechender Theorien zum Thema da, angefangen mit Marion, die denkt, Lyle wird mich nie respektieren, über meine Klasse, die denkt, ich muss eine vollkommene Niete sein, die alles tun würde, um einen Jungen ins Bett zu locken, bis hin zu Philip, der mich für eine Art hyperselbstbewussten, sexuell versierten Teenie-Bopper hält.

Ich nehme an, die Wahrheit liegt irgendwo dazwischen.

Zehn

Mama hat beschlossen, sich die Eileiter durchtrennen zu lassen. Sie behauptet, die Pille ist für Frauen über vierzig (was sie in einigen Monaten sein wird) zu gefährlich und das Diaphragma zu umständlich und die Spirale zu unsicher. Damit ist also so ziemlich alles abgehakt, außer Kondomen, die Erwachsene anscheinend nie nehmen, und Enthaltsamkeit, wozu sie vermutlich noch nicht bereit ist.

»Nein, wirklich, selbst wenn Eric und du morgen umkommen würdet – ich glaub fast nicht, dass ich noch einmal den Mut hätte, von vorne anzufangen«, sagte sie. »Es ist eine Phase in meinem Leben und sie ist vorbei.«

»Wer sagt, dass wir morgen umkommen?«, sagte Eric.

»Ich hab nicht gesagt, dass es so kommen wird«, sagte Mama. »Ich wollte nur sagen, dass alles seine Zeit hat und dass man die Übergänge ins nächste Stadium schaffen muss.«

Sie wird im Januar operiert, und zwei Wochen später will sie mit Elliott eine Woche auf eine Insel in der Karibik fahren, um sich zu erholen. Anfangs war sie unsicher, ob sie Eric und mich alleine zu Hause lassen kann. Früher haben wir, wenn sie weggefahren ist, immer bei ihrer Freundin Henrietta oder bei ihrem jüngeren Bruder, unserem Onkel Howard, gewohnt. Aber diesmal haben wir nicht locker gelassen, bis sie eingesehen hat, dass wir absolut in der Lage sind, allein zurechtzukommen, und dass sie uns wie Babys behandelte, wenn sie darauf bestünde, uns bei irgendeinem Verwandten abzuladen. Am Ende hat sie dann zugestimmt.

Als ich eines Tages kurz nach der Operation nach Hause kam, stand Mama splitternackt vor dem Spiegel in ihrem Schlafzimmer und betrachtete sich eingehend. Die Tür stand offen, aber es war außer mir keiner zu Hause.

»Jo, komm doch mal gerade rein«, sagte Mama.

Ich ging rein und warf mich aufs Bett.

»Ich möchte, dass du kein Blatt vor den Mund nimmst«, sagte sie. »Meinst du, ich könnte noch einen Bikini tragen?«

»Klar«, sagte ich. Die Vergangenheit hat mich gelehrt, dass Mama es nicht ganz ehrlich meint, wenn sie mich bittet, kein Blatt vor den Mund zu nehmen. Aber in diesem Fall war es nicht schwer, denn sie sah wirklich ziemlich gut aus, vielleicht ein bisschen altmodisch hippie-artig, aber im Grunde okay. Mama hat eine gute Figur; sie hat sogar mehr Busen als ich. Sie hat mir einmal eine Geschichte gezeigt, die ein Mann über sie geschrieben hatte. Er hatte sich auf dem College in sie verliebt und schrieb in der Geschichte, sie sei gebaut »wie ein Natursteinlokus«, was wohl ein Ausdruck sein muss, den man damals benutzt hat. Jedenfalls tendiert sie, wenn überhaupt, eher zu zuviel als zu wenig, ist also eher eine üppige Schönheit.

Sie sah mich an. »Weißt du, eigentlich wollte ich dir das gar nicht sagen, Jo, aber ich hab das Gefühl, wir nähern uns einer verflixt schwierigen Zeit, du und ich.«

»Wieso?«

»Weil –, hör mal, ich will ganz ehrlich mit dir sein. Du siehst zur Zeit phantastisch aus, und es gibt Momente, in denen ich das kaum aushalte. Es gibt Momente, da könnte ich dich umbringen. Ich möchte nur nicht, dass du das persönlich nimmst.«

»Okay«, sagte ich. »Ich werd's versuchen.«

Mama fing an, sich wieder anzuziehen. »Schau, das Problem ist, wenn ich mit Ende zwanzig Kinder bekommen hätte wie Henrietta, dann wärst du jetzt gerade mal zehn oder elf, und das Problem würde noch ungefähr zehn Jahre auf sich warten lassen. Aber so ist es ziemlich hart. Ich bin offensichtlich nicht bereit, mit neununddreißig die Stafette an die nächste Generation zu übergeben.«

»Warum sollst du das denn müssen?«

»Ich muss es gar nicht! Aber es gibt Tage, an denen ich aufwache und denke: Es ist nicht fair! Ich wünschte, ich könnte mir deinen Körper für das Wochenende borgen.«

»Mag Elliott dich denn nicht so, wie du bist?«

»Doch klar, das ist ja das Dumme, er mag mich wirklich. Nein, schuld daran bin allein ich. Rifka meint, so wäre das nun mal zum Auftakt der Wechseljahre, da wäre man eben von Selbstzweifeln geplagt. Es ist nicht nur der Hader mit dem Körper. Ich stecke anscheinend auch voller Neid, weil du jetzt jung bist und all diese Dinge machen kannst!«

»Was für Dinge?«

»Eure Sexualität zum Beispiel, heute ist doch alles möglich. Ihr müsst nicht mehr durch diese schreckliche, repressive Kiste wie wir damals. Ihr findet einfach einen Freund und tut es. Als ich auf dem College war und anfing, mich für Sex zu interessieren – du würdest nicht für möglich halten, was für Schuldgefühle und was für eine Panik ich da hatte! Das würde keiner in deinem Alter mehr für möglich halten! Ich hab mich zu sehr geschämt, um mit einem andern Menschen darüber zu reden. Ich hab geglaubt, ich wäre eine Art Missgeburt, nur weil ich Gefühle hatte, die das normalste, das natürlichste auf der Welt sind. Deshalb hab ich mich in die Ehe gestürzt, mit dem ersten Typen, mit dem ich geschlafen hatte, und, na ja, alles Übrige weißt du selbst.«

»Wenn Papa dich nicht so unter Druck gesetzt hätte, hättest du es doch vielleicht nicht getan.«
»Nein! Er hat mich nicht unter Druck gesetzt. Ich weiß, dass ich, nachdem wir uns getrennt hatten, immer gesagt habe, er hätte mich zu sehr an sich gefesselt und all das, aber das ist nicht wahr. Ich hab mich selbst gefesselt. Ich dachte, wenn ich nicht schnell heirate, würde aus mir eine Hure werden, die mit jedem schläft, der ihr über den Weg läuft.« Sie sah mich durchdringend an. »Ich wette, du verstehst nicht einmal, worüber ich da rede.«
»Doch, ich versteh schon, was du meinst«, sagte ich.
Mama beugte sich vor und fing an, ihr Haar zu bürsten. Sie hat langes, dickes, schwarzes Haar mit ein paar grauen Strähnen. Es ist glatt und reicht ihr fast bis zur Taille. Meine Haare sind so lockig, dass ich sie niemals lang wachsen lassen kann, weil sie nur vom Kopf abstehen und nie lang herunterhängen. Jahrelang habe ich mir gewünscht, eines Morgens aufzuwachen und dann lange, glatte Haare zu haben wie Mama.
»Wo war ich denn gerade, Herrje?«, sagte sie, immer noch vorgebeugt und ein bisschen rot im Gesicht.
»Bei deinen Ehen?«
»Meinen Ehen?« Sie wirkte verblüfft. »Nein, ich war beim Sex. Was ich sagen wollte, ist, dass ein Teil meiner derzeitigen Krise, wenn du so willst, damit zusammenhängt, dass ich mit einer wunderhübschen Siebzehnjährigen unter einem Dach wohne. Es ist mir egal, was alle sagen – an der Einstellung, dass Frauen über vierzig zum alten Eisen gehören, hat sich bei den amerikanischen Männern nichts geändert, und ich werde in vier Monaten vierzig.«
»Ich dachte, Elliott macht das nichts aus. Ich dachte, du hättest gesagt, er ist der Meinung, dass es der reine Masochismus ist, wenn du dich damit fertig machst.«

»Jo, hörst du mir eigentlich zu? Ich hab gesagt, es ist was Inneres. Es ist alles nur in mir, okay? Aber das andere, wozu ich gerade kommen wollte, ist, dass es so schnell gegangen ist! Vor einer Sekunde warst du noch ein kleines, pausbäckiges Mädchen, und kaum sieht man sich um, hast du einen Busen und stolzierst herum und wackelst fröhlich mit dem Hintern. Daran muss man sich erst mal gewöhnen.« Sie seufzte. »Wahrscheinlich leide ich unter dem klassischen Gefühl von ›Was ist bloß aus meinem kleinen Mädchen geworden?‹.«
Ich muss dazu sagen, dass ich mittlerweile fast acht Zentimeter größer bin als Mama, obwohl das wohl nicht das Einzige ist, was sie damit sagen wollte. Aber ich kann auch verstehen, wie es ihr mit mir geht, weil es mir mit Eric genauso geht. Eric war jahrelang, bis wir beide Teenager waren, kleiner als ich. Und als er vierzehn wurde, fing er plötzlich an, beinahe zehn Zentimenter im Jahr zu wachsen, sodass er jetzt zwar kein Riese, aber immerhin über einsfünfundsiebzig groß ist. Ich kann mich nicht daran gewöhnen, nun zu Eric aufblicken zu müssen, wenn ich mit ihm rede, und manchmal erkenne ich seine Stimme nicht, wenn er ans Telefon geht und mir diese tiefe Bassstimme entgegenschallt.
Wir hörten, dass die Haustür geöffnet wurde. Eine Minute später kam Elliott herein. Er war ein bisschen grünlich im Gesicht und wirkte richtig gebeugt.
»Was ist los?«, fragte Mama. »Mein Gott, du siehst ja furchtbar aus.«
Elliott ließ sich aufs Bett fallen und legte seinen Arm über die Augen. »Was für ein Tag.«
»Beth«, sagte er mit ganz leiser Stimme, »würdest du mir einen Riesengefallen tun? Kannst du mir ein Glas kaltes Wasser holen, zwei Empirin und eine Librium?«
Als Mama aus dem Zimmer eilte, sagte er, ohne die Augen zu

öffnen: »Hallo, Jody! Entschuldige, dass ich dich nicht begrüßt habe. Ich war einfach nur …«

»Das ist schon okay«, sagte ich schnell. Ich ging in die Küche, wo Mama eisgekühltes Wasser aus dem Kühlschrank holte. Sie machte ein ganz besorgtes Gesicht.

»Jo«, sagte sie, ein bisschen abwesend, so, als wäre sie ganz woanders, »alles, was ich vorhin sagen wollte, ist, dass du demnächst, wenn ich anfange, dich wegen irgendwas anzuschreien, bitte daran denken sollst, dass bei mir irgendwo im Hintergrund, selbst wenn ich zu fünfundsiebzig Prozent oder sogar zu achtzig Recht habe, das eine Rolle spielt, was ich gerade zu erklären versucht hab, ich meine diese Eifersuchtsgeschichte.«

Ich bin froh, dass Mama mir das gesagt hat, weil sie gleich nach dem Abendessen, als ich loswollte, um mich mit Lyle zu treffen, und sie mich in diesem Schaffellmantel sah, schreiend verkündet hat, dass sie das alte Ding verbrennen würde, wenn sie mich noch ein einziges Mal damit erwischte, und ob ich, um Gottes willen, nicht endlich mal zu Bloomingdale's gehen könnte, um mir einen anständigen Mantel zu kaufen.

Elf

Ich finde, ich bin ziemlich rücksichtsvoll Lyle gegenüber. Wie aber kommt ein Wort wie Rücksicht in diesen Kontext? Was ich sagen will: Ich spreche das Thema ›miteinander schlafen‹ nie an. Ich rede weder dafür noch dagegen. Was nicht etwa bedeutet, dass ich es mir aus dem Kopf geschlagen hätte. Man könnte mir sogar vorwerfen, dass mein Verhalten irgendwie hinterhältig ist, weil ich unterschwellig dauernd hoffe, dass wir eines Tages wirklich miteinander schlafen. Meistens streicheln wir uns wie damals, und ich bin hinterher befriedigt und er auch.

Ob ich den tatsächlichen Vollzug der Sache zu wichtig nehme? Neulich hab ich mir Folgendes überlegt: Wie wäre es, wenn die Gesellschaft es umgekehrt geregelt hätte und man zum Beispiel erst miteinander schläft und sich erst ganz zum Schluss auf die Lippen küsst, sodass der Kuss der letzte Schritt und das Schlafen der erste Schritt wäre? Ich wette, dann würden die Leute jede Menge Tabus um das Küssen errichten.

Eines stimmt auf jeden Fall: Wenn man es einmal getan hat oder wie ich mit Whitney sogar ein Dutzend Mal, dann ist es schwer, wieder einen Schritt zurückzugehen. Vielleicht sollte ich lieber das Wort »ficken« benutzen. »Es zu tun« ist eine Art Euphemismus so wie »sich lieben«, und offensichtlich klingt »Verkehr haben« oder »koitieren« etwas klinisch. Mein Problem mit dem Wort »ficken« ist nicht, dass es ein hässliches Wort ist, wie Marion behauptet. Ich finde es nur so

schrecklich, weil es meistens als Schimpfwort oder abwertend benutzt wird. »Du Ficker.« »Fick dich selbst.« Deshalb klingt das Wort selbst schon so aggressiv und feindselig, und ich finde Sex sollte nichts Feindseliges haben.
Mittlerweile kann ich fast schon begreifen, warum Männer Frauen mit Gewalt zum Sex zwingen. Dabei meine ich nicht die Vergewaltigungen, bei denen der Mann die Frau nicht einmal kennt, sondern eher diese Mittelding-Situation, wenn die Frau nicht will und der Mann denkt: Da wir schon auf halbem Wege sind, wird es ihr gefallen. Ich hab manchmal das Gefühl, wenn ich Lyle nur einmal rumkriegen würde, würde er seine ganzen Hemmungen verlieren.
Ich glaube nicht, dass die Geschichte mit Whitney und dass ich keine Jungfrau mehr bin, so einen großen Unterschied ausmachen. Erstens würde ich wegen so etwas immer noch nicht lügen wollen. Und zweitens hat mir die Freundschaft mit Whitney Selbstvertrauen geschenkt, auch wenn wir Schluss gemacht haben und auch unsere sexuelle Beziehung nicht das Tollste war, was die Welt je gesehen hat. Um es einfacher auszudrücken, die Freundschaft hat mir ganz konkret das Gefühl vermittelt, dass ich ein Mädchen bin, mit dem jemand Nettes, jemand, den ich mag, gerne schlafen würde. Lyle würde bestimmt sagen, das hätte ich mir nicht beweisen müssen. Es sollte ein ganz selbstverständliches Gefühl sein, mit dem ich geboren bin. Aber für mich ist dieses Gefühl nicht selbstverständlich. Mama mag mich als blühende Siebzehnjährige sehen mit tollem Busen und sexy Hintern, aber vor dem Spiegel fällt mir vor allem auf, was ich nicht mag oder was verbessert werden könnte. Hätte ich nicht mit Whitney geschlafen, dann würde ich Lyles Zögern wahrscheinlich persönlich nehmen und denken: Ich bin nicht attraktiv, keiner will mich. Jetzt aber weiß ich, dass es wirklich sein Problem ist,

dass es mit dem Tod seiner Eltern zu tun hat und vielleicht mit seinem Hintergrund im Allgemeinen. Und ich bin selbstbewusst genug, mir daraus nicht allzu viel zu machen.

Mama und Elliott sind Freitagabend abgereist. Am Samstag wollten Lyle und ich in ein Folk-Music-Konzert gehen. Früher habe ich in der Schule mehrere Jahre Gitarren-Unterricht gehabt. Damit habe ich zwar aufgehört, aber ich spiele immer noch, meistens allein in meinem Zimmer.
Eric war in seinem Zimmer und packte seinen Schlafanzug ein. »Ich übernachte bei Steve«, sagte er, »die Luft ist also rein.«
»Ich dachte, du wolltest heute Abend babysitten gehen.«
»Von dort aus gehe ich zu Steve. Hab halt gedacht, ich sag es dir, damit du Bescheid weißt.«
»Danke vielmals.«
Letzten Sommer hat Eric einen Job als Babysitter und Haushaltshilfe gesucht, aber es hat eine Weile gedauert, bis er dann auch wirklich eine Anstellung fand. Einige Frauen dachten, dass sie ihn lieber nicht engagieren sollten, weil er ihre fünfjährigen Töchter missbrauchen könnte, und andere dachten, dass er sich als Junge womöglich nicht gut mit Babys auskannte, und eine Frau, deren Haus in einem abgelegenen Teil von Long Island lag und deren Mann oft weg war, befürchtete, dass die Nachbarn »reden« könnten. Schließlich bekam er einen Job durch die *New York Times*, genau wie es in deren Anzeigen steht. Mrs. Pitts stellte ihn ein. Ihr Mann war oft genug zu Hause, und ihre Söhne, Michael und Sean, wurden mit der Zeit so verrückt nach Eric, dass sie jetzt nur noch ihn als Babysitter wollen.
Als er den Job annahm, zogen ihn alle damit auf, Mrs. Pitts könnte sein wie Mrs. Robinson in der *Reifeprüfung*, eine at-

traktive Frau in den Dreißigern, die ihn in die Dünen abschleppen und verführen würde, aber wie ich gehört habe, war es nicht im Geringsten so. Die Eheleute Pitts sind total glücklich miteinander, und Erics einziger sozialer Kontakt bestand darin, dass er sich ab und zu mit einem jungen Mädchen unterhielt, das in der Nähe als Haushaltshilfe arbeitete.

Das Konzert war gut. Nachher gingen wir noch eine Pizza essen und tranken Bier dazu. Ich wurde ein bisschen beschwipst, was manchmal schon bei einem Glas Bier passiert. Mama meint, das gehe gar nicht, ich müsse sehr beeinflussbar sein. Jedenfalls geriet ich in eine milde, träumerische Stimmung. Ich saß da, das Kinn in die Hände gestützt, sah Lyle an und hörte mehr auf seine Stimme als auf das, was er sagte. Es ist komisch. Manchmal stelle ich mir vor, Lyle wäre mein großer Bruder. Als ich klein war, wollte ich einen großen Bruder haben. Eric war eine kleine Nervensäge, und ich hatte immer dieses Bild von einem großen Bruder, der lieb und freundlich war und mir alles beibringen würde.

Doch mit Lyle habe ich das Gefühl, dass wir, abgesehen vom Sex (der, bei allen Einschränkungen, sehr schön ist), eine Art intuitives Einverständnis haben. Ich meine, ich muss zum Beispiel nicht so tun, als hätte ich gute Laune, wenn ich gar keine habe. Wenn ich mit einem Pickel auf der Nase aufwache, denke ich nicht: Oh, mein Gott, jetzt darf er mich nicht sehen. Bei Whitney hatte ich immer das Gefühl, auf der Bühne zu stehen, ständig beurteilt zu werden, befürchten zu müssen, dass er irgendwelche Mängel entdecken würde. Bei Lyle glaube ich, dass er mich trotz der Unterschiede zwischen unseren Familien akzeptiert, wie ich bin. Vielleicht möchte ich das auch nur glauben, aber ich habe wirklich den Eindruck, dass es so ist.

Wir kamen erst gegen zwei in die Wohnung zurück. Lyle sah sich im Wohnzimmer um. Mir fiel auf, wie er die Diele entlangschaute. Erics Tür stand offen. »Er schläft bei einem Freund«, sagte ich.
Lyle wusste, dass Mama und Elliott weg waren. Er warf mir einen Blick zu.
Ich räusperte mich. »Du hast nicht vielleicht Lust, hier zu übernachten?«, sagte ich. »Oder? Ich meine, es ist niemand da.«
Er sah mich an und lächelte.
»Wir müssen nichts machen, was wir nicht schon gemacht haben. Ich dachte nur, dass es schön wäre, zusammen zu frühstücken.«
Das war nicht völlig gelogen, ich hätte es schön gefunden, zusammen mit ihm zu frühstücken.
Lyle stand da und starrte nachdenklich die Wand an. »Okay«, sagte er. »Wo sollen wir schlafenß?«
»Am besten in Mamas und Elliotts Bett. Meins ist so schmal, dass wir die ganze Nacht hindurch ringen müssten.« Ich schwöre, dass ich damit keinerlei sexuelle Andeutung intendiert hatte, obwohl ich weiß, was Elliott dazu sagen würde, doch sobald die Worte draußen waren, wurde ich über und über rot, nicht zuletzt wegen Lyles Gesichtsausdruck. »Äh, ich meine bloß, dass sie ein großes Doppelbett haben.«
Wir gingen in Mamas Schlafzimmer. »Guck, wirklich riesig«, sagte ich. »Wir müssen uns nicht mal berühren, wenn wir es nicht wollen.«
»Sollen wir ein Schwert zwischen uns legen?«
Ich lieh ihm einen Schlafanzug von Eric, der ihm einigermaßen passte, und zog auch einen an, frisch aus dem Schrank, gelb mit einem gestickten Vogel am Kragen. Ein sexy Nachthemd wäre nicht schlecht gewesen, aber ich besitze keins.

Ich habe noch nie eine ganze Nacht mit einem Jungen verbracht, und im Normalfall sind Schlafanzüge einfach bequemer. Ich war ein bisschen befangen, vielleicht, weil wir in Mamas und Elliotts Schlafzimmer waren, oder vielleicht auch nur deswegen, weil ich die ganze Nacht mit Lyle im gleichen Bett schlafen würde. Egal, ich fühlte mich nicht besonders sexy, eher ein bisschen nervös.

Wir lagen im Dunkeln und hielten uns an den Händen. Wir unterhielten uns lange, über alles Mögliche, das nichts damit zu tun hatte, wo wir waren und warum wir da waren. Dann beugte sich Lyle herüber und küsste mich leicht auf die Lippen. »Schlaf gut, Jo«, sagte er.

Ich drehte mich auf die Seite und versuchte einzuschlafen, aber ich konnte nicht: Ich war so enttäuscht. Ich hatte nicht unbedingt erwartet, dass wir miteinander schlafen würden, doch der Gedanke, dass er hier lag, wenige Zentimeter von mir entfernt, und mich nicht einmal in seine Arme nahm, machte mir schrecklich zu schaffen. Ich überlegte, ob ich masturbieren sollte, aber das kam mir noch schlimmer vor, mit Lyle direkt neben mir.

»Jody, weinst du?«

Ich versuchte, normal zu klingen. »Nein ... Ich glaube, ich kriege – eine Erkältung.« Wie um das Gesagte vollends als Lüge zu entlarven, brach ich in lautes Schluchzen aus und krümmte mich auf meinem Kissen.

»Jo, Liebes, was ist los? Sag es mir.«

Er hat mich noch nie Liebes genannt; ich fühlte, wie mein Herz bis zum Hals schlug. »Ich wünsch mir so sehr, dass du mit mir schläfst!«, heulte ich.

»Das will ich doch auch, ich will es schon den ganzen Abend.«

Ich schluckte. »Wirklich?«

»Ich hatte so ein schlechtes Gewissen, weil ich im Konzert an nichts anderes denken konnte. Ich habe überhaupt nicht zugehört. Irgendwie habe ich schon geahnt, dass wir hierher kommen … Du hast gesagt, dass deine Mutter und Elliott verreisen würden. Ich habe sogar ein paar … mitgebracht. Der Mann im Laden meinte, dies ist die beste Sorte.« Er stand auf und holte aus seiner hinteren Hosentasche eine Tüte mit Parisern heraus und hielt sie hoch.

»Das wäre nicht nötig gewesen«, sagte ich, immer noch perplex. »Ich nehme die Pille.«

Er ließ die Tüte neben das Bett fallen und legte sich wieder neben mich. Wir zogen uns aus. »Es war trotzdem eine lohnende Investition«, sagte er.

»Vielleicht möchte Eric sie haben.«

»Hat er denn eine Freundin?«

»Noch nicht. Dann hätte er welche für den Fall der Fälle. Lyle, ich verstehe irgendwie überhaupt nicht, warum du deine Meinung geändert hast. Ich meine, ich dachte, du wärst so strikt dagegen.«

Er hielt mich in seinen Armen und streichelte meine Haare hinten im Nacken. »Jo, ich wollte es niemals nicht tun, ich hab's schon immer gewollt – na ja, schon seit – weißt du noch, wie wir den Tag zusammen zum Platzwart gegangen sind?«

»Als du deinen Tennispass bekommen hast?«

Er nickte. »Du weißt es wahrscheinlich nicht mehr, aber du hattest dieses Oberteil mit dem Mickymaus-Gesicht an, das deinen ganzen Rücken frei lässt …«

»Mein Top?«

»Ich weiß nicht, wie man es nennt, jedenfalls konnte ich eine Menge sehen, viel mehr als das, was ich unter dem Laborkittel ahnen konnte. In der Nacht hatte ich einen Traum von dir, der, hm, ziemlich explizit war. Und als wir uns das nächste Mal sahen, war ich zu verlegen, um dir in die Augen zu schauen. Du wirktest wie ein frisches, gesundes junges Mädchen, das total sportbegeistert ist. Ich konnte mir nicht vorstellen, dass du jemals an solche Dinge denkst.«

»Oh, Mann!« Ich seufzte. »Aber was war dann?«

»Nun, was ich gesagt hab, war die Wahrheit. Ich habe tatsächlich all diese Zweifel gehabt, und ich war auch irgendwie nicht sicher, was du von mir wolltest. Ich hatte immer das Gefühl, du sahst in mir so eine Art Hinterwäldler, weißt du, so 'n Typ mit Grassamen in den Ohren, der sich in die Großstadt verirrt hat. Ich denke, ich hatte, abgesehen von allem anderen, Angst davor, dass du dich über mich lustig machen würdest.«

»Lyle, willst du mir die absolute und ehrliche Wahrheit sagen?«

»Klar.«

»Sagst du das alles nur, damit ich mich besser fühle, oder willst du es wirklich?«

»Ich will es wirklich. Merkst du's nicht?«

Ich nehme an, er meinte seine Erektion, aber die hatte er sonst ja auch schon manchmal gehabt.

»Ich hatte Angst, du könntest mich inzwischen schon aufgegeben haben«, sagte er leise und legte sich vorsichtig auf mich.

»Ich habe nie aufgegeben«, gestand ich.

Wir hatten wohl zu viel darüber geredet, oder vielleicht waren wir auch beide zu nervös, aber der eigentliche Akt war nicht so toll. Lyle nahm seinen Penis und schob ihn in mich hinein, aber er kam so schnell, dass ich erst gar keine Zeit hatte, um selbst auch zu kommen. Irgendwie dachte ich die ganze Zeit an diese Bücher für Sexualerziehung aus der

Grundschule, in denen ungefähr der Satz steht: »Der Vater steckt seinen Penis in die Scheide der Mutter.« Genauso war es im Grunde.

Nachher, als wir Seite an Seite lagen, war ich trotzdem so glücklich, dass ich Angst hatte, ich würde wieder weinen müssen, allerdings auf andere Art als vorher. Auf jeden Fall hatte es etwas Ironisches, weil ich es jedes Mal ekelhaft finde, wenn ich lese, dass ein Typ »Triumph-Gefühle« verspürt, nachdem er ein Mädchen entjungfert hat. Das, was ich fühlte, war nicht nur Triumph. Ich spürte, dass Lyle mir vertraute. Ich hatte das bis jetzt noch nie so gesehen, aber es kann eine Art Vertrauensbeweis sein, wenn jemand einen Teil seines Körpers in einen anderen hineinsteckt.

»Du bist so süß, Jo«, sagte Lyle und küsste mich.

Ich lächelte ihn an. »Na, war es so, wie es beschrieben wird?«

»Besser.«

»Echt?«

»Na ja, alles ist im wirklichen Leben besser, als man es sich nur in der Phantasie ausmalt, meinst du nicht?«

»Ich dachte, das sei umgekehrt.«

»Nicht für mich, nicht in diesem Fall.«

»Lyle, hör mal, was ist, wenn ich dich liebe?«, fragte ich. »Ist das okay?« Ich wollte es gar nicht sagen. Es rutschte einfach so heraus.

»Das ist okay. Ich liebe dich auch, Jody. Und ich sage das nicht bloß so.«

Ich seufzte und küsste seine Schulter. »Hey, sieh mal, es ist schon Morgen.«

»Dann lass uns lieber ein bisschen Schlaf kriegen«, sagte Lyle.

Es war schön, gemeinsam zu frühstücken, gerade so, wie ich es mir vorgestellt hatte. Ich meine, natürlich machte das, was in der Nacht passiert war, es noch schöner, aber es war auch so schön. Normalerweise ist das Frühstück am Sonntagmorgen bei uns etwas chaotisch, weil alle durch die Gegend laufen und schreien, dass sie dies oder das nicht finden können. An diesem Morgen machte Lyle Rührei, und ich wärmte den Rest des Sara-Lee-Hefekranzes auf, und ich war einfach nur erfüllt von diesem friedlichen, zufriedenen Gefühl. Meinetwegen kann es noch Jahre dauern, bis ich heirate, und vielleicht heirate ich nie, aber es war so, wie man sich das Verheiratetsein wünscht, ohne dass Leute sich anschreien und sich zu guter Letzt gegenseitig sagen, dass sie einander nicht ausstehen können.
Während wir beim Frühstück saßen, rief Philip an und fragte, ob ich Lust hätte, mit ihm um den See im Central Park zu spazieren. Ich nehme an, dass Mama ihm erzählt hat, dass sie wegfährt, nur damit er für den Notfall Bescheid wusste.
»Es ist nur so«, antwortete ich verlegen. »Lyle ist zufällig hier. Wäre es okay, wenn er mitkommt?«
»Er ist zufällig da?«, fragte Philip mit einer leichten Betonung auf *zufällig*. »Schön, bring ihn mit. Je mehr, desto besser.«
Ich weiß, es klingt blöd, aber ich hab im Moment den Eindruck, als käme in jedem meiner Sätze mindestens einmal das Wort »kommen« vor, und jedes Mal kann ich nicht anders, sondern ich muss neben der normalen auch an die sexuelle Bedeutung denken. Das erinnert mich an den Aufsatz, den ich mal in Mrs. Sirotas Klasse geschrieben habe und der mit der Zeile anfing: »Max kam zuerst.« Das war ganz unschuldig gemeint, aber sie schrieb an den Rand: »Du fängst gleich mit einem Knaller an, Jody.«
Eric war noch nicht zurück, als Lyle und ich gegen zwei auf-

brachen, um uns mit Philip zu treffen. Das war mir ziemlich egal. Weil Mama nicht da war, um mir eine Szene zu machen, zog ich meinen alten Schaffellmantel an. Dabei hatte ich bei Bloomingdale's einen Mantel gekauft, der ihr gefiel, von dem sie meinte, den könnte ich auch noch auf dem College tragen. Er ist aus braunem Teddybärstoff, und ich finde ihn schön, aber ich liebe meinen Schaffellmantel nach wie vor heiß und innig. Ich habe mit Mama vereinbart, dass ich ihn nur noch bei zwanglosen Anlässen trage und sie ihn nicht wegwirft oder verbrennt. Nicht, dass der Spaziergang mit Lyle an dem Morgen, nachdem wir ein Liebespaar geworden waren, etwas Feierlicheres verdient hätte, aber trotzdem.

In dem ersten Jahr nach Mamas und Philips Scheidung hat sich Philip jeden Samstag zu einem Spaziergang um den See mit mir getroffen. Er wusste wohl, wie sehr ich darunter litt, dass er nicht mehr bei uns lebte, und deshalb machte er diesen Spaziergang mit mir, als wäre er mein richtiger Vater. An diesem Morgen war es ziemlich kalt, aber die Sonne schien. Dort, wo der Schnee schmolz, bildete sich zäher Matsch. Mir lief unaufhörlich die Nase, wie immer bei kaltem Wetter.

»Wahrscheinlich braucht man hier keine Angst zu haben, dass man überfallen wird«, meinte Lyle. »Hier laufen so viele Jogger rum.«

Er hatte Recht, denn fast jede Minute flitzte ein Pärchen oder eine niedliche Alte an uns vorbei. Manche Leute scheinen gerne auf dem Reitweg zu joggen, wo es ohnehin nicht viele Pferde gibt, aber die meisten bevorzugen den Weg um den See. Man muss ständig nach rechts und links ausweichen, um ihnen nicht im Weg zu sein. Sie wären vermutlich sauer, wenn sie aus dem Tritt kämen.

»Natürlich könnten auch die Jogger Banditen sein«, sagte ich nachdenklich.

»Du meinst, sie könnten abwechselnd joggen und Leute ausrauben?«, fragte Philip. »Hey, das hört sich an wie der Name für ein Pub, nicht? ›Jogger und Banditen‹, nicht schlecht.«
Wir gingen bis zum Eingang an der Ostseite des Parks, Ecke 89th Street und Fifth Avenue, und beschlossen, noch irgendwo was Warmes zu trinken. Mama liegt mir auch ständig in den Ohren, dass ich mir ein Paar richtig warme Stiefel kaufen soll. Sie hat Recht. Meine Zehen waren eiskalt!
Philip nahm uns mit in ein Lokal in der Third Avenue, das er schon kannte, eine Art Pub, nehme ich an. Er bestellte wie immer einen Jack Daniels. Lyle und ich beschlossen, einen heißen Apfelwein zu trinken. Dann entschuldigte sich Lyle und ging zur Toilette.
Philip sah mich an und lächelte.
»Worüber freust du dich?«
»Ach, nichts. Es ist nur schön zu sehen, dass ihr beide es endlich geschafft habt.«
Ich wurde rot. »Woher weißt du das?« Ich halte es für ein Ammenmärchen, dass man einem Mädchen an ihrem Gang oder an ihrer Art, sich hinzusetzen, ansieht, dass sie keine Jungfrau mehr ist. Ich glaube, es heißt, wenn sie die Beine übereinander schlägt, ist sie noch Jungfrau, und wenn nicht, ist sie keine mehr.
»Du erschlägst mich bestimmt, wenn ich es sage«, meinte Philip, »aber du strahlst förmlich, Jo.«
»Echt?«
»Ja, wirklich.«
»Und Lyle? Strahlt er auch?«
»Lyle strahlt eine stille Zufriedenheit mit sich und der Welt aus, was bei einem Mann das Gleiche ist.«
Ich seufzte. »Hör mal, ich hab fünf Monate gebraucht. Es war ein langer, harter Kampf.«

»Das glaub ich dir. Und immer nur bergauf, hm?«
»Allerdings.«
Er schüttelte den Kopf. »Hör auf. Ich fühl mich schon ganz alt.«
»Warum? Du siehst nicht alt aus.«
»Heute ist mein Geburtstag. Ich werde fünfunddreißig. Das heißt, ich hab die Hälfte der mir zugeteilten Zeit hinter mir oder angesichts meiner allgemeinen körperlichen Verfassung vielleicht schon zwei Drittel.«
Mir war es schrecklich peinlich, dass ich Philips Geburtstag vergessen hatte. Das war mir noch nie passiert. »Es tut mir Leid«, sagte ich.
»Das ist okay. Du hattest andere Dinge im Kopf.«
»Nein, das ist nicht okay. Es ist furchtbar. Aber fünfunddreißig ist nicht sehr alt«, fügte ich hinzu, damit er sich besser fühlte. »Mama wird bald vierzig.«
»Man ist so alt, wie man sich fühlt.«
»Das sagt Mama auch.«
»Irgendwie, wenn ich euch beide zusammen sehe, junge Liebe und so weiter ...«
»Philip, könntest du bitte ...«
»Aber nicht nur das. Du wirkst auch so – erwachsen. Darf ich dich als erwachsen bezeichnen? Oder wirst du sauer?«
»Du meinst, du kannst kaum glauben, dass ich kein kleines Mädchen mehr bin?«, sagte ich in Erinnerung an das, was Mama letztens gesagt hatte.
Er machte ein nachdenkliches Gesicht. »Ich erinnere mich noch genau an den Tag, als Beth mich das erste Mal mit zu euch nach Hause nahm. Eric kam aus der Küche gestürzt und plapperte wie ein Wasserfall. Anfangs dachte ich, sie hätte nur ein Kind. Dann sah ich, wie diese kleine dicke Nudel mich von der Tür aus stumm beäugte. Sie sagte kein Wort

und starrte mich nur an. Ich war wahrscheinlich sowieso nervös, aber ich weiß noch genau, dass ich dachte ›Das ist diejenige, die ich für mich gewinnen muss‹. Und dann kamst du zu mir und fragtest mit ganz ruhiger Stimme: ›Möchtest du dir meine Schildkröte anschauen?‹, und ich hatte das Gefühl, einen Sieg davongetragen zu haben.«

Wahrscheinlich war ich wirklich eine kleine dicke Nudel gewesen, auch wenn es nie besonders toll ist, daran erinnert zu werden. »Das mit der Schildkröte war furchtbar«, sagte ich. »Weißt du noch, was mit ihr passiert ist?«

»Mm-mh. Was?«

Ich schüttelte mich. »Ich hab sie auf der Heizung liegen lassen, ich meine, ihr Becken auf der Heizung liegen lassen, und sie hat sich irgendwie … aufgelöst.«

»Armes Ding.«

In dem Augenblick kam Lyle zurück. Ich schaute ihn an, um zu sehen, ob er wirklich still zufrieden wirkte, wie Philip behauptet hatte, aber das war schwer zu sagen. »Worüber habt ihr geredet?« fragte Lyle und setzte sich neben mich.

»Schildkröten«, sagte Philip, »und alt werden.«

»Sie werden sehr alt, nicht wahr?«, sagte Lyle. »Ich hab gehört, dass sie zu den Lebewesen gehören, die am allerlängsten leben.«

»Wenn man sie nicht auf der Heizung liegen lässt«, sagte Philip.

Lyle sah ihn erstaunt an.

Den Rückweg machten Lyle und ich alleine, nur zu zweit. Philip sagte, er hätte noch zu arbeiten. Dann liefen wir nur bis zur Ecke 86th Street und Madison Avenue und warteten dort auf den Bus. Es wurde dunkel und kalt.

»Ich wünschte, Philip hätte eine Freundin«, sagte ich plötzlich. Ich hatte keine Erinnerung an Philips ersten Besuch bei uns, aber ich wusste noch, wie es war, wenn er mit Mama ausging und ich mich total ausgeschlossen fühlte. Und jetzt war es genau umgekehrt, ich hatte jemand und er nicht. Dieses Gefühl war – eigenartig.

»Philip hat gesagt ...«, begann Lyle. Dann brach er ab. »Ach, vielleicht sollte ich das lieber nicht erzählen.«

»Doch, erzähl's mir ruhig, was hat er gesagt?« Ich hatte ein bisschen Angst, dass Philip, während ich auf der Toilette gewesen war, wieder in Erinnerungen an die dicke, kleine Nudel geschwelgt haben konnte oder von irgendetwas anderem Blöden, wie dem Unfall mit der Schildkröte, erzählt hatte.

»Also, er hat gesagt, ich soll mich nicht von deinem demonstrativen Selbstbewusstsein täuschen lassen. Er meinte: ›Darunter ist sie wirklich sehr verletzlich.‹«

»Ach du grüne Neune!« Das war ja noch schlimmer. Das klang ja wie aus einem Barbra-Streisand-Film.

»Stimmt das nicht?«

»Was – das mit dem Selbstbewusstsein oder das mit der Verletzlichkeit?«

»Beides.«

Ich war schrecklich verlegen. »Ich weiß es nicht.« Lyle beugte sich zu mir und küsste mich.

Wir saßen nebeneinander im Bus, ohne was zu sagen. Ich fragte mich, ob die Leute, die ein- und ausstiegen, bei unserem Anblick daraufkommen mussten, dass wir ein Liebespaar waren. Oder hatte Philip es mir nur angesehen, weil er mich so gut kennt?

Nach dem Abendessen musste Lyle nach Hause. Eric kam gerade zurück, als Lyle gegangen war. Darüber war ich froh. Da saß ich nämlich schon in meinem Zimmer und machte Hausaufgaben. Ich fragte ihn, wie das Babysitting gelaufen war, und er sagte: »Ganz okay.«

Zwölf

Der Rest der Woche verlief weniger idyllisch. Es herrschte keine Missstimmung, aber wir beide hatten Schule, und Lyle meinte, nicht noch mal über Nacht bleiben zu können. Ehrlich gesagt, wäre es mir auch komisch vorgekommen, mit Eric daheim, selbst wenn wir das Schlafzimmer abgeschlossen hätten. Mittwochabend rief Mama an und fragte, wie wir zurechtkämen. Eric und ich gingen an verschiedene Apparate. Eric in seinem Zimmer und ich in der Küche.

»Ist alles in Ordnung, Kinder? Jo, hatte ich dir gesagt, dass der Fensterputzer am Dienstag kommen sollte?«

»Klar doch. Ich habe ihn aus der Haushaltskasse bezahlt, wie du gesagt hast.«

»Wie läuft es mit Eric? Hilft er dir im Haus?«

»Mais oui«, sagte Eric mit seiner Telefonstimme, die immer tiefer klingt als seine normale Stimme. »Wir habben eiinnen Vertrag iiber gerechte Verrteilung von Haussarrrbeiten abbgeschlossen.«

»Okay, okay. Und nachts? Kriegt ihr genug Schlaf?«

»Mehr als genug«, sagte Eric.

»Wie war dein Babysitting Eric?«

»Wie immer.«

»Hat es dir was ausgemacht, nachts allein in der Wohnung zu sein, Jo? Ich glaube wirklich nicht, dass es gefährlich ist. Hast du daran gedacht, beide Schlösser an beiden Türen abzuschließen?«

»Mmhmm.« Mir wurde ganz kalt vor Angst, dass sie sich

nach Lyle erkundigen könnte, aber sie erwähnte ihn nicht.
»Geht's euch gut, Mama?«
»Es ist wunderschön hier. Wir essen uns dick und rund, liegen in der Sonne und gehen sogar schnorcheln. Also gut, hört zu, ich wollte nur mal hören, ob bei euch alles in Ordnung ist. Denkt dran, ich kann jederzeit bei Howard oder Henrietta anrufen und sie bitten …«
»Nein!«, riefen wir beide unisono.
»Wir sehen uns Samstag, ihr Lieben.«
Am Freitagnachmittag hatte Eric seinen Trommelkurs. Normalerweise kommt er dann nicht vor sechs zurück. Gegen vier kam Lyle rüber, und wir gingen sofort wieder in Mamas und Elliotts Schlafzimmer. Diesmal war es viel besser. Ich kam zwar auch diesmal nicht, aber ich glaube nicht, dass das Lyles Fehler war. Er versuchte wirklich, sich Zeit zu lassen, und machte alles richtig. Wie ich vermutet hab, wird er wahrscheinlich schon nach drei Mal ein alter Profi sein. Wahrscheinlich hat er nicht gemerkt, dass ich nicht gekommen bin. Ich würde mich nie erniedrigen und nur so tun und stöhnen, als ob ich gekommen wäre, aber er hat mich auch nicht gefragt. Er hat nur gesagt: »Wie war es für dich, Jo?« und ich hab gesagt: »Schön«, was stimmte.
Ich wollte ihm lieber nicht sagen, dass ich nicht gekommen war, weil ich mal eine Geschichte über einen Mann gelesen habe, der alle möglichen Verrenkungen machte, um eine Frau zum Orgasmus zu bringen. Sie arbeiteten stundenlang daran, und es war so ziemlich das Deprimierendste, was ich je gelesen habe. Ich würde solche Versuche an meinem Körper nie erleben wollen.
Hinterher wurde es peinlich, und das kam so: Wir waren beide nacheinander eingeschlafen. Als wir aufwachten, war es schon nach sechs. Wir machten die Schlafzimmertür auf, und

da saßen Eric und sein Freund Steve auf dem Boden in Erics Zimmer und spielten Karten. Erics Zimmer liegt genau gegenüber Mamas Zimmer, sodass wir uns nicht klein machen und durch die Diele davonstehlen konnten.
»Hey, Jody«, sagte Steve. Dann sah er Eric an, und sie grienten.
»Hm … wir haben ein Schläfchen gemacht«, sagte ich schnell.
Ich weiß nicht, warum ich das sagte. Ich hätte gar nichts sagen sollen, aber ich war wirklich verlegen. Mit Steve ist Eric befreundet, seit ich zehn bin. Der Blick zwischen ihm und Eric warf mich völlig aus der Bahn. Nachdem Lyle nach Hause gegangen war, machte ich Abendessen für die beiden. Eric sang dauernd leise vor sich hin: »Liebe, oh Liebe, oh sorglose Liebe«, und dann kugelten sich die beiden vor Lachen. Zuerst versuchte ich, sie zu ignorieren, doch mit der Zeit machte es mich ziemlich fertig. Schließlich schrie ich: »Wenn du jetzt nicht endlich die Klappe hältst, Eric, dann knalle ich dir eine. Ich mein das ernst!«
Leider war diese Drohung viel wirksamer gewesen, als wir acht und neun waren und ich ein paar Zentimeter größer war als er. Zwar war ich die Zweitbeste in unserer Klasse in Karate und Eric nicht so gut in Form, aber meine Drohung schien ihn trotzdem nicht gerade aus der Fassung zu bringen.
Stattdessen fing er an, sich hinter den Tisch zu ducken und so zu tun, als stürbe er vor Angst: »Oh, nein, mein Gott, sie will mich holen. Hilfe, beschütz mich, Steve!« Dann stimmte Steve mit ein.
»Was sollen wir bloß machen?«, sagte er. »Sie kommt näher! Schnell, hinter die Couch!«
Ich stand da, die Arme in die Hüften gestemmt, und schaute

beide an. Ich schüttelte den Kopf. »Du bist dran mit Spülen, du Dämlack. Los, haltet euch mal ran.«
Eric verbeugte sich unterwürfig. »Ja, Herrin, zu Befehl, Herrin.«

Am Samstagmorgen ging ich in Mamas Schlafzimmer, um zu sehen, ob ich die Laken wechseln sollte. Sie hatten ein paar Flecken. Ich war mir nicht sicher, ob sie das überhaupt bemerken würde, und wusste nicht, ob sie sie gerade vor der Abreise gewechselt hatte. Wenn sie schon länger drauf waren, konnten die Flecken auch von ihr und Elliott stammen, obwohl mir das eher unwahrscheinlich vorkam. Deshalb könnte man meinen, die offensichtliche Lösung des Problems wäre gewesen, die Laken einfach zu wechseln. Aber dagegen sprach, dass Mama immer unterschiedliche Laken kauft. Mal mit Dschungelmotiven, mal geblümt, während andere, wie die, mit denen das Bett gerade bezogen war, einfach einfarbig blau waren. Deshalb war es praktisch unmöglich, eine zweite Garnitur zu finden, die genauso war wie die auf dem Bett. Und es war zu spät, um sie noch zu waschen.
Würde sie sich überhaupt daran erinnern, wie das Bett bezogen gewesen war? Und wenn ja, würde es ihr etwas ausmachen? Ich stellte diese Überlegung an, weil Mama nicht merken sollte, dass Lyle und ich während ihrer Reise ihr Bett benutzt hatten. Ich war mir nicht sicher, ob sie etwas dagegen gehabt hätte, obwohl man bei Mama nie genau wissen kann. Sie gehört im breiten Spektrum der Mutter ganz gewiss zu den liberaleren, ist aber nicht immer berechenbar. Manchmal kann eine Kleinigkeit ein unerwartetes Donnerwetter auslösen. Zum Beispiel hält sie ständig Vorträge darüber, wie dumm es ist, der Mode zu folgen, und dass Frauen nur Sachen tragen sollten, in denen sie sich wohl fühlen, aber dann

sagt sie zu meinem Schaffellmantel: »Wie kannst du das hässliche alte Ding nur tragen?«

Aber es ist nicht nur das. Selbst wenn es Mama nichts ausmachen würde, dass wir ihr Bett benutzt haben, will ich eigentlich nicht, dass sie es weiß. Mir macht es nichts aus, wenn sie ganz allgemein weiß, dass ich mit Jungen schlafe, oder wenn sie sogar konkret vermutet, ich tue es mit Lyle. Aber ich möchte nicht, dass es so deutlich auf der Hand liegt, wie man so schön sagt. Nicht, dass sie sich darüber lustig machen würde wie Eric. Vielleicht würde sie sogar überhaupt nichts sagen. Meistens ist sie ziemlich rücksichtsvoll, was meine Privatsphäre betrifft. Aber mich würde der Gedanke, dass sie es wüsste, stören.

Eric steckte den Kopf zur Tür herein und sah mich auf dem Bett sitzen.

»Hey«, sagte er. Er sah schuldbewusst aus. Ich konnte ihm ansehen, dass ihm sein Verhalten von gestern Abend Leid tat. Wahrscheinlich ist es ganz normal, dass man jemandem so was auf einen Blick ansieht, wenn man schon das ganze Leben mit ihm zusammenlebt.

»Ich überlege gerade, was ich mit diesen Laken machen soll«, sagte ich. »Sie haben, äh, ein paar Flecken. Glaubst du, dass es Mama was ausmacht?«

»Ich *glaube* nicht«, sagte Eric. »Warum behandelst du sie nicht mit dem Zeug, das sie für die Pullis benutzt, weißt du, und mit Wasser? Vielleicht klappt's.«

»He, das ist eine tolle Idee.« Ich lächelte ihn an.

»Hör mal, Jo, ich wollte mich dafür entschuldigen, dass Steve und ich dich gestern Abend so genervt haben. Wir wollten deine Gefühle nicht verletzen.«

»Ach, das ist schon okay«, sagte ich.

»Lyle scheint ein netter Kerl zu sein.«

Ich nickte. »Finde ich auch.«
Eric lächelte. »Ich wette, du wirst es nicht glauben, aber Steve hofft, dass das erste Mädchen, mit dem er schläft, genauso ist wie du.«
Ich starrte ihn an. »Wie *ich*?«
»Ja. Ich meine, natürlich ist er ein bisschen verrückt, das muss man ihm nachsehen. Er hat immer wieder gesagt, wie sexy er dich findet! Ich habe ihm gesagt, das wär nur Tarnung. Wenn er mit dir leben würde, würde er seine Meinung in drei Sekunden ändern, aber er hat nicht nachgegeben.«
Ich lächelte. »Danke sehr.«
»Er wollte wissen, ob du einen BH trägst. Er glaubt, nein. Ich dachte aber doch, oder?«
»Früher hab ich einen getragen, aber jetzt nicht mehr.«
»Ach so, na ja, er behauptete, er könnte es erkennen. Wir haben ein Mädchen in der Klasse, das keinen trägt, aber die hat mehr, da ist es leichter zu erkennen.«
»Aha.«
Eric machte für seine Verhältnisse ein ungewöhnlich verlegenes Gesicht. »Wie ist es?«
»Hm?«
»Das Vögeln.«
»Ach so, das Vögeln. Es ist schön, es macht … Spaß.«
»Hast du nur deshalb mitgemacht, weil er dich dazu gezwungen hat?«
»Kann man nicht sagen.«
»Steve meinte, er hätte gelesen, dass Mädchen es nicht täten, ohne dass man sie irgendwie damit vollabert, wie sehr man sie liebt, oder dass man sterben würde, wenn sie es nicht täten. Sein großer Bruder hat das bei einem Mädchen probiert, und es hat sofort geklappt. Ich frage nur, weil, äh, weil ich vielleicht eines Tages …«

»Eric! Ach, großer Gott! Das ist das blödste Chauvi-Gerede, das ich je gehört hab! Man braucht einfach bloß zu sagen, was man wirklich fühlt.«
»Aber wenn das nicht funktioniert? Ich meine, was ist, wenn du nur mit einer schlafen willst, aber nicht verliebt bist?»
»Du sagst immer die Wahrheit«, sagte ich streng.
»Echt?« Er machte ein entsetztes Gesicht.
»Mädchen finden es auch schön, weißt du.«
»Echt? Ich dachte, sie lassen es bloß irgendwie über sich ergehen.«
»Natürlich finden sie es schön!«
Er wirkte nicht sehr überzeugt. »Einfach die Wahrheit sagen, hm?«, sagte er und verließ das Zimmer.
»Genau.«
Jungen haben wirklich manchmal seltsame Vorstellungen. Wie dem auch sei, die Idee, Woolite für die Laken zu benutzen, hörte sich gut an. Ich probierte es aus, und es schien zu funktionieren. Wenn man ganz genau hinsah, waren die Flecken immer noch da, aber ziemlich blass. Ich drehte das Laken um, sodass sie mehr am Fußende waren.

Dreizehn

»Er ist da auch nicht anders als die Miss America«, sagte Mama. Sie saß mit gekreuzten Beinen im Wohnzimmer auf dem Fußboden und nähte einen Knopf an eine Bluse.

»Papa soll wie Miss America sein?«

»Was ich damit sagen will, ist, dass du ihm deswegen keine Vorwürfe machen sollst. Es ist nicht seine Schuld. Er ist darauf programmiert, ein guter jüdischer Junge zu sein, der erste Sohn, nichts als Geld, Geld, Geld, von Geburt an. Mein Sohn, der Arzt, mein Sohn, der Zahnarzt. Alles eine Soße. Er hatte keine Chance, lebend da rauszukommen.«

Das war mir ein bisschen weit hergeholt. Ich meine, man kann jeden mit der Behauptung entschuldigen, er sei darauf oder darauf programmiert. Nach dieser Theorie war Hitler darauf programmiert, Juden zu hassen, und Männer sind darauf programmiert, Frauen zu diffamieren. »Er war also darauf programmiert«, sagte ich. »Er hätte sich doch auch irgendwann umprogrammieren können, oder?«

»Wenn er ein anderer Mensch gewesen wäre, sicher. Aber, Jo, hör zu. Es gibt Leute, und zu ihnen gehört Sidney, die kein Interesse daran haben, den Dingen auf den Grund zu gehen. Sie sind nicht introspektiv. Deshalb musst du ihn so nehmen, wie er ist.«

»Warum? Warum muss ich ihn überhaupt besuchen?«

»Weil er dich auf seine eigene Art und Weise liebt.«

»Klar. Und weil er mich so unbedingt sehen will, ruft er nur einmal im Jahr an.«

»Schatz, schau, du bist fast achtzehn. Du kannst es halten, wie du willst. Wenn du die Verbindung ganz abschneiden willst, tu's. Okay? Wenn du mich fragst, ich halte das für ein bisschen grausam und unnötig, aber wenn du es tun musst, dann sei's drum. Ich fände es viel reifer, wenn du ihn so akzeptieren könntest, wie er ist, und es nicht mehr nötig hättest, ihn ändern zu wollen, oder zu erwarten, dass er sich von selbst ändert.«

Ich seufzte. »Klar.«

Aus irgendeinem Grund ist Mama, obwohl *sie* mit Papa verheiratet war, viel objektiver in ihrem Urteil über ihn als ich. Klar, sie hatte ihn oft genug einen gefühllosen Bastard geschimpft und so was, aber in letzter Zeit verbreitet sie in erster Linie, dass er eher zu bedauern sei als zu verurteilen und so weiter und so fort. Selbst Eric ist viel besser auf Papa zu sprechen als ich. Papa hat ihn zum Beispiel immer zu Sportveranstaltungen, zu Footballspielen und dergleichen mitgenommen. Das Größte bisher war wohl das Spiel Harvard gegen Yale, da Papa in Harvard studiert hat, aber sie haben auch sonst eine Menge gesehen, ob Fußball, Eishockey, oder was es sonst so gibt. Vielleicht deshalb, weil Eric sein einziger Sohn ist – mit Boots hat er zwei Töchter – und weil das seine Vorstellung davon ist, was man mit einem Sohn macht. Aber Eric ist schließlich, anscheinend ohne größeren inneren Kampf, zu ihm gegangen und hat ihm gesagt, dass er sich nichts aus Sport macht, und ihn gebeten, etwas anderes mit ihm zu unternehmen, wenn sie sich sahen. Papa war vielleicht ein bisschen überrascht, vielleicht auch enttäuscht, aber er hat ihn nie wieder zu einem Spiel mitgenommen.

Mama meint, es wäre doch nur einmal im Jahr, warum deshalb so 'n Theater machen? Zum Teil stört mich aber gerade dieses Einmal-im-Jahr. Ich meine, wenn einem so wenig am anderen liegt, dass man ihn nur einmal im Jahr sehen will, was für eine Beziehung ist das? Und immer am Geburtstag. Als ich klein war, gab es Karten zu irgendeinem tollen Puppenspiel oder Ballett. Vor zwei Jahren, als ich sechzehn wurde, wollte er in seinem Country-Club für mich eine Sweet-Sixteen-Party organisieren, zu der ich alle meine Freunde einladen sollte. Ich kann Papa einfach nicht verstehen. So wie seine Idee, Eric zu einem Callgirl mitzunehmen. Es ist eins, sich so eine Idee in einem verrückten Moment mal kurz durch den Kopf gehen zu lassen, aber sie dann auch noch umsetzen zu wollen! Tatsächlich anzurufen und zu sagen: »Hör mal, mir ist gerade eine sagenhafte Idee …«

Mama hat Recht, ich sollte mir klar darüber werden, dass er nun mal so ist und nicht anders. Warum sollte ich mich deswegen gekränkt fühlen? Warum muss ich jedes Mal total am Boden zerstört sein, ohne recht zu wissen, warum, wenn ich von diesem alljährlichen Wochenende zurückkomme? Im tiefsten Grunde macht mir, glaube ich, das Gefühl zu schaffen, dass Papa mich, egal, welchen Beruf ich ergreife, egal, wen ich heirate oder nicht, für eine schräge Type halten wird, die komische Entscheidungen fällt. Na und?, wie Mama zu sagen pflegt. Das ist sein Problem. Und eigentlich stimme ich ihr zu, aber trotzdem scheine ich jedes Mal dran drehen und einen Durchbruch zu einem wunderbaren Verhältnis schaffen zu wollen, das den ganzen Schrott aus all den Jahren wieder gutmachen würde. Da kann man sich gleich einen Ring durch die Nase ziehen und sich daran aufhängen.

Dieses Jahr, zu meinem achtzehnten Geburtstag, hat Papa wie üblich zwei Wochen vorher angerufen und vorgeschlagen, dass ich das Wochenende bei ihm verbringe. »Die Mädchen freuen sich schon wie wahnsinnig auf dich«, sagte er. Warum sagt er das? Sie freuen sich nicht *wahnsinnig*. Warum auch? »Beth hat erzählt, dass du einen Freund hast«, fuhr Papa fort. »Hast du Lust, ihn mitzubringen? Wir haben den Hobbyraum gerade als zusätzliches Gästezimmer eingerichtet.«

»Ich weiß nicht«, sagte ich angespannt.

»Na ja, wir würden uns sehr freuen, ihn kennen zu lernen, Schatz. Ich überlasse dir die Entscheidung.«

Lyle mitzunehmen und mit Papa bekannt zu machen wäre ein Vertrauensbeweis, der mehr bedeuten würde als alles andere, was ich mir vorstellen kann. Es gibt auf der ganzen Welt keine Liebestat, die der auch nur annähernd gleichkäme. Keine meiner Freundinnen hat Papa jemals kennen gelernt, nicht einmal Marion. Bis ich vierzehn war, habe ich sogar den meisten Leuten weisgemacht, dass Philip mein Vater wäre. Ich schwankte eine ganze Weile, ob ich Lyle mitnehmen sollte. Am Ende entschloss ich mich dazu. Vielleicht würde mir seine Gegenwart Mut machen oder moralische Unterstützung geben.

Während der Zugfahrt bekam ich meine üblichen Bauchkrämpfe. Ich hatte vorher ein paar Schluck Magensaft genommen, aber trotzdem musste ich alle paar Sekunden zur Toilette rennen.

»Warum heißt dein Vater Krebs und du heißt Epstein?«, fragte mich Lyle, als ich mich zum sechsten Mal wieder auf meinen Sitz fallen ließ. Wir schwänzten beide einen Tag Schule, weil wir schon Freitag loswollten.

»Na ja, meine Mutter wollte wohl nach der Scheidung lieber wieder ihren Mädchennamen annehmen, und der ist Epstein. Und als sie Philip geheiratet hat, hat sie zwar nicht daran gedacht, dass sie sich auch wieder scheiden lassen würden, aber sie hatte keine Lust, ihren Namen schon wieder zu ändern. Mensch, bin ich froh. Herrje, wenn ich Papas Namen hätte,

das würde mich wirklich fertig machen. Ach, übrigens«, sagte ich plötzlich. »Mama und Elliott sind verheiratet.«
»Wirklich? Seit wann denn das?«
»Nein, nicht in Wirklichkeit. Ich tu nur so, während wir dort sind, weil Boots und Papa das glauben.«
»Warum?«
Ich biss mir auf die Lippen. »Ach, weil, als Mama und Philip erst kurz zusammengezogen waren, Papa plötzlich beschloss – es kann sein, dass es nicht nur Papa war, Mama glaubt, Boots hat sich da auch ziemlich eingemischt –, na ja, jedenfalls beschloss er, es sei keine geeignete Umgebung für zwei kleine Kinder, und sie drohten damit, uns wegzunehmen, Eric und mich, und in ihre Familie aufzunehmen. Mama meint, sie hätten das niemals wirklich getan, aber immerhin ließen sie nicht locker, bis Mama und Philip heirateten.«
»Und deshalb haben sie und Philip geheiratet?«
»Glaub ich nicht. Sie hatten es wohl ohnehin vor. Mama findet nur, dass die Leute erst mal ein Jahr oder so zusammenleben sollten, bevor sie heiraten, damit sie sehen, ob sie miteinander auskommen oder nicht.«
»Und du glaubst, dass es deinem Vater auch heute noch etwas ausmachen würde, wo du und Eric doch fast erwachsen seid?«
»Bei ihm kann man nie wissen. Wahrscheinlich nicht, aber sie meint: Warum eine Auseinandersetzung riskieren? Macht es dir etwas aus? Zu lügen, meine ich.«
»Muss ich wirklich lügen?«
»Sie werden dir keinen Eid abnehmen. Ach, es wird vielleicht nicht einmal zur Sprache kommen! Mach dir keine Sorgen.«
»Ich spiel mit, Jody.« Ich stand schon wieder auf. Er sah mich an. »Was hast du denn? Musst du schon wieder?«

Ich seufzte. »Ist das nicht blöd? Ich habe das Gefühl, dass ich schon vollkommen leer bin.«
»Das ist ja wirklich eine Tortur für dich.«
»Nein! Oder vielmehr sollte es keine sein, wenn es das ist.«
»Komm, setz dich neben mich. Ich beruhige dich.«
Ich lehnte mich an ihn. Er legte seinen Arm um mich. »Wird schon werden«, sagte er und hielt mich fest. »Mach dir keine Sorgen.«
Es ging mir wirklich besser, als ich ihn neben mir spürte, so handfest und warm. »Sie werden uns wahrscheinlich separate Schlafzimmer geben.«
Er lächelte. »Wir können uns doch besuchen, oder?«
Boots und Papa wohnen seit zwei Jahren in ihrem jetzigen Haus. Zuerst hatten sie ein kleines biederes Haus mit einem winzigen Garten. Dann kauften sie dieses. Es hat hinter dem Haus einen riesigen Swimmingpool. Jetzt sollen sie vorhaben, noch ein größeres zu kaufen mit Swimmingpool und Tennisplatz. Sie haben auch schon daran gedacht, auf ihrem Grundstück einen Tennisplatz anlegen zu lassen, aber das Gelände ist zu uneben oder irgend so was.
Man sollte meinen, ich wäre die Letzte, die nicht verstehen würde, warum man einen eigenen Tennisplatz haben möchte, wenn man ihn sich leisten kann. Aber ich habe den Eindruck, dass Papas Interesse am Tennis nur daran liegt, weil sich plötzlich alle dafür interessieren. Wenn jeder, den er kennt, sein eigenes Flugzeug hätte, dann würde er sich auch eins kaufen. Es ist dieser Status-Trip, diese Erfolgsmentalität, von der Mama immer behauptet, dass er darauf programmiert wurde und deshalb nichts dafür könne. Das ganze Haus kann als Beispiel dafür herhalten. In praktisch allen Zimmern steht ein Fernseher mit einem 63,5 cm großen Bildschirm! Meistens läuft auf allen gleichzeitig Sport. Auch

jedes Kind hat einen Fernseher, damit sie gucken können, was sie wollen. Sogar unten im Hobbyraum steht einer, sodass man keine anderthalb Meter laufen muss, um ja kein Tor zu verpassen.

Als der Zug einlief, fragte Lyle: »Also, wo ist dein Vater?«

»Der da mit der Lederjacke.«

»Ich hätte ihn mir größer vorgestellt.«

»Nur in meiner Phantasie.«

Vierzehn

Papa sieht nicht schlecht aus. Sein Haar ist braun und dick und wirkt immer sorgfältig *gestylt*, was es zweifellos auch ist, und er ist stets, so nennt man das, top gekleidet, was vielleicht meine Sympathie für Jungen erklärt, die sich eher nachlässig kleiden und Jacken tragen, die nicht zu ihren Hosen passen. Er setzte sich mit uns in die Essecke, während Boots dem Hausmädchen Anweisungen fürs Mittagsbrot gab.

»Ich hoffe, es ist okay, wenn wir nur etwas Leichtes essen«, sagte sie, »da wir heute Abend im Klub essen gehen wollen.«

Papa setzte sich mir gegenüber, und wir warteten darauf, dass Josephine, die schwarze Frau, die bei ihnen im Haus lebt, die Sandwiches brachte. Ich habe keine Ahnung, ob ich nicht vielleicht deshalb so viel an Papas Leben auszusetzen habe, weil meine Gefühle für ihn so problematisch sind. Ich meine, offensichtlich haben viele Leute aus der Mittelschicht Hausmädchen, sicher auch die Familien von vielen meiner Freunde. Wir haben keins, weil Mama, getreu der marxistischen Tradition in ihrer Familie, nichts davon hält und meint, dass jeder für sich selbst zu sorgen hat. Das bedeutet manchmal eine ziemliche Unordnung in unserer Wohnung. Letztens hörte ich, wie Elliott sie anflehte, doch endlich ihre Überzeugung beseite zu lassen und jemanden anzuheuern, der kommt und sauber macht, doch sie wollte sich allerhöchstens darauf einlassen, einmal im Monat jemanden für schwere Arbeiten wie die Reinigung der Fußböden kommen zu lassen.

Trotzdem war es seltsam, einfach dazusitzen und darauf zu warten, dass jemand die Sandwiches bringt! Ich meine, wenn es sich um ein großes, raffiniertes Essen handelte, wäre das etwas anderes. Die beiden Töchter von Papa und Boots, Niky und Eliza, waren nicht da, aber wenn sie zu Hause sind, dann schreien sie quer durch den Raum: »He, Josephine, bring mir ein Glas Milch!« Ich möchte jedes Mal am liebsten brüllen: »Setzt eure Hintern in Bewegung und bedient euch selbst.« Immer wenn sie Josephine außer Hörweite glaubt, stöhnt Boots, wie unmöglich das Personal heutzutage doch sei und dass sie alle immer alle möglichen »Vergünstigungen« wollten. Ich weiß nicht. Wie gesagt, vielleicht reagiere ich übertrieben, weil dies Papas Haus ist, aber zum Großteil ist meine Reaktion echt und direkt.

»Was macht dein Tennis, Jody«, fragte Boots. »Habe ich dir schon erzählt, dass ich es endlich gelernt habe? Inzwischen spiele ich jeden Mittwoch mit einigen Freundinnen.«

»Das ist schön«, sagte ich und biss in mein Brot mit Hühnchen. »Gefällt es dir?«

Sie nickte. »Wir fahren diesen Sommer in ein Tennislager in Maine, mit den Mädchen zusammen.«

»Lyle ist ein Superspieler«, konnte ich mir nicht verkneifen.

»Das ist leicht übertrieben«, sagte Lyle schnell.

»Das wusste ich nicht«, sagte Papa interessiert. Wenn er nicht spricht, bekommt sein Gesicht diesen ungeduldigen, gelangweilten Ausdruck, als ob er sich wünschte, Millionen von Kilometern entfernt zu sein. »Das hast du mir gar nicht erzählt, Jo.« Als ob wir so oft miteinander telefonierten, dass ich ihm alles andere über Lyle erzählt hätte, nur das nicht.

»Ja, er ist der beste Spieler, den ich kenne«, sagte ich. Es war die Wahrheit.
»Verflixt, ich wünschte, das hätte ich gewusst.« Papa nahm einen großen Schluck Bier aus einem Plastikbecher mit einem Tiger darauf. »Ich sage das, weißt du, weil Gilbert und ich wie immer heute Nachmittag um vier spielen. Ich hätte einen vierten Mann besorgen können, und wir hätten Doppel spielen können. Haben Sie Ihren Schläger mitgebracht, Lyle?«
Lyle schüttelte den Kopf.
»Egal, ich hätte Ihnen einen leihen können. Spielen Sie mit Holz oder Stahl?«
»Holz«, antwortete Lyle.
»Ja. Ich persönlich ziehe auch Holz vor, aber manchmal, na ja, es hängt von meiner Form ab, manchmal funktioniert auch Stahl sehr gut. Haben Sie schon einmal einen Stahlschläger ausprobiert?«
»Ja, gelegentlich«, sagte Lyle.
»Sie könnten meinen ausprobieren, wenn Sie möchten. Sie haben doch Turnschuhe an, nicht wahr?« Er schielte unter dem Tisch nach Lyles Füßen. »Na, wer sagt's denn? Ich rufe Gilbert an, und er wird uns einen vierten Mann besorgen. Was halten Sie davon?«
»Hmm.« Lyle zögerte. »Ja, warum nicht?«
»Wunderbar! Jetzt werden wir sehen, ob Sie so gut sind, wie Jody behauptet.« Seine Augen leuchteten bereits vor Wettkampfeifer.
Ich schluckte. »Papa, ich würde gern die Vierte sein.«
Er war verblüfft. »Wie meinst du das, Schatz?«
»Ich meine, warum spielen Lyle und ich nicht gegen dich und Gilbert?« Ich weiß, dass Papa gemischte Doppel hasst. Entweder spielt er Einzel, bis er im Gesicht rot anläuft und

kurz vor dem Kollaps ist, oder er spielt Doppel nur mit Männern. Das hat nichts damit zu tun, dass Boots nicht so gut spielt. Er mag einfach nicht mit Frauen spielen. Und ich wusste genau, wie wenig ihm diese unorthodoxe Kombination von drei Männern und einem Mädchen zusagen würde.

»Ich dachte, dass du uns vielleicht zuschauen könntest«, sagte er. »Dem eigenen Team zujubeln.« Er grinste.

»Nein, ich glaube, ich würde lieber spielen«, sagte ich und hoffte, dass meine Stimme nicht zitterte.

»Nun …« Er runzelte die Stirn. »Weißt du, wir müssen nicht spielen. Ihr jungen Leute habt vielleicht mehr Lust, einfach herumzulaufen und euren eigenen Kram zu machen. Warum spielen Gilbert und ich nicht ein paar Sätze, und danach komme ich wieder nach Hause, wie sonst auch?«

»Lyle und ich würden gerne spielen«, antwortete ich. Ich sah Lyle an, und er sah mich an. In seinen Augen las ich Mitleid und Verwirrung. Was er in meinen las, weiß ich nicht.

»Ich habe noch nicht oft in der Halle gespielt«, sagte Lyle und wandte sich von meinem intensiven Blick ab. »Spielen Sie in der Halle?«

»Wir spielen im Zelt. Der Klub hat es gerade erst im letzten Jahr dazugekauft. Es sind einfach normale Plätze. Nein, ich weiß, was Sie meinen, ich mag selbst nicht auf Holzboden spielen. Das bringt mein Spiel völlig durcheinander.«

Schließlich einigten wir uns tatsächlich darauf, um vier zu spielen.

»Du hast ein schönes Kleid, Jody«, sagte Boots, als wir vom Tisch aufstanden. »Wo hast du es gekauft?«

»Bei Bloomingdale's.« Irgendwie fühlte ich mich von dem Gekasper mit Papa über den Tenniskram erschöpft. Aber es stimmte, ich war mit einem Kleid angekommen, einem nagelneuen Kleid, und das sogar vorsätzlich. In der Zeit zwischen vierzehn und sechzehn trug ich bei meinen Besuchen die schäbigsten Sachen, die ich hatte. Gleichzeitig bemühte ich mich, mich so ordinär wie möglich auszudrücken, viel deftiger, als ich es zu Hause getan hätte. Aber jetzt kommt es mir blöd vor, mich künstlich zu bemühen, Papa und Boots auf die Palme zu bringen. Ich wollte versuchen, das Spiel nach ihren Regeln zu spielen und deshalb nur adrette Kleidung mitzubringen. Obwohl ich denke, dass es eine gute Politik ist, kann ich keine fünf Minuten in ihrem Haus aushalten, ohne durch irgendwelche Gesten zu fragen: Wer sagt das? Wer hat diese Regeln aufgestellt? Wer sagt, dass Frauen kein Doppel mit Männern spielen können? Offensichtlich gerät der Teil von mir, der ihnen gefallen möchte, sofort in Konflikt mit dem Teil, der sich gegen sie auflehnen will. Dreimal darf man raten, welcher Teil schon bald in Führung geht.

Am frühen Nachmittag kamen Nicky und Eliza von der Schule. Eliza ist zehn. Sie ist ein richtig böses Kind. Ich nehme an, das Wort böse klingt zu melodramatisch. Sie ist nicht wirklich von Grund auf schlecht oder so, aber sie hat so was Berechnendes, als ob sie die Menschen daraufhin beobachtet, was sie bei ihnen herausschlagen könnte. Mit ihren schwarzen, glatten Haaren ist sie hübsch, aber ein bisschen dünn. Als sie klein war, zog ihr Boots immer Kleider an, die ihr gerade über den Po reichten, und sie wirbelte immer durchs Haus wie Barbie als Kleinkind. An diesem Tag trug sie eine Schlaghose und eine weiße Bluse mit einem aufgebügelten Superhai.

Nicky, die Achtjährige, erinnert mich daran, wie ich als Kind aussah. Sie ist nicht richtig fett, aber mollig, und ihr Gesichtsausdruck scheint immer zu sagen: Wenn du irgend kannst, dann mag mich bitte, aber ich weiß, dass das wahrscheinlich nicht geht. Wenn ich sehe, wie sie sich noch ein Schokoladenplätzchen angelt und schuldbewusst hinunterschlingt, wenn sie glaubt, von ihrer Mutter unbeobachtet zu sein, dann spüre ich einen Stich, und ich erkenne mich in ihr wieder. Sie weiß überhaupt nicht, wie sie mit Elizas Provokationen umgehen soll. Sie steht erschrocken da wie ein Trampel, was Eliza natürlich nur noch mehr anstachelt. Boots und Papa lieben beide Eliza abgöttisch, die, soweit ich mitbekommen hab, auch in der Schule eine Art Genie sein soll. Offen gesagt bezweifle ich, dass sie tatsächlich so intelligent ist, aber sie hat mittlerweile wahrscheinlich bestens raus, wie sie ihre Lehrer manipulieren kann. Den Gesprächen über Nicky entnehme ich hingegen, dass sie nur sporadisch gute Leistungen zeigt, in verschiedenen Fächern. Sie ist »nicht fleißig«.

»Hallo, Jody«, sagte Eliza. »Ist dein Freund auch mitgekommen?«

»Ja. Er macht gerade einen Spaziergang.«

»Schläft er im Gästezimmer oder du?«

»Da werde ich wohl schlafen. Er schläft im Hobbyraum.«

»Wollt ihr nicht zusammen schlafen?«

»Nee.«

»Wieso nicht?«

»Warum sollten wir?«

Sie lächelte verschmitzt. »Mögt ihr keinen Sex?«

Es versteht sich von selbst, dass Boots während dieses Wortwechsels nicht im Zimmer war. »Aber klar doch. Jederzeit. Nur nicht am Wochenende.«

Sie sah mich verwirrt an und war sich nicht sicher, ob ich sie auf den Arm nahm. Dann warf sie einen Blick durch das große Panoramafenster auf Lyle, der sich draußen mit Papa unterhielt.

»Er sieht gut aus!«, kreischte sie.
»Ja, finde ich auch.«
»Ist er dein fester Freund?«
»Nein, nicht wirklich.«
»Ich hab aber einen festen Freund.«
»Ach? Wer ist denn der Glückliche?«
»So'n Junge aus meiner Klasse … Roger Calhoun. Willste 'n Bild sehen?«
»Okay.«
Sie rannte nach oben. Nicky stand an einer Wand.
»Hallo«, sagte ich.
»Hallo«, flüsterte sie. Sie flüstert immer.
»Hast du auch einen Freund?«
Sie schüttelte den Kopf und lächelte nachsichtig angesichts so einer dummen Frage.
»Ich habe noch immer das Bild, das du mir gemalt hast, Nicky«, sagte ich. »Erinnerst du dich? Das mit dem Mädchen auf dem Pferd.«
Sie nickte.
»Malst du immer noch?«
»Ab und zu.«
»Zeigst du mir nachher deine Bilder?«
»Okay«, antwortete sie einen Tick lauter. Ich beklage mich immer darüber, wie schwer es ist, ein Teenager zu sein, aber jedes Mal, wenn ich Nicky sehe und daran denke, wie es war, ein Kind zu sein, bin ich wieder ganz versöhnt.
Es gab eine leichte Krise um die Sachen, die wir zum Tennis anziehen sollten. Im Klub muss man weiß tragen. Lyle und ich hatten nichts Weißes. Es endete damit, dass wir uns Klamotten von Boots und Papa liehen. Boots ist dünner als ich, aber ich schaffte es, mich in ihren Tennisdress zu zwängen, so ein todschickes Teil, mit einem roten Apfel über der Brust.

»Kann ich mal abbeißen?«, fragte Lyle und drückte zu. Ich war oben und zog mich gerade um.
»Bedien dich.« Aber ich war eher angespannt, als dass mir zum Scherzen zu Mute war. Ich setzte mich hin und zog mir meine Tennisschuhe an. »Lyle?«
»Hmm?«
»Ich weiß, dass es nicht dein Ding ist, aber könntest du so spielen, als hinge dein Leben davon ab? Ohne Erbarmen?«
»Auch wenn es kristallklar ist, dass wir gewinnen?«
»Auch wenn es kristallklar ist.«
»Warum, Jo?«
»Frag mich jetzt nicht warum, Lyle. Mach es einfach. Hinterher mach ich dann alles, was du willst.«
»Alles?«
»Alles. Ganz egal. Wenn du willst, nehmen wir *Das große Buch des Liebesglücks* von hinten nach vorne durch, Seite für Seite.«
Meine Bauchkrämpfe meldeten sich wieder. Ich betete, dass sie mich während des Spiels in Ruhe lassen würden.
Wir kamen ein bisschen zu früh im Klub an. »Gilberts Freundin kommt vielleicht mit«, sagte Papa. »Habe ich schon gesagt, dass er geschieden ist?« Papa und Gilbert waren zusammen auf dem College gewesen.
»Nein«, antwortete ich, »seit wann?«
»Seine Frau – ich glaube, du hast sie mal kennen gelernt Jo – war eine Zimtzicke. Hübsch, wenn auch nicht umwerfend, aber – sie hat ihn eines Tages einfach sitzen lassen! Nach vierzehn Jahren Ehe. Nicht mal wegen eines anderen Mannes! Nur, weil sie ›frei‹ sein wollte, na ja, die Leier kennst du ja. Aber jetzt hat sie den Schaden, denn Gilbert hat ein wunderbares Mädchen gefunden, und zwar innerhalb von ungefähr zwei Wochen. Wartet, bis ihr sie seht. Sie ist wonnig.«

Sie war wirklich wonnig, eine Puppe, im buchstäblichen wie im übertragenen Sinne – mit einer Superfigur, einer platinblonden Pferdeschwanzfrisur und blauen Augen. Sie war im Tennisdress, saß aber, solange wir spielten, nur daneben. Während wir darauf warteten, dass der Platz frei wurde, fingen Papa und Gilbert an, über ihre Arbeit zu reden. Sie sind beide Zahnärzte, und es geht beiden finanziell sehr gut. Es war eine seltsame Unterhaltung, so eine Art Prahlerei darüber, welche Filmstars zu ihren Patienten zählten, während sie gleichzeitig ständig betonten, was für Langweiler ihre Patienten seien und dass man ihnen am besten immer gleich eine Betäubungsspritze verpasste, damit man sich bloß nicht mit ihnen unterhalten müsse.
Ich schielte zu Lyle hinüber und fragte mich, was er wohl dachte.
Wir spielten drei Sätze. Wir gewannen alle drei: Sieben zu fünf, sechs zu vier, sechs zu drei. Als Papa und Gilbert erkannt hatten, wie gut Lyle war, versuchten sie, alle Bälle auf mich zu schlagen, aber ich bin stolz auf mich. Ich hielt mich wacker, selbst am Netz, wo ich meistens ziemlich versage. Ich bemühte mich einfach, gleichmäßig zu spielen, und verließ mich darauf, dass Lyle die entscheidenden Punkte machen würde. Nach dem ersten Satz, der knapp an uns ging, begann Papa zu schummeln. Das macht er immer. Er behauptete, dass Bälle, die eindeutig im Feld waren, im Aus gelandet waren. Einmal, als Lyle ein As servierte, sagte Papa: »Es tut mir wirklich Leid, es sagen zu müssen, Lyle, aber der Ball war knapp im Aus.« Ich hatte den Eindruck, dass es selbst Gilbert nach einer Weile etwas peinlich wurde. Dann fing Papa an, über seinen Tennisarm zu stöhnen, den er bis dahin überhaupt nicht erwähnt hatte. In einer Pause nach dem zweiten Satz erzählte er von einer Kortisonbehandlung, die leider

doch nicht so erfolgreich gewesen sei, denn jetzt gehe es leider schon wieder los.
»Diese Pfuscher wissen überhaupt nicht, was sie tun«, sagte Gilbert. »Joe Moroz hat sich eine Zeit lang von einem zum nächsten weiterreichen lassen, und das Einzige, was er davon hatte, war weniger Geld in der Tasche.«
Gilberts Freundin Nancy machte ein Gesicht, als wäre sie nicht ganz da. Es war schwer zu sagen, ob sie das Spiel verfolgt hatte oder nicht.
Als Papa im dritten Satz bei einem Schlag von Lyle, der deutlich diesseits im Feld gelandet war, schummeln wollte, sagte ich schließlich: »Papa, der Ball war hundertprozentig drin.«
»Jo, ich weiß, dass du gewinnen willst, aber es tut mir Leid, Schatz, der Ball war im Aus. Nicht weit. Ich würde sagen etwa fünf Zentimeter. Würdest du das nicht auch sagen, Gilbert?«
»Ich hab's nicht richtig gesehen«, meinte Gilbert.
»Er war drin«, sagte ich. »Mein Gott, warum machst du das bloß?«
»Warum mache ich was?«, sagte er schnell.
»Warum schummelst du?«
»Wie bitte? Was soll gemogelt sein? Vielleicht habe ich mich geirrt. Ich sage nicht, dass ich unfehlbar bin. Ich hab geglaubt, er wär im Aus. Sollen wir den Aufschlag wiederholen?«
Mein Herz pochte laut, weil ich genau das getan hatte, was ich mir geschworen hatte, nicht zu tun, aber es war bestimmt der sechste Punkt gewesen, bei dem er geschummelt hatte. Ich wusste, dass wir auch so gewinnen würden, aber es machte mich einfach wütend.
Der Punkt wurde wiederholt und ging an sie. »Dann war er

wohl doch im Aus«, konnte Papa sich nicht verkneifen, und er grinste.
»Wieso?«
»Nun, daran stellt man es fest. Wer die Wiederholung gewinnt, war im Recht.«
Nach dem Spiel wurde Papa sehr leutselig. Er fing an, in einem fort Lyles Spiel zu loben. »Ihre Rückhand ist phantastisch, Leo.«
»Er heißt Lyle«, sagte ich leise.
»Sie müssen jahrelang Unterricht gehabt haben, hm? Waren Sie jemals in einem dieser Tenniscamps? Boots und ich wollen mit den Kindern diesen Sommer eins ausprobieren.«
»Das hast du uns schon erzählt«, sagte ich. Gott, war ich in einer gehässigen Stimmung!
»Nein, nie, meine Mutter hat mir das Spielen beigebracht«, sagte Lyle.
»Ihre Mutter?«
Ich danke dir, Lyle, dass du eine Mutter hattest, die dir das Tennisspielen beigebracht hat. Ich würde dich auch so lieben, ich würde auch sonst mit dir schlafen, aber trotzdem: Dankeschön.
»Sie hat auf dem College gespielt«, sagte Lyle.
»Spielt sie noch immer?«
Lyle zögerte eine Sekunde: »Nein«, sagte er.
»Sag mal, hast du seine Rückhand beobachtet, Schatz?«, fragte mich Papa. Ich wusste, dass ihm sein Schummeln jetzt peinlich war, weil wir trotzdem gewonnen hatten.
»Er ist große Klasse«, sagte ich.
»Du solltest ihn bitten, dir ein paar Stunden zu geben.«
Ich war am Boden zerstört. Warum muss er so einen Seitenhieb austeilen und erklären, dass ich Stunden bräuchte, wenn ich doch gerade absolut überragend gespielt und mindestens

so viele Punkte gemacht hatte wie Lyle? Aber eigentlich wusste ich längst, dass Papa es nie über sich bringen würde, mein Spiel zu loben. Wir hätten alle drei Sätze sechs zu null gewinnen können, ohne dass er was gesagt hätte. Ich wusste, dass er, wenn er überhaupt jemals an diesen Tag zurückdächte, die Erinnerung so zurechtrücken würde, dass er und Gilbert nur verloren hätten, weil sie als echte Kavaliere ihren Ehrgeiz gebremst hätten, da eine Frau mitspielte.

Fünfzehn

Lyle und ich gingen nach oben, um zu duschen.

»Nun haben wir also gewonnen«, sagte er sanft.

Ich seufzte. Ich zitterte, und meine Händen waren eiskalt. »Danke. Du warst wunderbar.«

»Wir hätten eh gewonnen, Jo. Sie waren nicht sehr gut.«

»Ich weiß.«

»Erklär mir mal, warum es so wichtig für dich war, dass wir sie vernichten.«

»Weil ich ihn hasse!«, sagte ich mit bebender Stimme. »Ich hasse sein dämliches Machogehabe von wegen nur Tennis mit Männern, und Gilbert und dieses blöde Mädchen hasse ich auch. Ich hasse sie alle!«

»Aber sie sind doch einfach erbärmlich. Was gibt's da zu hassen? Es sind Menschen, deren Leben völlig hohl ist. Die nichts haben.«

»Nichts? Er verdient über hunderttausend Dollar im Jahr!«

»Na und?«

»Okay.«

»Ich finde es nur schade, dass du dich so verletzlich machst, wenn du dich da so reinhängst.«

»Du hast ja Recht.« Lyles ausgewogenes, objektives Urteil machte mich ein bisschen ruhiger.

»Guck dir nur an, wie er schummelt«, sagte Lyle.

»Ich weiß! Das tut er immer. Dauernd! Hast du Gilberts Gesicht gesehen, als er behauptete, dein Aufschlag wäre ins Aus gegangen?« Ich hatte mir die Kleider vom Leib gerissen, und obwohl ich noch vom Spiel verschwitzt war, war mir kalt, wenn einem denn gleichzeitig kalt und warm sein kann. Ich saß mit gekreuzten Beinen auf dem Boden, hatte meine Arme fest um mich geschlungen und zitterte. »Außerdem – hier haben wir also diesen Vater, der angeblich den Tennissport so liebt, nicht? Und er hat das Glück, zufällig eine Tochter zu haben, die ausgezeichnet spielt, die vielleicht keine professionelle Spielerin werden wird, für ihr Alter aber verdammt gut ist.«

»Stimmt.«

»Na also, und warum kann er sich nicht darüber freuen? Warum macht ihn das nicht glücklich? Warum sagt er nicht ›Mensch, Jody, du hast Geburtstag, du kommst nur einmal im Jahr zu Besuch, du musst auf jeden Fall mit uns spielen. Nichts würde mich glücklicher machen. Nichts würde mich stolzer machen.‹ Warum sagt er das nicht?«

»Ich nehme an, das ist eine rhetorische Frage.«

»Nur, wenn dir darauf keine Antwort einfällt.«

»Vielleicht spielt er nicht gerne mit dir, weil du zu gut bist. Herrje, Jo, der würde im Einzel gegen dich uralt aussehen! Vielleicht ist er wie du – er will unbedingt gewinnen.«

»Aber ich hätte doch auf seiner Seite spielen können! Hör zu, wenn Eric nur ein Zehntel so gut wäre wie ich, würde Papa überschnappen vor Freude. Er hat ihm sogar angeboten, ihm den besten Tennisschläger zu kaufen, den es gibt, ihm seine Stunden zu bezahlen, und alles. Aber alles, was mir entgegenschlägt, ist Gleichgültigkeit, Verachtung. ›Na, wie läuft's, Jo? Immer noch dabei?‹«

»Jo, er ist ein Arschloch. Okay?«

Ich saß schweigend da und starrte die Wand an. »Weißt du, was ich manchmal für eine Wunschvorstellung habe? Dass

Boots eines Tages zu ihm hingeht und sagt: ›Sidney, du kannst deine Hunderttausend nehmen und sie dir wer weiß wohin stecken.‹ Und dann verlässt sie ihn und wird die erste Frau am Obersten Gerichtshof.«

Lyle lachte. »Deine Mutter ist doch auch ziemlich erfolgreich, und das scheint ihn nicht geändert zu haben. Er wird sich einfach wieder eine Boots suchen.«

»Ja, du hast wohl Recht. Du glaubst also nicht, dass er jemals auch nur einen klitzekleinen Moment in sich gehen und sich mit seinem ganzen verkorksten Leben konfrontieren wird, sodass er laut aufschreit vor Schmerz?«

»Ich bezweifle es.«

»Mist.«

Lyle lag nackt auf dem Bett und schaute mich nachdenklich an. »Mal abgesehen vom Tennis, was ist mit der Tatsache, dass er dich gemacht hat?«

»Dass er mich *gemacht* hat?«

»Er hat dir das Leben geschenkt.«

Ich ließ den Gedanken auf mich wirken. »Sicher, klar, er hat mir das Leben geschenkt. Aber selbst in dem Punkt – ich meine, wenn es nur etwas gewesen wäre, was ihn nur eine Nacht beschäftigt hat, so in der Art von: ›Ich hab heute Abend sonst nichts vor, da kann ich doch mal eine dunkelhaarige, Tennis spielende, neurotische, jüdische Tochter zeugen, um sie auf die Welt loszulassen.‹ Das wäre ja okay. Aber so war's nicht. Es war bloß ein lausiges Rumwälzen im Heu. Mama sagt, er war miserabel im Bett – nach der Manier: Rein, raus, und aus. Bestimmt hat sie nicht mal einen Orgasmus gehabt! Sie hat wahrscheinlich nur dagelegen und gedacht: Das soll alles sein?«

»Und warum hat sie ihn dann geheiratet?«

»Tja, sie behauptet, dass sie gerade begonnen hatte, ihre

eigene Sexualität zu entdecken, und dabei Angst vor sich selber bekam. Ihre Worte sind: ›Ich wollte mir Grenzen setzen.‹ Sie befürchtete wohl, die Leidenschaft würde mit ihr durchgehen, wenn sie sich zu sehr dem Sex hingab, oder so ähnlich. In dem Sinne war die Tatsache, dass er so langweilig im Bett war, vielleicht sogar etwas Positives. Ich meine, bei etwas, das keinen Spaß macht, kann die Leidenschaft nicht mit einem durchgehen, oder?«

»Jo, du bringst mich um, wenn ich das sage, aber dein Vater tut mir Leid.«

»Warum? Spar dir dein Mitleid. Er hat nicht einmal eine Ahnung davon, wie er ist! Wenn er es wüsste, nur für eine Sekunde – okay«

»Das macht ihn ja so bemitleidenswert.«

Mit einem Mal sagte ich: »Lyle, wie kann ich mit dir reden, wenn du mit einer Erektion daliegst?«

»Jo, du musst zugeben, dass du es mir nicht leicht machst, dir ungestört zuzuhören, wenn nicht einmal der kleinste Zentimeter deines Körpers bedeckt ist.«

Ich konnte nicht mehr vor Lachen. Wie schnell Stimmungen doch umschlagen können! Und plötzlich merkte ich, dass ich, durch welche seltsame Fügung der Umstände oder Gefühle auch immer, unglaubliche Lust hatte, mit Lyle zu schlafen. Ich hatte das Gefühl, ihn mehr zu wollen als je zuvor. Ich schämte mich beinahe, so stark war das Gefühl. »So, nun kriegst du deine Belohnung«, sagte ich und stand auf.

»Wofür?«

»Dafür, dass du Papa und Gilbert geschlagen hast.«

»Wir hatten doch gar keine Wahl, es sei denn, wir hätten mit geschlossenen Augen gespielt.«

»Trotzdem ... nun, lass mal sehen, du hast deine Jugendjahre offensichtlich nicht damit verbracht, auf das große Poster im *Playboy* zu masturbieren, aber irgendeinen besonderen Wunsch ...«

»Lass uns zusammen duschen.«

Ich juchzte. »Mein Gott! Selbst deine Fantasien sind sauber! Lyle, denk dran, dies ist deine große Chance. Eines Tages wirst du zurückblicken und sagen: ›Wenn ich doch nur gesagt hätte, was ich wirklich wollte.‹«

»Das ist das, was ich wirklich will.«

»Na schön.«

Wir gingen ins Badezimmer und schlossen die Tür ab. Mir war schon unwohl gewesen, als wir beide nackt im unverschlossenen Gästezimmer saßen. Und siehe da, natürlich tapsten alsbald kleine Füße vor der Badezimmertür herum, als wir gerade unter die Dusche gingen. Ich hörte Elizas durchdringende Stimme schreien: »Jody! Weißt du, wo Lyle ist?«

»Lyle? Wer ist das?«

»Dein Freund!«

»Ich glaube, er ist spazieren gegangen oder so.«

»Papa will wissen, ob er einen Schlips dabei hat. Weil man im Klub einen Schlips umbinden muss.«

»Oh, er hat ein paar Dutzend mit. Muss es ein weißer sein?«

»Weiß ich nicht. Soll ich ihn fragen?«

»Nein, darüber verhandeln wir später.«

»Kommst du bald runter?«

»Sehr bald.«

Ach, die liebe Privatsphäre. Aber merkwürdigerweise beeinträchtigte es meine aufgedrehte, unglaublich lustvolle Stimmung nicht im Geringsten, eher bewirkte sie das Gegenteil. Lyle schien das Duschen richtig zu genießen. Er ließ sich von mir waschen, aber vor allem schien er darauf aus zu sein, mich

zu waschen. Ich glaube nicht, dass ich schon jemals so sauber geworden bin.
Als wir fertig waren, hüllten wir uns in ein riesiges blaues Badetuch und rieben uns gegenseitig trocken. Ich habe nie verstanden, wie die Leute in den Büchern unbedingt auf Badezimmerfußböden vögeln wollen. Als letzte Lösung für Momente der Verzweiflung, wenn man überhaupt keine Alternative hat, so wie es gerade bei Lyle und mir der Fall war, da kann ich es mir vorstellen, aber sich bewusst den Badezimmerfußboden auszusuchen fand ich immer total abwegig. Dieses spezielle Badezimmer war allerdings sehr gut ausgestattet. Die Dusche hatte nicht nur eine Glastür, sodass einem ganz warm wurde wie in einer Sauna, die Handtücher waren auch so dick und flauschig, wie man sie von den Reklameseiten der Illustrierten kennt. Und noch besser war, dass der ganze Boden mit einer dicken, weichen, zotteligen Bademattc bedeckt war, sodass man beinahe das Gefühl hatte, auf einem weichen Rasen zu liegen.
Ich begann, Lyle am ganzen Körper zu küssen. Weil Lyle immer so gerührt ist von allem, was ich tue, wenn ich ihn streichle, und es immer so genießt, macht es mir noch mehr Freude. Ich legte meinen Kopf zwischen seine Beine und versuchte, all das zu tun, was er sich vielleicht im Stillen wünschte, aber, weil er schüchtern und gehemmt war, nicht zu sagen traute.
Oraler Sex bringt mich immer auf meine Großmutter. Als wir sie einmal in Florida besuchten, wo sie früher mit meinem Großvater den Winter verbrachte, hatte sie gerade in *Newsweek* einen Artikel über neue Sexgewohnheiten gelesen. Darin gab es Statistiken darüber – Genaueres weiß ich nicht mehr –, wie viele Amerikanerinnen sich gern auf oralen Sex einließen. Großmama sagte zu Mama: »Du kennst dich doch

in diesen Dingen aus, Elizabeth. Was heißt das, oraler Sex?« Mamas Antwort hab ich vergessen, aber später machten Eric und ich unsere Späße darüber und behaupteten, dass Großmama in Wirklichkeit alles über oralen Sex wusste und ihn auch sehr gerne hatte, aber nur das jiddische Wort dafür kannte und deshalb mit diesem neuen Wort nichts anfangen konnte.

»Macht es dir was aus, wenn ich das nicht bis zu Ende mache?«

»Hmm?«

»Ich weiß, es ist bloß irgendwie eine Hemmung, aber ich …«

»Jo, komm her.«

»War das schön? Hat es dir gefallen?«

Sein Gesicht war ganz verträumt. »Nein, es war furchtbar. Liegst du bequem?« Er griff in die Badewanne und angelte ein Plastikkissen heraus, dass am Kopfende der Badewanne pappte. »Hier, da hast du jeden erdenklichen Komfort.«

Ich weiß nicht, was es war, ob es daran lag, dass wir es im Badezimmer machten oder dass wir eben gerade Papa und Gilbert geschlagen hatten oder dass wir zusammen geduscht hatten, oder ob es die Art war, wie Lyle mich ansah, als er in mich eindrang, aber ehe ich mich versah, kam ich auf einmal. Ich war völlig überrascht. Ich öffnete die Augen und sagte ganz laut »Oh!«. Aber Lyle war irgendwie mit sich beschäftigt und murmelte gerade etwas wie »Joe … Liebes«, sodass er, glaube ich, nichts davon merkte.

Hinterher lagen wir auf dem Rücken und starrten an die Decke. Im ganzen Badezimmer, inklusive der Decke, tanzten blaue und gelbe Elefanten in einer endlos langen Schlange Ringelreihen.

»Das war irre«, sagte Lyle schließlich.

»Es war echt ziemlich gut, nicht?« Und dann konnte ich nicht mehr an mich halten. Ich richtete mich auf und jauchzte: »Ich bin gekommen!«
»Häh?« Lyle drehte sich verwirrt um. »Was sagst du da?«
»Ich bin gekommen! Ich hab einen Orgasmus gehabt!«
»Hast du denn nicht immer einen?«
»Nie, noch nicht einmal in meinem ganzen Leben.«
Er war völlig entsetzt. »Was heißt das, Jo? Du hast nie einen gehabt? Wie kann das sein?«
»Was soll daran nicht sein können?«
»Na ja, wieso wolltest du dann, als wir uns gerade kennen lernten, unbedingt mit mir schlafen?«
»Was hat *das* denn damit zu tun?«
»Außerdem hab ich gedacht – bist du nicht immer gekommen, wenn wir uns nur gestreichelt haben oder wenn ich mich auf dich gelegt hab, sogar ohne dass wir uns erst ausgezogen haben?«
»Ja, dann, ja. Das war ja das Komische. Es schien so, als ob ich fast immer ohne weiteres kommen konnte, nur beim Verkehr nicht. Vielleicht war ich bloß zu nervös oder so.«
»Warum hast du mir das nicht gesagt? Wir hätten daran arbeiten können. Vielleicht hätte ich was tun können, worauf ich nicht gekommen bin.«
»Nein, es lag nicht an dir. Du hast alles richtig gemacht. Und ich hatte die Befürchtung, dass es alles nur schlimmer machen würde, wenn du mich fragen würdest: ›Ist das so besser, ist das so schlechter?‹«
»Jo, du bist mir ein Rätsel.«
»Bin ich das?« Ich war richtig glücklich, weil mir alle immer sagen, dass ich so direkt sei.
»Was war dieses Mal anders? Wir müssen das herausfinden, damit du immer kommen kannst.«

»Oh, das ist mir egal! He, es ist einmal geglückt, das reicht mir.«
»Das reicht dir für dein ganzes Leben?«
»Natürlich wäre es schön, wenn ich immer kommen würde«, gab ich zu, »aber ich weiß nicht, was anders war.« Ich hatte selber gewisse Befürchtungen, dass es dieser seltsamen Kombination von Umständen zu verdanken war und dass ich nie wieder zum Orgasmus kommen würde, wenn wir uns nicht auf dem Boden eines Gästebads liebten, nachdem wir Papa und Gilbert im Tennis geschlagen hatten.
»Ich glaube, dass du diesmal deine Beine mehr gesenkt hast«, sagte Lyle. Man merkte ihm direkt an, wie es seinem analytischen Geist gefiel, das Problem möglichst wissenschaftlich anzugehen.
»Ich hatte eher den Eindruck, ich hätte sie höher gehalten.«
»Am Anfang schon, aber gegen Ende hast du sie, meine ich, ziemlich weit gesenkt. Und außerdem – eigentlich sollte es ja umgekehrt sein – aber ich glaube, ich war etwas schneller als sonst.«
Ich schüttelte den Kopf. »Hör zu, Lyle, das ist echt süß von dir, aber jedes weitere Nachdenken würde mich nur befangen machen. Ich hab Angst, dann klappt es nie wieder.«
»Nein, nein. Ich glaube, es ist so wie mit meinem Aufschlag beim Tennis. Ich erinnere mich noch genau an den Tag, an dem ich den Ball irgendwie anders hochgeworfen habe, und seitdem ist mein Aufschlag Millionen Mal besser als vorher. Du weißt zwar nicht was, aber dein Körper hat vielleicht doch etwas anders gemacht und wird es von nun an immer tun.«
»Glaubst du das echt?«
»Absolut. Mir ist aber immer noch unvorstellbar, und ich schäme mich irgendwie dafür, wie du es sonst immer schön

gefunden haben kannst. Und ich habe immer munter weitergemacht in der Annahme, dass du einen Orgasmus nach dem andern hattest.«
»Ich fand es trotzdem schön.«
»Vielleicht fällt es einem Mann schwer, das zu verstehen, es ist so vieles eine Sache der …«
»Lyle, weißt du, solche Bemerkungen solltest du bei jemandem wie mir lieber nicht machen.«
»Was für Bemerkungen?«
»Wie toll Sex für Männer ist, weil sie davon ausgehen, dass sie immer kommen. Das macht mich richtig traurig.«
Er küsste mich. »Jo, … so hab ich das nicht gemeint.«
»Sex hat viele schöne Seiten neben dem Orgasmus!«, sagte ich.
»Ja, das finde ich auch. Hör mal, vielleicht sollten wir lieber – ich hab das Gefühl, es dauert nicht mehr lang, bis Eliza wieder angedackelt kommt, um zu sehen, wo wir bleiben.«
»Glaubst du, sie weiß, dass du hier bist?«
»Ja, ich glaub schon. Sie scheint ein scharfsichtiges kleines Kind zu sein.«
»Ja, sie ist ein richtiger Wonneproppen, nicht? Na, immerhin ist sie nur meine Halbschwester, da brauche ich mich nicht für sie verantwortlich zu fühlen.«
Lyle musste wieder seine verschwitzten Tennisklamotten anziehen, weil er seine Sachen im Zimmer hatte. Er ging sich umziehen, und als er wiederkam, war ich bereits in dem weißen Kleid, das ich mitgebracht hatte. »Siehst du? Ganz in Weiß. Glaubst du, so lassen sie mich rein?«
Lyle trug einen hellblauen Anzug, den ich noch nie gesehen hatte.
»Wir sehen aus, als wollten wir auf einen Studentenball«, sagte ich.

»Joe … Ich liebe dich.«
»Hoffentlich nicht bloß, weil du mir meinen ersten Höhepunkt verschafft hast.«
»Nein. Damit hat es nichts zu tun. Da ist kein Zusammenhang. Ich liebe dich für die verwirrende Vielschichtigkeit deines Charakters … und vielleicht noch für ein paar andere Dinge.«
»Zum Beispiel dafür, dass ich so gut am Netz spiele?«
»Genau.«
Wir standen da und strahlten uns an, als Boots zur Tür hereinschaute. »Ja, Jody, wie wunderschön du bist. Meine Güte! Sid sagt, euer Tennisspiel sei sehr gut gelaufen.«
»Ja, es hat unheimlich Spaß gemacht«, sagte ich. »Echt.«

Sechzehn

»Dies ist die Frühstücksecke«, sagte Boots. »Eigentlich war das als Hobbyraum gedacht, aber der richtige Hobbyraum liegt unten.«
Sie führte ein Ehepaar durch das Haus. Sie waren wahrscheinlich wegen der Annonce gekommen, die Boots und Papa in die Tageszeitung gesetzt hatten. Wir waren vor ungefähr einer halben Stunde mit dem Frühstück fertig geworden, und Lyle und ich saßen noch dort herum und lasen Zeitung.
»Das ist meine Tochter Jody«, sagte Boots und lächelte fröhlich. »Und das ist ihr Freund Lyle.«
»Hallo, Lyle, hallo, Jody«, sagte der Ehemann.
Wir lächelten gleichzeitig. Ich war über die Vorstellung als Tochter ein bisschen erstaunt, wahrscheinlich hätte ihr aber bloß jede andere Erklärung zu lange gedauert.
»Macht der Pool viel Arbeit?«, fragte die Ehefrau. »Ich meine, vom Sauberhalten her und so?«
»Oh, nein, kein bisschen. Das erklärt Ihnen alles mein Mann, er muss gleich wieder da sein.«
Eliza kam aus ihrem Zimmer, um die Besucher zu inspizieren. »Wollen Sie unser Haus kaufen?«, fragte sie.
Die Frau lächelte höflich. »Wir haben uns noch nicht entschieden.«
»Es ist toll«, sagte Eliza. »Es ist ein ganz tolles Haus. Wolln'Se mein Zimmer sehen?«
Die Leute hatten keine Wahl, sie wurden einfach hinge-

schleppt. »Ich hab einen eigenen Fernseher«, schrie Eliza. »Nicky hat noch keinen, weil sie erst acht ist. Sie muss bei mir mitgucken, wenn sie will. Meistens lass ich sie.«
»Liebes, ich glaube, die Moores würden jetzt gerne das Souterrain sehen«, sagte Boots.
»Haben Sie den Pool schon gesehen?«, fragte Eliza. »Ist er nicht phantastisch? Wir ziehen in ein Haus mit einem noch größeren Pool! Und einem Tennisplatz.«
Die Stimmen wurden schwächer, als Boots das Paar hinausführte, damit sie sich den unteren Hobbyraum und den Pool anschauen konnten. Ich sah Lyle an. »Hallo.«
»Hallo.«
Das Abendessen im Klub am Abend vorher war nicht so schlimm gewesen, wie ich befürchtet hatte. Wahrscheinlich hatte mich unsere Begegnung auf dem Badezimmerboden milde gestimmt. Jedenfalls ließ ich alles einfach an mir vorüber- und durch mich hindurchfließen; und es hatten sich nirgends grausige Abgründe aufgetan.
Papa kam herein. »Na, ihr.«
Wir sahen ihn an. Er ging zum Kühlschrank und holte sich eine Dose Bier heraus. »Für Sie auch eins, Lyle?«
»Nein, danke.«
»Ist Boots immer noch mit den Leuten beschäftigt?«
»Ich glaube, sie zeigt ihnen gerade den Pool.«
Einen Moment lang glaubte ich, er würde zu ihnen gehen, aber dann setzte er sich uns gegenüber und bemühte sich sichtlich, freundlich zu sein. »An welchen Unis werden Sie sich bewerben, Lyle? Ich war in Harvard, aber das hat Jody Ihnen wahrscheinlich schon erzählt.«
Klar, ›Ich habe einen Vater, und der hat in Harvard studiert‹ waren die ersten Worte aus meinem Munde gewesen.
»Nein, das wusste ich nicht«, sagte Lyle. »Na ja, mein Vater

war in Yale, deshalb habe ich mich dort beworben. Und in Princeton und Haverford.»

»Na, das sind ja ebenfalls hervorragende Unis«, räumte Papa ein.

»Ich denke, ich werde an die Uni gehen, die mir das beste Stipendium anbietet«, sagte Lyle.

»Ach? Haben Sie finanzielle Sorgen?« Papa machte ein interessiertes Gesicht. »Na ja, die haben wir vermutlich alle, bei der Inflation. Ich sage Ihnen, ich habe es Gilbert zu verdanken, dass ich nicht mein letztes Hemd verloren habe. Gilbert mag nicht so aussehen, als ob er das Pulver erfunden hätte, aber er ist ungeheuer clever. Das können Sie mir glauben. Er hat mir geraten: ›Sid, stoß alles ab, solange die Börse stimmt‹, und ich hatte einen Riesendusel, dass ich mich danach gerichtet habe.« Er trank einen Schluck Bier. »Yale ist nicht schlecht«, wiederholte er nachdenklich. »Ihr Team hat in der letzten Zeit nicht so gut gespielt. Eric und ich sehen es uns nämlich einmal im Jahr an, wenn Harvard gegen Yale spielt, wissen Sie. Ich habe große Hoffnungen, dass er mal dort angenommen wird. Natürlich hat er im Moment keine besonderen Noten, aber wenn er sich bis dahin zusammenreißt … Und natürlich kann es nicht schaden, einen Vater zu haben, der auch dort studiert hat.«

»*Und* eine Mutter«, sagte ich.

»Was? Ach, ja. Na, Radcliffe ist nicht ganz dasselbe, aber schaden kann das auch nicht. Jedes kleine bisschen hilft, wie wir zu sagen pflegen.«

»Jody hat sich in Radcliffe beworben«, sagte Lyle. Ich merkte, dass er alles mit meinen Augen sah und vielleicht allzu deutlich spürte, wie ich es empfand.

»Wirklich, Schatz?« Mein Vater stand auf. »Ich glaube, es wird Zeit, Boots suchen zu gehen. Sie bringt immer die

Erklärungen zum Pool durcheinander. Man muss es unbedingt so darstellen, dass die Leute sich keine Sorgen darüber machen, wie hoch der Aufwand zum Sauberhalten ist. Wenn ihr glaubt, dass es beim heutigen Markt einfach ist, ein Haus zu verkaufen, dann täuscht ihr euch aber gewaltig. Wir haben diese Anzeige seit drei Monaten in der Zeitung!«

Nachdem Papa gegangen war, stand Lyle auf und küsste mich.

»Ich habe nichts gesagt«, sagte ich.

»Wie heißt Boots eigentlich wirklich?«

»Miriam. Noch weitere Fragen?«

Das Ehepaar ging kurz vor zwölf. Papa wirkte ein wenig empört.

»*Ich* hatte den Eindruck, sie wären interessiert«, sagte Boots.

»Nee, die werden nicht anbeißen. Das konnte ich ihnen ansehen. Herrje, was sich die Leute für Zeit nehmen! Den ganzen Morgen trampeln sie einem durchs Haus, und dann heißt es immer wieder, wir müssen erst drüber nachdenken.«

»Ihr hat es wirklich gefallen«, sagte Boots. »Von meinem Bad war sie völlig hingerissen.«

»Okay, sie war von deinem Bad hingerissen. Aber er ist derjenige, der es kaufen wird, behalt das im Kopf.«

»Ich dachte, sie wollten es gemeinsam kaufen«, antwortete Boots mit ihrer sanften, nüchternen Stimme.

»Sie kaufen es gemeinsam, aber er ist derjenige, der das Geld verdient, und ich kann dir versichern, dass dein Bad ihn einen Dreck interessiert!«

»Irgendwie«, gestand Boots, »tut es mir richtig Leid, dieses Haus aufzugeben. Wir haben fast zwei Jahre gebraucht, um alles einzurichten, und nun sollen wir von vorne anfangen ...«

»Beruhige dich, Schatz. Wir haben noch nicht ein einziges Kaufangebot.«

Das Telefon klingelte, und Boots ging ran. Als sie zurückkam, wirkte sie ein bisschen aufgeregt. »Sid, könntest du mal einen Augenblick kommen?«, fragte sie.

Fünf Minuten später kam sie wieder zu uns. »Jody, es ist mir ein bisschen peinlich, aber meine Zimmergenossin vom College, Sheila, hat gerade angerufen, weil sie und ihr Mann zufällig auf der Durchreise sind und uns heute Abend gern zum Essen einladen würden.«

»Ja?«

»Ich frag mich, ob du und Lyle euch da nicht langweilen würdet. Würde es euch sehr viel ausmachen, irgendwo in der Stadt einen Happen zu essen? Dort gibt es ein paar wirklich gute Restaurants, und ich könnte euch mein Auto leihen.«

Eigentlich war ich fast erleichtert. »Das hört sich gut an, danke, das machen wir gern.«

Eliza kam aus ihrem Zimmer. »Okay, ich hab alles gepackt«, sagte sie fröhlich.

»Willst du von zu Hause ausziehen?«, fragte ich.

»Ich bin zum Übernachten eingeladen. Sogar auf eine Schlummerparty.«

»Was ist der Unterschied?«

»Na ja, meistens ist man allein bei einer Freundin zum Schlafen eingeladen, und zu einer Schlummerparty lädt man mehrere Leute ein.« Sie warf Nicky einen Blick zu, die in einer Ecke saß und malte. »Ich wette, du kriegst wieder Mrs. Weisgall. Ätsch!«

»Eliza, hör sofort damit auf!«, sagte Boots. »Mrs. Weisgall ist eine sehr nette Frau.«

»Ist sie nicht. Sie kann überhaupt nicht spielen. Sie sitzt immer nur rum. Mann, bin ich froh, dass ich nicht hier bin.« Sie sah mich wieder an. »Ich werde oft zum Übernachten eingeladen. Manchmal kommen meine Freundinnen auch hierher. *Sie* wird nicht so oft eingeladen», sagte sie in lautem Flüsterton.

»Vielleicht schläft sie lieber allein«, schlug ich vor.

»Nein, sie wird bloß nie eingeladen. Na ja, sie kann wohl nichts dafür. Willst du mal sehen, was ich mitnehme? Ich nehme meinen eigenen Schlafsack mit. Mit Snoopy drauf. Mein Schlafanzug paßt dazu. Ich habe auch eine elektrische Zahnbürste. Willst du sie sehn?«

»Okay.« Ich saß da, während Eliza ihre Reisetasche öffnete und den ganzen Inhalt auf den Boden kippte.

»Mrs. Krebs«, sagte Lyle. »Hätten Sie etwas dagegen, wenn Jody und ich Nicky zum Essen mitnehmen würden? Dann bräuchten Sie sich nicht um einen Babysitter zu kümmern.«

»Ach, du meine Güte«, sagte Boots. »Dazu müsst ihr euch wirklich nicht verpflichtet fühlen.«

»Wir hätten aber Lust dazu. Vielleicht mag sie mit uns ins Kino gehen.«

Boots schaute Nicky an. »Das wäre bestimmt eine Menge Mühe.«

»Nein, gar nicht, wir haben Lust dazu«, sagten Lyle und ich gleichzeitig.

»Hast du auch Lust, Nicky?«, fragte Boots.

»Ja«, hauchte Nicky fast unhörbar.

»Na schön, ich könnte sicher Mrs. Weisgall anrufen und absagen. Seid ihr sicher, dass es euch nicht zu viel Mühe macht?«

Eliza war empört. »Das ist nicht fair!«, sagte sie. »Ich hätte

keine Übernachtung geplant, wenn ich gewusst hätte, dass ich essen gehen und einen Film sehen könnte.«
»Schätzchen, bitte, mach die Sache nicht noch komplizierter. Du musst in einer Stunde bei Susan sein.«
»Mann, immer kriegt sie eine Extrawurst«, murrte Eliza. »Bloß weil sie noch so klein ist!«
»Das war echt nett von dir«, sagte ich später zu Lyle, als wir nach oben gingen, um uns fertig zu machen.
»Sie schien so traurig dazusitzen.«
»So sitzt sie immer da. Jesus, ich glaube, ich könnte es nicht aushalten, Kinder zu haben«, sagte ich plötzlich.
»Warum?«
»Weil man dann alles noch ein zweites Mal durchmachen muss, die ganze Quälerei. Vielleicht wäre es bei einem Jungen nicht so schlimm, aber bei einem Mädchen wäre es mir wohl zu viel.«
Wir aßen in einem Hamburger-Restaurant und nahmen Nicky dann mit in einen Woody-Allen-Film. Sie sagte nicht viel, auch nicht im Restaurant, sondern verschlang nur konzentriert ihre Pommes frites. Nach dem Essen fragte sie Lyle: »Bist du nach dem Krokodil benannt worden?«
»Welchem Krokodil?«
»Das aus dem Buch. Das immer ›Lyle, Lyle, Crocodile‹ gerufen wird?«
Er schüttelte den Kopf.
»Es hätte aber sein können«, sagte sie. Dann blickte sie auf und lächelte. »Das war wirklich lecker. Danke.«
»Danke, dass du mit uns gekommen bist«, antwortete Lyle.
Im Kino saß Nicky zwischen uns und stopfte den Inhalt ihrer Riesenpopcorntüte in sich hinein. Ich bin mir nicht sicher, ob sie den ganzen Film verstanden hat, aber sie saß da und

starrte mit ihren großen braunen Augen ernst auf die Leinwand, wie hypnotisiert. Lyle legte seinen Arm auf ihre Rücklehne und berührte leicht meine Schulter.

Als wir rauskamen, war es nach neun.

»Ich glaube, ich sollte lieber nichts sagen«, meinte Nicky, »aber ich hätte schon vor einer Stunde im Bett liegen müssen.«

»Wir sagen es nicht weiter«, versprach Lyle.

Kaum waren wir zu Hause, flitzte sie nach oben, stieg in ihren Schlafanzug und kletterte ins Bett.

»Ich hab schon wieder Hunger«, gestand Lyle. »Mal sehen, was sie im Kühlschrank haben.«

Er entschied sich für ein Stück Apfelkuchen und ein Glas Milch. Ich setzte mich an den Tisch und sah ihm beim Essen zu. Ich hatte keinen Hunger. Ich trank nur etwas Saft. Die Szene erinnerte mich an einen typischen Film der vierziger Jahre, der gesunde blonde Junge in der blitzsauberen weißen Küche, der seinen Kuchen mit ehrlicher Begeisterung verzehrt. »Dir ist doch hoffentlich klar«, sagte ich, »dass du das Leben dieses Kindes ruiniert hast.«

»Wieso?«

»In dreißig Jahren, nach mindestens vier Scheidungen, wird sie bei irgendeinem Psychoanalytiker auf der Couch landen und seufzen: ›Einmal, Herr Doktor, als ich acht war, bin ich einem perfekten Mann begegnet. Er sah gut aus, war lieb und kaufte mir eine große Tüte Popcorn.‹«

»Ich glaube eher, dass Eliza diejenige ist, die auf der Couch eines Psychiaters landet.«

»Das ist Wunschdenken.«

»Um Nicky braucht man sich keine Sorgen zu machen. Sie wird eines Tages irgendeinen Jungen mit ihren großen Augen ansehen, und der wird im siebten Himmel sein.«

»Du bist so romantisch. Und das wird ihre Rettung sein?«
»Vielleicht nicht ganz.« Sein Kuchen und die Milch waren alle. »Und jetzt?« fragte er.
Ich betrachtete ihn mit ernster Miene. »Es tut mir Leid, aber ich glaube, wir haben nur eine Wahl.«
»Und die wäre?«
»Nach oben zu gehen und vögeln bis zum Umfallen.«
»Tja, wenn das die einzige Möglichkeit ist.«
Während wir ins Bett stiegen, sagte Lyle: »Ich glaube, das Problem ist, dass wir uns vielleicht nicht genug Zeit fürs Vorspiel lassen.«
»Wie meinst du das? Wir haben doch massenhaft Zeit mit Vorspielen zugebracht.«
»Du machst Sachen mit mir, aber du lässt mich nie so viel mit dir machen.«
Ich seufzte. »Genau davor hatte ich Angst«, sagte ich.
»Wovor?«
»Davor, dass wir, wenn ich dir erzählte, dass ich nicht immer komme, ständig alles durchanalysieren und uns den ganzen Spaß verderben würden.«
»Mach dir deswegen keine Sorgen.«
»Doch. Ich kann nichts dagegen machen.«
»Würdest du lieber einfach anfangen und das Gerede vergessen? Mir wäre das recht.«
»Mir auch ... ist das okay?«
»Klar.« Aber mittendrin sagte er: »Versuch doch mal deine Beine ein kleines Stück zu senken, Jo.«
»Lyle! Du hast es versprochen!«
»Nein, ich meinte ja nur – ich dachte, es könnte ... bin ich zu schnell?«
Ich konnte nicht anders, ich musste lachen. »Du machst es goldrichtig.«

»Bist du schon nahe dran?«
»Lyle, *bitte!*«
Nachdem er seinen Höhepunkt erreicht hatte, schaute er auf mich herunter. »Na?«
»Mm-mh.«
»Vielleicht sollte ich noch einen Augenblick drin bleiben.«
»Aber das wäre doch für dich nicht schön. Bloß langweilig.«
»Nein, das stimmt nicht.«
Vielleicht, weil der Druck weg war, nachdem ich bereits versagt hatte, kam ich ungefähr zwei Minuten später. Lyle war sehr zufrieden. »Ich hab's dir gesagt, Jo.«
»Weiß ich. Es hängt alles davon ab, wie du den Ball wirfst, stimmt's?«
Es war ein bisschen seltsam, wie sich die Dinge umgekehrt hatten. Da hatte ich fünf Monate gebraucht, ihn von der Schönheit der körperlichen Liebe zu überzeugen, und jetzt war ich diejenige, der genau das erzählt wurde und der gesagt wurde, dass sie sich entspannen und einfach dem Genuss hingeben sollte. Irgendwie schien es mich an Lyle auszuliefern. Zwar ist er nicht der Typ, der solche Macht missbrauchen würde, aber ich fühlte mich trotzdem nicht ganz wohl dabei.
»Danke, dass du gekommen bist«, sagte ich nach einer kleinen Pause. »Ich meine, danke, dass du mit mir zu Papa und Boots gekommen bist. Ich weiß das echt zu schätzen.«
»Ich wünschte, du hättest meine Eltern kennen lernen können. Ich habe das Gefühl, na, etwas über dich erfahren zu haben, indem ich deinen Vater kennen gelernt habe, etwas, das du vielleicht nicht hättest beschreiben können, und, na ja, vielleicht hättest du etwas über mich erfahren, wenn du meine Eltern kennen gelernt hättest.«

»Ich hab doch Renee und Wesley kennen gelernt.«
»Das ist nicht dasselbe. Ich glaube, du hättest sie gemocht, Jo.«
»Hätten sie mich nicht irgendwie komisch gefunden?«
»Nein. Mutter wäre vielleicht zuerst etwas verdutzt gewesen, aber wenn sie dann mitbekommen hätte, was für ein lieber Mensch du bist, dann hätte sie dich gemocht.«
»Lyle, ich bin kein ›lieber Mensch‹. Sag das nicht.«
»Bist du doch. Du bist ein sehr lieber, warmherziger Mensch.«
Mama sagt immer, dass Männer nicht umhin können, sich Illusionen über Frauen zu machen, und dass man verrückt werden würde, wenn man sie daran hindern wollte. Wenn Lyle also wirklich und ehrlich glauben möchte, dass ich ein ›lieber‹ Mensch bin, dann sollte ich ihm dieses Vergnügen lassen. Ich halte mich ja auch nicht gerade für einen schlechten Menschen, aber ich wäre auch ganz bestimmt nicht auf die Idee gekommen, ausgerechnet ›Liebsein‹ als eine meiner Haupteigenschaften aufzuzählen, wenn ich mich jemandem beschreiben sollte, der mich nicht kennt.
Nachdem Lyle zum Schlafen runter ins Gästezimmer gegangen war, merkte ich, wie froh ich war, ihn mitgebracht zu haben. Nicht, um ihn vorzuführen und aufzutrumpfen. Seht her! So einen Freund habe ich, weil ich bin, wie ich bin! Elliott behauptet, dass manche Leute *Klagensammler* seien. Sie würden lieber ihr ganzes Leben lang jammern: ›Ach, wie bin ich doch kaputt, aber ich kann nichts dafür, weil mein Vater oder meine Mutter so ein Untier waren‹, als sich wirklich ändern zu wollen. Diese Entschuldigung für alles und jedes soll nicht zu meinem Repertoir gehören, deswegen war es gut, jemanden dabei zu haben, der nicht zur Familie gehört, der mich gern hat und zugleich objektiv genug ist, um mir sagen

zu können, wie blöd ich mich verrenkte. Dadurch konnte ich selbst ein wenig Distanz gewinnen.

Vermutlich sollte ich Papa und Boots für das beste Geburtstagsgeschenk von allen danken – dass ich endlich einen Koitus mit Orgasmus hatte –, aber ich glaube, dafür hat Lyle am meisten Dank verdient.

Siebzehn

In der zweiten Aprilwoche war ich fast die ganze Woche krank.

Lyle sagt, er hielt das mit dem Vitamin C für eine Ente, und wer erkältet sei, solle sich ins Bett legen und schlafen. Ich bin anderer Meinung. Vielleicht ist das rein psychisch, aber ich glaube an die hilfreiche Wirkung dieser riesigen Vitamin-C-Tabletten.

So lange krank, dass ich mehrere Tage fest im Bett bleiben musste, war ich seit über zwei Jahren nicht gewesen. Anfangs war es ein bisschen seltsam, weil es zu Hause so leer war – Eric war in der Schule und Mama und Elliott bei der Arbeit. Es kommt sehr selten vor, dass ich die Wohnung absolut für mich alleine habe. Leider habe ich fast den ganzen ersten Tag verschlafen und den zweiten auch beinahe, sodass ich nicht wirklich was davon hatte.

Am dritten Tag, als ich hin und her überlegte, ob ich nicht wenigstens einen halben Tag zur Schule gehen sollte, kamen die Briefe aus Cornell und Swarthmore. Ich bin bei beiden angenommen! In Cornell hatte ich mich eher sicherheitshalber beworben, aber nach Swarthmore wollte ich wirklich furchtbar gern. Mr. Imbrie, mein Lehrer in den naturwissenschaftlichen Fächern, hat in Swarthmore studiert – er ist derjenige, der mir letzten Sommer den Job bei Sloan-Kettering verschafft hatte. Als ich mich im Herbst bei den Colleges beworben hatte, hatte er gemeint, dass Swarthmore vermutlich eine gute Uni für mich wäre, weil die Biochemie dort wirklich exzellent sei, während die Atmosphäre ansonsten eher ruhig sei, ähnlich wie in Talbot.

Als Mama nach Hause kam, erzählte ich es ihr, aber sie reagierte kaum. Sie sagte nur: »Oh, toll, Jo. Hast du schon was aus Radcliffe gehört?«

Oft ist Mama, wenn sie nach Hause kommt, im Geiste noch bei der Arbeit. Dann kann man ihr alles Mögliche erzählen, und man merkt, dass sie einen zwar hört, aber nicht wirklich bei der Sache ist. Manchmal reagiert sie dann nach einer Woche, als wäre die Information endlich zu ihr durchgedrungen. Deshalb nahm ich ihre Reaktion einfach hin und kümmerte mich nicht weiter drum. Am nächsten Tag erfuhr ich dann aber den wahren Grund.

Donnerstags komme ich immer spät nach Hause, meistens erst zum Abendessen, und Elliott hält von acht bis elf seine Gruppentherapie ab, sodass er oft nicht rechtzeitig kommt. Dann sind beim Essen meistens nur Mama, Eric und ich. Kaum hatte ich die Tür geöffnet, kam Mama aus der Küche gesprungen, mit einem riesigen verlegenen Lächeln auf dem Gesicht. »Jo, bring mich bitte nicht um«, waren ihre ersten Worte.

»Warum sollte ich?«

Sie zog einen Brief hinter ihrem Rücken hervor. »Der kam heute. Ich muss dich um Verzeihung bitten, Schatz. Ich konnte nicht anders. Ich habe ihn aufgemacht.« Am Logo auf dem Briefbogen erkannte ich, dass es der Brief aus Radcliffe war. Als ich die Hand danach ausstreckte, kreischte sie plötzlich los und sagte: »Du bist angenommen! Du bist angenommen!«, und sie schloss mich in die Arme und führte sich auf, als hätten wir eine Million Dollar geerbt.

Ich glaube, ich habe erwähnt, dass Mama in Radcliffe studiert hat. Als ich im Herbst dort zum Vorstellungsgespräch war, fuhr sie mit und zeigte mir Cambridge. Wir gingen auch in das Studentenheim, in dem sie gewohnt hatte. Aber da war sie völlig ruhig gewesen. Mama hat nie zu den Leuten gehört, die ständig von ihrer Collegezeit schwärmen und sich darin suhlen, wie toll sie doch war. Wenn überhaupt, so hatte ich eher den umgekehrten Eindruck gewonnen. Jedenfalls war ich etwas fassungslos, dass sie so euphorisch auf den positiven Bescheid reagierte.

Offen gesagt, ich hatte nicht daran geglaubt, dass sie mich nehmen würden. Meine Schule, Talbot, ist nicht so wie die Eliteschule, auf der Papa war, von der jedes Jahr automatisch soundso viele Leute nach Yale oder Harvard oder sonst wo kommen. Talbot-Schüler landen eher an Unis wie Antioch oder Brandeis oder der University of Wisconsin. Vielleicht haben es im letzten Jahrzehnt ein gutes Dutzend oder so nach Radcliffe geschafft, aber das ist und bleibt eine ziemliche Seltenheit. Selbst Mrs. Weber, meine Tutorin, meinte, dass mein Notenschnitt und die Ergebnisse meiner Aufnahmeprüfungen zwar gut wären, ich aber nicht fest damit rechnen sollte, in Radcliffe angenommen zu werden. Dazu kommt die wohl bekannte Tatsache, dass es in New York Tausende von intelligenten jüdischen Mädchen gibt, die alle um die gleichen Studienplätze konkurrieren.

»Hör mal, Jo, ich hab Papa angerufen. Ich hoffe, es macht dir nichts aus. Er war so aufgeregt! Er wollte gleich in die Stadt gedüst kommen und dich heute zum Abendessen ausführen. Ich hab ihm gesagt, dass du gerade erst krank warst, und da hat er gefragt, ob es dir am Wochenende recht wäre? Was meinst du? Wie wär's mit Samstag? Soll er uns doch alle in ein Schickimicki-Restaurant ausführen, wenn ihm danach ist. Was soll's!«

Ich stand da und sah mir den Brief an, in dem die für solche

Briefe üblichen Sätze standen. »Äh ... lass mich erst mal noch drüber nachdenken«, sagte ich. Anscheinend war ich von meiner Erkältung noch total geschafft, aber auch von ihrer übertriebenen Reaktion. Ich ging in mein Zimmer, ließ mich auf mein Bett fallen und schlief dort fast eine Stunde wie ein Stein.

Beim Abendessen quatschte Mama Eric damit voll, wie toll es wäre, dass ich in Radcliffe angenommen bin, und alle paar Sekunden klingelte das Telefon, und sie sprang auf, um die Nachricht über halb Manhattan zu verbreiten. Als sie in der Küche war, um das Geschirr in die Spülmaschine zu räumen, und Eric in seinem Zimmer verschwunden war, nahm ich schließlich all meinen Mut zusammen und sagte: »Mama?«

»Ja?« Sie war gerade dabei, einen großen orangefarbenen Suppenteller neben einen großen Blechtopf zu zwängen, ohne dass es ihr recht gelingen wollte.

»Ich – äh ... wegen dieser Sache mit Radcliffe, wahrscheinlich hätte ich es eher klar machen müssen, dass Swarthmore meine erste Wahl war. Ich glaube, da werde ich auch hingehen.«

Mama richtete sich auf und starrte mich an. »Was? Was sagst du da?«

Ich holte tief Luft. »Also, Mr. Imbrie sagt, dass die Naturwissenschaften da unheimlich gut sind, und ich glaube ...«

»Mr. Imbrie! Wer um Himmels willen ist Mr. Imbrie?«

»Mama, hör mal. Du hast ihn schon hundertmal gesehen. Er hat mir den Job bei Sloan-Kettering vermittelt. Er ist dieser kleine Mann mit einem ...«

»Jody. Ich glaub es nicht. Verflixt nochmal, wen kümmert es, was Mr. Imbrie denkt! Sollen die Naturwissenschaften in Radcliffe etwa nichts taugen?«

»Sicher sind die da auch nicht schlecht, aber ...«
»Sie haben den besten Ruf im ganzen Land!«, schrie sie. Ganz die Expertin, meine Mutter, wo sie noch nicht einmal ein Reagenzglas von einem Bunsenbrenner unterscheiden kann. »Jedenfalls gehe ich nach Swarthmore«, antwortete ich, »und wenn du mal einen Moment still gewesen wärst und zugehört hättest, wüsstest du das schon ein halbes Jahr.«
»Du willst dich wirklich hinstellen und mir weismachen, dass du der besten Bildungsinstitution der Nation eine Absage erteilen willst, um nach Swarthmore zu gehen?«
Himmel, man könnte meinen, dass Swarthmore eine miese, kleine Provinz-Uni in der hintersten Ecke von Louisiana wäre. »Ja, genau das will ich dir weismachen«, erwiderte ich.
»Okay, dann ruf deinen Vater an und sag es ihm. Los, ruf ihn an!«
Das war nun wirklich wunderbar ironisch, als hätte sie sich jemals darum geschert, was Papa über irgendetwas denkt. »Okay, mach ich«, sagte ich und streckte meine Hand nach dem Telefon aus.
Sie fiel mir in den Arm. »Nein! Hör zu, Jo, das ist jetzt irgendeine Schnapsidee – denk noch mal drüber nach, ja? Versprich mir, dass du noch eine Woche wartest, bis du einem dieser Colleges deine Zusage gibst.«
»Man soll sie aber doch sofort informieren.«
»Nur eine Woche. Mehr verlange ich nicht. Dann hast du Zeit, dich in Ruhe hinzusetzen und noch einmal darüber nachzudenken.«
»Ich habe darüber nachgedacht«, antwortete ich, und das war die Wahrheit. »Ich habe lange überlegt. Ich meine, ich kann noch eine Woche warten, wenn du das möchtest, aber ändern wird das nichts.«

Ihr Gesicht war wütend. »Gott, ich dachte, du hättest diese alberne rebellische Phase schon seit Jahren hinter dir!«
Ich stampfte ohne ein weiteres Wort in mein Zimmer und schlug die Tür zu. Ich kann ja verstehen, dass es auf der Welt inkonsequente Menschen gibt. Ich kann auch verstehen, dass es Heuchler gibt. Aber dass ich eine Mutter haben muss, die sich jahrelang darüber auslässt, wie wichtig es ist, seinen eigenen Einsichten zu folgen und sich nicht nach irgendwelchen Konventionen zu richten oder irgendwelchem Gruppendruck nachzugeben, ist zuviel. Das Wichtigste sei es, hat diese Mutter ständig betont, dass man sich auf seinem einsamen und manchmal schwierigen Weg durchbeißt und stets tut, was man für richtig hält, ohne sich von anderen beirren zu lassen, selbst dann, wenn man mit seiner Meinung ganz allein dasteht. Und jetzt gibt dieselbe Mutter wegen eines kleinen Stücks Papier, das sie in ihrer feuchten, kleinen Hand hält, alles, aber auch alles preis, was sie jahrelang gepredigt hat! Eines weiß ich jetzt schon, ich werde, wenn ich erwachsen bin, nie diese Art von Mutter werden. Ich wünschte mir, es wäre möglich, Kinder zu bekommen, ohne gleichzeitig Mutter zu werden, weil nicht zu übersehen ist, dass alle Mütter einen Dachschaden haben.
Später am Abend rief ich Papa an. Natürlich war auch er aufgeregt, aber das überraschte mich weniger. »Ich bin so stolz auf dich, Schatz«, trötete er. »Du hast es geschafft.«
Was hatte ich geschafft? Wieso geschafft? Ich hatte nicht vor, mich mit ihm darüber zu streiten, dass ich nicht nach Radcliffe gehen würde. Ich ließ ihn einfach weiter darüber schwadronieren, wie er mit mir im Frühling hinfahren würde, um mir dies zu zeigen und jenes zu tun. Eigentlich hätte dieser Moment wohl der Höhepunkt meines Lebens sein sollen. Endlich sagte Papa unumwunden: »Jody, ich bin stolz auf

dich.« Das waren genau die Worte, auf die ich wahrscheinlich seit Urzeiten gewartet hatte, aber in diesem Zusammenhang klangen sie gar nicht so wichtig oder bedeutsam.

Lyle wurde von allen Unis, bei denen er sich beworben hatte, angenommen, aber nur Haverford bot ihm ein Vollstipendium an, deshalb hat er sich dafür entschieden. »Dann bleiben wir ganz nah beieinander«, sagte er. Er wusste, dass ich vorhatte, nach Swarthmore zu gehen.

»Ja, das ist toll«, sagte ich. Ich fühlte mich zu schlapp, um mich richtig zu freuen, selbst darüber.

Erst als ich aufgelegt hatte, ging mir auf, wie froh ich war, dass ich mich wirklich und ehrlich für Swarthmore entschieden hatte, bevor ich wusste, wo Lyle studieren würde. So würde ich ein absolut reines Gewissen haben, wenn Mama – wie ich wusste, dass sie es tun würde, und wie es schon am nächsten Abend beim Essen geschah – sich dezent erkundigte: »Wohin geht Lyle denn?«

»Haverford. Er bekommt dort ein Vollstipendium.« Ich konnte nicht umhin, darauf irgendwie stolz zu sein.

»Das ist ja praktisch«, sagte sie trocken.

»Für wen?«

»Na ja, dann seid ihr doch ganz nah beieinander. Ich nehme an, so hattet ihr das geplant.«

»Nein, so hatten wir das nicht geplant«, antwortete ich. »Ich weiß erst seit gestern, wo er studiert. Er geht nur dahin, weil man ihm dort die besten Bedingungen bietet. Wenn er in Princeton oder Yale ein Stipendium gekriegt hätte, würde er dahin gehen.«

Doch das interessierte sie nicht. Ich sah Mama an, dass sie meine Entscheidung, in Swarthmore zu studieren, ein für alle Mal als meine große Rebellion abgebucht hatte, die einzig und allein darauf abzielte, ihre Gefühle zu verletzen oder sie auf die Palme zu bringen. Ich hätte Mr. Imbrie und Mrs. Weber und hundert andere Zeugen beibringen können, um mit ihr zu diskutieren, ohne dass es noch etwas geändert hätte.

Elliott reagierte dagegen echt nett. Eines Abends, als Mama gerade ins Schlafzimmer gegangen war, sah er zu mir auf – er saß im Ledersessel und las – und sagte mit einem kleinen Lächeln: »Ich hab am City College studiert.«

»Du warst eben clever«, sagte ich und erwiderte sein Lächeln.

»Ich war arm.« Er senkte seine Stimme. »Mach dir keine Sorgen, Jo. Sie beruhigt sich wieder.«

Das fand ich wirklich lieb von ihm. Ich hatte die ganze Zeit versucht, Philip ans Telefon zu bekommen, doch immer verkündete sein Anrufbeantworter nur, dass er auf irgendeinem Trip sei. Wenn mich jemand verstehen würde, dann Philip. Ich musste immer wieder daran denken, wie ich Mama erzählte hatte, dass Philip das Stellenangebot in Harvard abgelehnt hatte, und sie mit so was reagiert hatte wie: »Großartig, das kann er wirklich nur selbst entscheiden« und dann davon geredet hatte, dass sie jetzt bei ihrer »weichen Phase« angekommen wäre. Vermutlich gilt das nur für Ex-Ehemänner, aber nicht für Töchter.

Am Ende der Woche ging ich zu Mama und sagte ihr, dass ich alles noch einmal überdacht und nach Abwägung aller Gründe entschieden hätte, dass Swarthmore die richtige Wahl sei und ich mich dort wohl fühlen würde. Ich redete ganz schnell mit völlig tonloser Stimme, als ob ich ein Gedicht aufsagte.

Sie stand mit verschränkten Armen da und hörte zu. Schließlich sagte sie: »Okay, Jo.«

In das kleine Wörtchen »Okay« kann man alles Mögliche

hineinlegen. Mama hätte damit ausdrücken können: »Okay, Jo. Mir ist klar, dass ich eine Achtzehnjährige nicht länger wie ein Kind behandeln kann, und du bist ja auch kein Kind mehr. Ich sehe ein, dass du intelligent und reif genug bist, um selbst kluge Entscheidungen zu treffen, und ich bin bereit, diese Entscheidungen anzuerkennen.« Sie könnte auch gemeint haben: »Okay, Jo. Du willst dich also nicht ändern, sondern dich weiter wie der trotzige Rotzlöffel verhalten, der du dein Leben lang gewesen bist, und wenn du dein Leben kaputt machen und alle deine Zukunftsaussichten in den Wind schlagen willst, dann begrabe ich jetzt meine Hoffnungen in dich.« Ich würde sagen, Mamas »Okay« lag irgendwo zwischen diesen beiden Extremen, vielleicht weiter vom ersten entfernt, als mir lieb war, aber immerhin nicht ganz am anderen Ende.

Am Donnerstag, Elliotts Gruppentherapie-Abend, kam Rifka Rabinowitz zum Essen. Da mein Zimmer in der Nähe der Küche liegt und die Tür offen stand, musste ich nicht richtig lauschen, um mitzubekommen, wie sie sich unterhielten, während sie ihren Aperitif tranken. Ich weiß, dass Mama wusste, dass ich in meinem Zimmer war, weil sie, als sie etwas aus der Speisekammer geholt hatte, an meiner offenen Tür vorbeigekommen war und gesehen hatte, dass ich auf dem Fußboden saß. Aber wenn sie und Rifka erst einmal in Fahrt sind, könnte ein ganzes Aufnahmeteam vom Fernsehen um sie herumtanzen, ohne dass sie sich stören ließen.

Rifka fing an und sagte: »Lass mich das erst mal klarkriegen. Du hast also eine Tochter. Sie ist nicht drogenabhängig, sie ist nicht schwanger, sie hat sich nicht von irgendeiner meschuggenen Sekte einfangen lassen. Und dein großes Problem ist, dass sie nach Swarthmore gehen will und nicht nach Radcliffe? Hör zu, verlang bitte kein Mitleid von mir, okay,

Beth? Ich meine, wir sind seit Jahren Freundinnen, aber es gibt immer noch Grenzen.«
»Okay, okay«, antwortete Mama. »Vielleicht war ich mehr nostalgisch als alles andere.«
»Aber warum? Du hast Radcliffe *gehasst.*«
»Hab ich das? Wie meinst du das?«
»Du warst da total unglücklich! Willst du, dass ich nach Hause gehe und dir die ganzen Briefe hole, die du mir in deinem ersten Jahr geschrieben hast, weil du ans City College wechseln wolltest, damit du mit diesem Jungen zusammen sein konntest – wie hieß er noch gleich –, mit diesem komischen kleinen Burschen, Artie irgendwas?«
»Artie Landeck!«, rief Mama aus. »Kannst du dir vorstellen, dass ich die Geschichte völlig vergessen hatte?«
»Erzähl das mal deinem Freudianer.«
»Trotzdem, das war nur im ersten Jahr. Danach wurde es besser, oder?« Sie klang schon etwas weniger selbstsicher.
»Sicher«, sagte Rifka. »Dann hast du den supersensationellen Sidney getroffen, und das hat dich über alles hinweggetröstet.«
Es entstand eine kleine Pause. Mama beschloss offenbar, darauf nicht einzugehen. Dann sagte sie: »Ich muss dir noch etwas Schreckliches gestehen. Weißt du, wer mir noch im Kopf rumschwirrte? Erinnerst du dich an Gloria Del Joio?«
»Woher denn?«
»Das war dieses wunderschöne – oder vielleicht gar nicht mal so schöne, aber phantastisch selbstsichere Mädchen, das im selben Studentenheim wohnte wie ich. Du hast sie damals kennen gelernt, als du mich mal besucht hast.«
»Die mit den roten Haaren?«
»Genau. Na ja, ich habe zufällig erfahren, dass sie eine Tochter in Jodys Alter hat, weil ich ihr zufällig über den Weg ge-

laufen bin, und da habe ich mir anscheinend gedacht: Vielleicht steckt ihre Tochter in irgendeinem schrecklichen Schlamassel, vielleicht ist sie, wie du sagst, schwanger oder drogenabhängig oder in irgendeiner Sekte …«
»Vielleicht alles drei, wenn du richtig Glück hast«, meinte Rifka.
»Und dann würde sie eines Tages die Zeitung für die Ehemaligen aufschlagen und lesen: Elizabeth Epsteins Tochter hat mit summa cum laude Examen gemacht.«
»Dann wird Elizabeth Epsteins Tochter eben in Swarthmore mit summa cum laude Examen machen.«
»Aber Gloria Del Joio wird davon nichts erfahren, weil sie es nicht in ihrer Zeitung lesen wird.«
Rifka sagte: »Beth, ich werde dir einen Gefallen tun und diese ganze Unterhaltung vergessen. Sie hat nie stattgefunden, okay? He, was ist das für ein Zeug, das du mir da zu trinken gegeben hast? Ich war so von deiner schrecklichen Geschichte abgelenkt, dass ich gar nichts gemerkt habe. Ich dachte, ich hätte um einen Sherry gebeten.«
»Das ist angeblich so was wie Sherry«, antwortete Mama. »Elliott trinkt es gern, es heißt Punt e Mes.«
»Ach, wie läuft es denn mit ihm? Hat er dich schon auf eine normalmenschliche Größe reduziert?«
Es interessierte mich nicht sehr, wie sie erst Elliott und dann Karl, Rifkas Ehemann, durchtratschten, deshalb stand ich leise auf und zog die Tür zu. Der Schnapper an meiner Tür klemmt immer, sodass man ihn mit einer gebogenen Heftklammer befreien muss, von der ich immer genug in meiner Schreibtischschublade habe.
Eigentlich hatte ich das Gefühl, mich bei Rifka bedanken zu müssen, weil sie versucht hat, Mama das Ganze in einem weniger tragischen Licht erscheinen zu lassen. Was meinen Ab-

schluss mit summa cum laude angeht, so werden wir sehen. Im Augenblick glaube ich, werde ich mich erst mal darauf konzentrieren, die nächsten vier Jahre gut zu überstehen.

Achtzehn

Ich habe eine Dummheit gemacht.

Ich weiß nicht, ob sie dadurch schlimmer wird, dass es etwas ist, das ich irgendwie schon vorher für möglich gehalten habe. Ich weiß, dass vorsätzlicher Mord schlimmer bestraft wird, weil das bedeutet, dass sich jemand vorher hingesetzt und das Ganze geplant hat. Wenn er dagegen einfach spontan gehandelt hat oder momentan geistesgestört war, verringert das, glaube ich, das Strafmaß. Nicht, dass ich ein Verbrechen in dem Sinne begangen hätte, dass ich dafür ins Gefängnis kommen würde. Aber moralisch gesehen wäre das, was ich getan habe, vielleicht ähnlich zu beurteilen.

Mrs. Sirota hat früher immer gesagt, sie habe den Eindruck, ich hätte einen allzu analytischen Verstand. Auf meinen Arbeiten vermerkte sie immer »Erst beschreiben, dann analysieren«. Wahrscheinlich ist das eine gute Strategie, wenn es ums Aufsatzschreiben geht, aber ich glaube, dass sie auch Nachteile haben kann. Ich meine, es gibt Tage, an denen man mit ganz wachen Sinnen durch die Welt läuft und einem all die kleinen Einzelheiten ins Auge springen. An anderen Tagen ist das nicht so. Ich will versuchen, alles so gut ich kann aufzuschreiben.

Am 14. Mai findet in unserer Schule das so genannte Ehemaligentreffen statt. Das ist eine Art Schulfest, das den ganzen Tag läuft. Ich würde sagen, in erster Linie kommen diejenigen, die erst vor einem oder zwei oder drei Jahren ihren Abschluss gemacht haben. Die Älteren scheinen allmählich das

Interesse zu verlieren. Ich kann verstehen, dass man gern zurückkommt. Ich meine, da ist man auf dem College und fühlt sich in der Menge vielleicht etwas verloren, und dann kommt man an diesen Ort zurück, der so klein ist, dass man nur bekannte Gesichter sieht. Alle Lehrer erinnern sich an einen, und alle kommen an, um sich zu erkundigen, wie es so läuft. Es könnte ein ganz schöner Egotrip sein, wenn einem danach wäre.
Für die Schüler im dritten Jahr hat die Veranstaltung den besonderen Sinn, dass ihnen die Ehemaligen berichten, was sie von ihrem speziellen College halten und ob sie der Meinung sind, dass sie gut auf die Seminare vorbereitet worden sind und dergleichen mehr. Das kann gerade für die, die noch nach Kriterien suchen, um sich zwischen zwei Orten zu entscheiden, eine ziemliche Hilfe sein.
Ich hatte schon vorher vermutet, dass Whitney kommen würde. Wie gesagt, er war eine Art Star in Talbot, und, na ja, er ist der Typ, der es von Herzen genießt, überall rumzulaufen und Leute zu begrüßen und so, nicht aus Eitelkeit, sondern eher, weil er halt Leute mag.
Deshalb war es an diesem Morgen keine Überraschung, ihn in der Vorhalle in einem Pulk von Leuten stehen zu sehen. Er trug einen dunkelblauen Rollkragenpullover und eine blaue Kordsamthose. Whitney versteht es, sich gut anzuziehen, nicht aufdringlich, aber seine Sachen sitzen gut, und er hat eine gute Figur, was ich, wie ich zugeben muss, mal wieder nicht übersehen konnte. Ich hatte mich noch nicht entschieden, ob ich rübergehen und ihn begrüßen sollte, als er mich sah und winkte. Dann löste er sich aus der Gruppe und kam zu mir.
»Hallo, Jo. Du siehst super aus.«
»Du auch.«

Wir grinsten uns an und wussten nicht recht, was wir sagen sollten. Vermutlich können zwei Dinge passieren, wenn man jemandem begegnet, in den man mal verliebt war oder den man gemocht hat und den man ein Jahr nicht gesehen hat. Entweder kommt er einem nicht mehr halb so toll, nett, interessant vor wie in der Erinnerung, oder man findet ihn noch genauso attraktiv. Die erste Möglichkeit ist sowohl gut als auch schlecht. Schlecht: Wie konnte man nur so an Geschmacksverirrung leiden? Gut: Der andere hat keine Macht mehr über einen. Meine Reaktion auf Whitney gehörte eher in die zweite Kategorie. Ich war nicht mehr in ihn verliebt, nicht im Geringsten, aber ich konnte verstehen, warum ich mich in ihn verliebt hatte. Dazu kam, dass ich ihn in der Schule wieder sah, weil es schien, als sei kaum Zeit vergangen. Eine zufällige Begegnung auf der Straße wäre vielleicht etwas anderes gewesen.
Während des Tages liefen wir uns immer wieder über den Weg und sprachen jedes Mal kurz über dies oder das, bis er mich nachmittags einlud, mit ins Museum of Modern Art zu gehen, um eine Ausstellung anzuschauen. Whitney wollte eigentlich auf eine Kunstschule in Kalifornien, doch da ist seine Mutter ausgeflippt. Und bei entscheidenden Fragen hört er immer auf sie. Es sei ihm bewusst, meint er, dass sie hart gearbeitet hat, um ihn auf eine Privatschule schicken zu können, und dass er keinen Kick daraus kriegt, sich über sie hinwegzusetzen. Mama behauptet, bei mir wäre das ganz anders.
Ich gehe gerne mit Whitney ins Museum. Er sieht lauter Dinge, die mir nie auffallen würden, nicht nur auf Bildern, sondern auch bei ganz normalen Leuten und Sachen. Er ist ein totaler Augenmensch. Wenn ich ein neues Kleid anhatte oder sonst irgendetwas Neues, fiel es Whitney gleich auf. In

der Hinsicht unterscheidet er sich von den meisten anderen Jungen. Farbkombinationen können ihn richtig begeistern. Wie diese Kette mit den Bernsteinperlen, die ich manchmal zu einem dunkelroten Pulli trug und die er immer bewunderte. Ich glaube nicht, dass Lyle auffallen würde, wie ich angezogen bin, es sei denn, die Sachen sind im üblichen Sinne »hübsch«; aber selbst dann würde es ihn wahrscheinlich nicht begeistern. In der Hinsicht ist er wohl mehr wie ich.

Es war schön, zusammen durch das Museum zu spazieren und zu reden. Whitney schien ein ziemlich gutes Jahr hinter sich zu haben. Er sagte, er finde einige der Kurse viel einfacher, als er es erwartet hätte, verglichen mit Talbot. Ich erzählte ihm, dass ich nach Swarthmore gehen würde. Ich erwähnte nicht, dass ich in Radcliffe angenommen worden war, weil mir nicht danach war, die ganze Geschichte noch einmal durchzukauen. Und ich hatte die Uni in der Nähe von Harvard nicht deshalb abgelehnt, um möglichst weit weg von ihm zu sein.

Also ... lange Rede, kurzer Sinn, schließlich landeten wir – nach dem Abendessen in einem chinesischen Restaurant – in seiner Wohnung. Whitney lebt mit seiner Mutter und zwei älteren Brüdern zusammen, aber seine Mutter arbeitet als Nachtschwester und ist nach acht nie zu Hause. Seine Brüder scheinen ebenfalls nicht allzu oft da zu sein. Jedenfalls habe ich sie bei den wenigen Anlässen, bei denen ich dort war, selten zu Gesicht bekommen.

Als wir in die U-Bahn einstiegen, um zu ihm zu fahren, war es mehr oder weniger klar, dass wir miteinander schlafen würden. Sonst wäre ich bestimmt nicht mitgekommen; mir war klar, was er vorhatte. Ich wünschte, mir würde ein überzeugender Grund dafür einfallen, warum ich mit Whitney schlafen musste. Zum Beispiel: Ich lechze total nach Sex, weil ich eine Woche lang nicht mit Lyle geschlafen hatte, oder meinetwegen auch, dass ich sonst vor Leidenschaft umgekommen wäre. Aber das war nicht der Fall. Als hätte ich keine Wahl gehabt. Sicher, ich würde es tun, weil ich mich von ihm angezogen fühle, aber es war wirklich kein überwältigendes, unkontrollierbares Verlangen.

Ich weiß genau, warum ich es getan habe, und ich bin nicht gerade stolz darauf. Ich hab es getan, weil ich wusste, dass ich ungefähr hundertmal besser aussah als letztes Jahr. Ich hatte zirka zehn Pfund abgenommen, und meine Pfunde hatten sich auf die richtigen Stellen verteilt. Darüber entdeckte ich, als ich an dem betreffenden Morgen in den Spiegel gesehen hatte, dass dies einer meiner guten Tage war. Alles in allem war ich total obenauf. Ich wollte mich Whitney von allen Seiten zeigen, ihm zeigen, wie viel besser ich geworden war. Und es ist traurig, das sagen zu müssen, aber ich wollte ihm auch zeigen, dass ich nun kommen konnte, wenn wir miteinander schliefen, und dass ich dabei war, eine befreite Frau zu werden, und was ich sonst an Müll im Kopf hatte.

Whitney ist gut im Bett. Das war er schon immer, aber diesmal hatte ich das Gefühl, ebenfalls gut zu sein, und das verlieh dem Ganzen eine besondere Note. Aber als es vorbei war, schämte ich mich im Grunde nur noch, weil es mir plötzlich doof und unnötig vorkam, so weit gegangen zu sein. Whitney sagte: »Du bist gut in Form, Jo. Du scheinst dich im letzten Jahr verändert zu haben.« Er fragte nicht, ob ich mit jemanden ging. Das würde Whitney niemals tun. Dazu gibt er sich zu cool. Und ich fragte ihn auch nicht. Nicht, weil ich irgendwie cool wäre, aber ich fand, dass ich unter den gegebenen Umständen keinen Anlass dazu hatte.

Als wir auseinander gingen, gab es einen freundlichen Abschied »bis irgendwann«. Wenn Whitney ein nächstes Mal anrief, würde ich mich vielleicht mit ihm treffen, aber nicht wieder mit ihm schlafen. Ich habe es nur getan, um mir selbst etwas zu beweisen. Das nächste Mal würde nichts Neues mehr bringen.

Trotzdem hatte ich Schuldgefühle, vor allem Lyles wegen. Ob er davon erfuhr oder nicht, besonders toll war es nicht, was ich getan hatte, vor allem, weil er mich so entschieden für einen »lieben«, guten Menschen hielt. Lyles Definition von »Gutsein« mag ziemlich persönlich und individuell sein, aber ich habe meine Zweifel, ob sie die Möglichkeit einschließen würde, dass ich mit einem ehemaligen Freund schlafe. Ich kann mich täuschen, aber es würde mich sehr wundern.

Am nächsten Abend, es war ein Samstag, war ich mit Lyle verabredet, um in der Wohnung seiner Schwester auf das Baby aufzupassen. Mir war die Wohnung mit der Zeit richtig lieb geworden, sogar die ausklappbare Couch, auf der wir so viele schöne Stunden verbracht hatten, bevor und nachdem mir Lyle seine Jungfräulichkeit geopfert hatte. Es war inzwischen fast wie ein Ritual: Kitty zu füttern und dann in den Stunden vor Mitternacht miteinander zu schlafen. Um Mitternacht kamen Renee und Wesley normalerweise nach Hause. Sie waren ziemlich berechenbar, was ihr Kommen und Gehen betraf, wir konnten uns danach richten.

Als ich eben gehen wollte, rief Lyle an: »Hör mal, Jo, ich wollte dir nur sagen … wenn Renee ein bisschen verstört zu sein scheint, dann lass dich davon nicht irritieren. Sie ist schwanger und, na ja, das kam etwas unerwartet.«

»Warum ist das so eine Katastrophe?«

»Ja, Kitty ist noch nicht mal ein Jahr alt. Sie findet, dass drei oder vier Jahre zwischen den Kindern liegen sollten, damit sie genug Zuwendung von ihrer Mutter bekommen.«

Es erschien mir trotzdem nicht gerade als Katastrophe, aber, na ja, jedem das Seine – oder das Ihre, sollte ich vermutlich sagen.

Jedes Mal wenn ich mit Lyle babysitte, komme ich etwas eher und esse mit ihm, Wesley und Renee das Dessert und trinke eine Tasse Kaffee. Auch das ist zu einem Teil des Rituals geworden. Ich habe nie ganz das Gefühl verloren, dass sie mich argwöhnisch beäugen. Das gilt mehr für Renee als für Wesley. Wahrscheinlich liegt es daran, dass Renee als ältere Schwester meint, sie müsse in eine Art beschützende Mutterrolle schlüpfen, damit niemand ihrem kleinen Bruder etwas zu Leide tut.

Ich war froh, dass Lyle mir etwas über Renees »Zustand« gesagt hatte, weil sie während des Nachtischs noch nervöser war als sonst. Einmal ging sie in die Küche, und dann hörten wir einen Knall. Obwohl sie nur eine Kaffeetasse auf den Boden fallen lassen hatte, brach sie sofort in Tränen aus.

Wir eilten alle zu ihr, Lyle holte einen Besen und fing an, die Tassenscherben aufzukehren. Wesley tätschelte ihre Schulter. Ich stand dabei, ohne recht zu wissen, was ich tun sollte, und versuchte, ein mitfühlendes Gesicht zu machen.

»Jody, ich nehme an, Lyle hat dir von meinen ... Neuigkeiten erzählt. Wobei das keine Entschuldigung für mein Verhalten ist.«

»Rennie, komm, setz dich«, sagte Wesley. »Lyle und ich waschen das Geschirr ab.«

Renee und ich gingen wieder ins Wohnzimmer und setzten uns einander gegenüber an den Tisch. Wir schwiegen uns eine ganze Weile an.

»Hast du, hm, an eine Abtreibung gedacht?«, fragte ich schließlich.

Sie starrte mich an, als ob ich gefragt hätte, ob sie daran gedacht hätte, von der George-Washington-Brücke zu springen. »Ich bin verheiratet«, antwortete sie.

»Das machen viele Verheiratete«, sagte ich. »Ich glaube, ich hab gelesen, dass es überwiegend verheiratete Frauen sind, die …«

»Das ist für mich keine Lösung«, sagte sie leise.

»Warum?« Ich war ehrlich neugierig.

»Warum?« Ihre Stimme zitterte. »Ist das etwas anderes als Mord?«

»Ich hab, glaube ich, nie verstanden, warum es das Gleiche sein sollte wie Mord.«

Es ist interessant zu beobachten, wie ein Gespräch in wenigen Sekunden von einer ziemlich ruhigen, distanzierten und abstrakten Unterhaltung zu einer aufgeladenen, stürmischen Konfrontation eskalieren kann. Renee funkelte mich über den Tisch hinweg an, als ob ich nicht nur für ihr momentanes Elend, sondern auch für alle Übel dieser Welt verantwortlich wäre. Ich nehme an, ich ärgerte mich zum Teil deshalb, weil ich in ihr immer eine gewisse Selbstgerechtigkeit wittere, eine Haltung, die sagt: Ich kenne die Wahrheit und werde sie allen anderen verkünden. Und dahinter das Gefühl von: Wer ist diese kleine atheistische Jüdin, die meinen armen, unschuldigen kleinen Bruder verführt hat? Und dahinter wiederum mein eigenes schlechtes Gewissen wegen Whitney, das an und aus flackerte, wie ein blinkendes Neonlicht, und mein Konzentrationsvermögen empfindlich störte.

Vorsichtiger sagte ich: »Wahrscheinlich kommt das nur, weil mein Bruder und ich nur sechzehn Monate auseinander sind und meine Mutter immer erzählt hat, wie viel Arbeit das war, für sie, meine ich.«

»Und vermutlich wünscht sie sich nun, dass sie deinen Bruder irgendwo einen Abfluss hinuntergespült hätte?«

Ich gebe zu, es gibt Zeiten, in denen ich wünschte, Eric wäre den Abfluss runtergespült worden, aber das ist eine andere Geschichte. »Das glaube ich nicht.«
An diesem Punkt stießen Wesley und Lyle wieder zu uns. Renee schaute erst sie an und dann mich: »Es tut mir Leid«, sagte sie atemlos. »Bitte entschuldige, aber solche Ansichten – ich kann einfach nicht ...« Und damit rauschte sie aus dem Zimmer und ließ uns drei allein zurück.
Ungefähr eine Minute später lief Wesley hinter ihr her, wahrscheinlich um sie zu trösten. So blieben nur Lyle und ich zurück. Ich sah ihn an und lächelte gequält. Was ich mit diesem Lächeln sagen wollte, war ungefähr: Sie scheint tatsächlich ein bisschen nervös zu sein, jetzt, wo du es erwähnt hast. Ich rechnete damit, dass er zurücklächeln würde, aber stattdessen sah er mich mit grimmigen Augen und zusammengekniffenen Lippen an, und sein Blick war ganz kalt.
Das machte mich vollends fertig. Es war schon schlimm genug, dass sich seine Schwester gegen mich wandte, aber dass Lyle sich mit ihr verbündete, machte es noch schlimmer. War es etwa meine Schuld, dass Renee schwanger war oder dass sie schon bei der Erwähnung des Wortes Abtreibung ausflippte?
Wir gingen ins Wohnzimmer. Lyle nahm sich ein Buch, ich eine Illustrierte, und dann warteten wir. Ich fragte mich, ob sie nach all dem noch ausgehen würden. Ungefähr fünfzehn Minuten später kamen Renee und Wesley aus dem Schlafzimmer. Renees Augen waren rot. Sie hatte ihre eigene Spielart von Lyles verkniffenem Ausdruck um die Lippen. Sie schlichen zur Tür hinaus und murmelten dabei etwas wie, sie würden nicht zu spät nach Hause kommen.
Als sie ein paar Minuten weg waren, sah ich zu Lyle hinüber und hoffte, dass sein Ausdruck sich zum Besseren gewandelt

hätte. Das war nicht der Fall. Im Gegenteil, seine ersten Worte waren: »Weißt du, Jo, für eine Person, die so stolz darauf ist, wie sensibel sie ist, kannst du verdammt unsensibel sein!«

Mir gefiel der Klang der Sache nicht. Ich meine, ich glaube nicht einmal, dass ich jemand bin, der *stolz* auf seine Sensibilität ist. Ich glaube auch nicht, dass ich unsensibel bin, aber er hörte sich an, als wäre ich die Prinzessin auf der Erbse oder so was. »Was hab ich denn getan?«, fragte ich. »Kannst du mir das sagen? Ich hab vielleicht drei Minuten lang dagesessen und sie dann vollkommen ruhig gefragt, ob sie schon an Abtreibung gedacht hätte. Wieso ist das so unsensibel?«

»Weil ich dich extra angerufen habe, um dir zu sagen, wie daneben sie wegen der ganzen Sache ist. Warum hast du das Thema überhaupt angesprochen?«

»Was hätte ich denn ansprechen sollen? Das Wetter?«

»Klar! Irgendwas! Ich bin drei Sekunden aus dem Zimmer, und sofort musst du auf deine Emanzen-Seifenkiste springen und große Reden über die Vorteile der Abtreibung schwingen, obwohl du genau weißt, dass meine Schwester katholisch ist.«

»Ich wusste nicht, dass sie eine *fromme* Katholikin ist.«

»Ich habe dir erzählt, dass sie jeden Sonntag in die Kirche gehen.«

»Aber das könnte doch auch wegen der Form sein oder so! Außerdem treiben viele Katholikinnen ab. Ich weiß, dass ich das irgendwo gelesen habe. Lyle, hör mal, ich wollte nur helfen. Wirklich wahr. Es ist offensichtlich ziemlich danebengegangen, aber du musst auch zugeben, dass deine Schwester ein bisschen …«

»Es war einfach dumm, Jo. Renee hat sowieso schon dieses Bild von dir, dass du …«

»Ach ja? Was für ein Bild?« Ich war neugierig, aber zugleich beunruhigt.
»Also gut, es wird dir nicht gefallen, aber ich habe den Eindruck, sie weiß, dass wir miteinander schlafen, und das empfindet sie wahrscheinlich als …«
»*Sie* macht es wohl nie, hm? Wie ist sie denn schwanger geworden? Hat der Heilige Geist eine mitternächtliche Stippvisite gemacht?«
»Ihrer Ansicht nach ist es ein entscheidender Unterschied, dass sie verheiratet ist.«
»Lyle, hör zu, ich bin nicht dabei, über ihr Verhalten zu urteilen, das mir, offen gesagt, manchmal schon etwas seltsam erscheint, ganz gleich welcher Religionsgemeinschaft sie angehört. Allerdings würde ich aber gerne wissen, wer ihr das Recht gibt, über mich zu urteilen?«
Lyles Ausdruck wurde weicher. »Niemand.« Er seufzte. »Komm, vergessen wir es. Was vorbei ist, ist vorbei. Komm mit auf die Couch.«
Wenn wir auf die Couch gehen, fangen wir normalerweise an zu schmusen, um dann später miteinander zu schlafen, aber, offen gesagt, war ich nicht in der leidenschaftlichsten Stimmung der Welt. Ich habe schon öfters gehört, dass Leute sich nur deshalb streiten, weil die Versöhnung hinterher so schön ist, aber ich bin nach einem Streit, besonders einem so grundsätzlichen wie dem gerade vergangenen, vielleicht noch zu gekränkt und aufgewühlt, um dieses Gefühl in Leidenschaft umzumünzen. Gleichzeitig wollte ich gern, dass wieder gute Stimmung zwischen uns herrschte, deshalb rückte ich neben ihn und lehnte mich bei ihm an und ließ mich von ihm in die Arme nehmen.
Es ist interessant, dass Mr. Meleo uns erst vor wenigen Wochen im Sexualkundeunterricht diesen großen Vortrag über

»das Recht, nein zu sagen« gehalten hat. Er behauptete, dass heutzutage vor allem Frauen und Mädchen das Gefühl haben, immer zum Sex bereit sein zu müssen, weil sie nicht mehr behaupten können, Angst vor Schwangerschaft zu haben, und das sei ganz schlimm. Er meinte, keiner sollte sich gegen seinen Willen zum Sex überwinden, selbst Verheiratete nicht. Für mich war das eine wichtige Einsicht, und wahrscheinlich war dies ein ausgezeichneter Moment, sie in die Praxis umzusetzen. Bloß dass ich es nicht fertig brachte.

Zum Teil deshalb, weil es mir komisch vorkam, nachdem ich Lyle monatelang Vorträge darüber gehalten hatte, wie gut es ihm gefallen würde, mit mir zu schlafen, wenn er es nur mal ausprobieren würde, nun diejenige zu sein, die sagt: Tut mir Leid, aber ich bin nicht in der richtigen Stimmung. Bis jetzt hatte es so ausgesehen, als wäre ich immer in Stimmung, vielleicht weil es eine Herausforderung war, vielleicht weil man nach mehreren Stunden Petting automatisch in Stimmung kommt. Aber in dem Augenblick verspürte ich echt keine Lust, gleich zur Sache zu gehen, vor allem mit Renees Bild von mir als »losem Frauenzimmer« im Hinterkopf. Ich hätte mir schon gewünscht, was Loses oder Gelöstes zu haben, aber stattdessen hatte ich das Gefühl, so fest gespannt zu sein wie eine Feder.

Ein anderer Grund, warum ich nicht den Mut aufbrachte, nein zu sagen, war die Tatsache, dass ich am Tag davor mit Whitney geschlafen hatte. Ich wollte nicht, dass Lyle den Verdacht bekam, ich »hätte mich bereits bedient« und hätte deshalb nicht schon wieder Bedarf. Aus all diesen – lausigen – Gründen lagen wir eine halbe Stunde später in traditioneller Haltung verschlungen auf der Couch und machten unser Ding.

Mittendrin sagte Lyle jedoch auf einmal: »Jo, ich habe den Eindruck, du bist nicht ganz bei der Sache.«

Lyle ist in Dingen wie diesen sensibler geworden. Früher kriegte er nicht einmal mit, ob ich kam oder nicht. Und jetzt, wo ich mehr Begeisterung zu zeigen versuchte, als ich verspürte, war offensichtlich ein gewisses Zögern zu spüren.

»Ja, das stimmt«, sagte ich langsam. »Aber mach doch ruhig weiter. Ich – es macht mir nichts aus.«

»Nein, das finde ich nicht«, sagte er. Er rückte weg.

Dann lagen wir stumm nebeneinander. Ich fühlte mich schrecklich schuldig, weil ich die Todsünde begangen hatte, ihn zu erregen, ohne den Akt dann bis zu Ende durchzuziehen, auch wenn er derjenige gewesen war, der sich zum Abbruch entschlossen hatte. Sein Penis lag ein bisschen jämmerlich da, so als ob er sich fragte: Was war das? Was habe ich falsch gemacht?

»Macht nichts«, sagte Lyle und streichelte meinen Rücken. »Du musst nicht immer in Stimmung sein.«

»Vielleicht später am Abend«, sagte ich hoffnungsvoll.

»Klar ...« Er sah mich mit seinen ernsten grünen Augen unter den langen Wimpern an. »Ist es nur die Sache mit Renee, oder ist sonst noch was?«

Ich nickte.

»Machst du dir immer noch Sorgen, weil du nicht nach Radcliffe willst?«

»Ach, ich hab einfach immer noch das Gefühl, dass Mama meine Entscheidung nicht richtig akzeptiert. Sie behauptet es zwar, aber tief in ihrem Innern ist sie mir noch böse.«

»Wahnsinn«, sagte Lyle. »Das hätte ich wirklich nicht von deiner Mutter erwartet. Dabei hat Swarthmore einen genauso guten Ruf.«

»Ich weiß! Es ist echt komisch! Whitney meint, die Kurse in

Harvard wären gar nicht so toll! Er sagt, Talbot war viel schwerer.« Mitten im Satz ging mir auf, was ich da sagte, aber meine Stimme redete quasi ohne mein Zutun einfach weiter. Ich hoffte, Lyle würde nichts merken.

Aber natürlich merkte er doch was. »Wann hast du Whitney gesehen?«, fragte er.

»Bei uns an der Schule war gestern Ehemaligentreffen. Er war auch da.«

Es trat das ein, was man wohl nur als gespannte Stille bezeichnen kann.

»Du hast mit ihm geschlafen, stimmt's?«, sagte Lyle.

Hätte ich lügen sollen? Von selbst hätte ich das nicht angesprochen, niemals. Elliott würde vielleicht sagen, dass schon der Hinweis auf Whitney ein Freudscher Versprecher war – dass sich ein Teil von mir schuldig fühlte und es Lyle sagen wollte. Ich weiß es nicht. Jedenfalls konnte ich irgendwie nicht lügen, als Lyle mich direkt ansah. »Ja«, sagte ich leise.

Sein Gesicht machte mir Angst. Es war dem von vorhin ganz ähnlich, nur dass es noch viel ärgerlicher war. »Verdammt, Jo! Warum machst du so was?«

»Ich mach nicht *so was*«, platzte ich hervor. »Ich habe es nur dies eine Mal getan.«

»Bedeutet dir unsere Beziehung so wenig? Du siehst irgendeinen alten Freund, und drei Sekunden später springst du mit ihm ins Bett?«

»Lyle, ich gebe zu, dass es blöd war, okay?«

»Nein, *nicht* okay. Was ist passiert? Warst du vor Leidenschaft hin und weg und hast seinem flehentlichen Bitten nicht widerstehen können?«

Ich schüttelte den Kopf. »Ich glaube, ich wollte mir was beweisen.«

»Was?«

»Ich weiß es nicht. Hör mal, vielleicht war es gemein – dir gegenüber. Aber ich glaube, ich hab es eher gemacht, weil ich ihm zeigen wollte, äh, wie sehr ich mich verändert habe, oder so was Ähnliches. Ich sage nicht, dass das irgendwas rechtfertigt.«

Lyle schüttelte den Kopf. »Nun, tut mir Leid, anscheinend bin ich immer noch kein lockerer, liberaler New Yorker, aber ich finde das absolut unverzeihlich.« Ich ließ traurig den Kopf hängen, und er fuhr fort: »Dir schießt die Idee durch den Kopf, und schon führst du sie aus. So einfach ist das.«

»Lyle, so war das nicht, das hab ich doch schon gesagt!« Plötzlich war ich sauer. Ich war es leid, mich für alles, was ich tat und was ich sagte, zu rechtfertigen. »Deine ganze moralistische Familie macht mich krank!«, schrie ich. »Wer hat euch eigentlich zu Richtern über die Menschheit bestimmt?«

Sein Blick war kühl. »Möchtest du, dass ich dich nach Hause bringe?«

»Ich will nach Hause. Du brauchst mich nicht nach Hause zu bringen.« Ich zog mich an. Lyle zog sich ebenfalls an.

»Ich bringe dich nach Hause«, verkündete er.

»Du bringst mich *nicht* nach Hause. Ich kann prima allein nach Hause fahren.«

»Nimmst du ein Taxi?«

»Nein! Ich nehme wie immer die U-Bahn.«

»Du fährst um elf Uhr nachts nicht allein mit der U-Bahn, Jo. Das ist gefährlich.«

»Lyle, ich habe den öffentlichen Nahverkehr in New York schon benutzt, bevor du jemals eine U-Bahn gesehen hast, und ich kann mir ganz allein helfen.«

»Das lass ich nicht zu.«

»Du willst …«

»Ich komm mit.«
»Das geht nicht. Du kannst Kitty nicht allein lassen.«
»Dann nehme ich sie mit.« Damit marschierte er ins Schlafzimmer, nahm das schlafende Baby und machte sich mit mir auf den Weg.
Kitty ist wirklich erstaunlich ausgeglichen. Sie wachte auf, doch während der gesamten Fahrt in der U-Bahn, während Lyle und ich die Reklame anstarrten, gurrte und grinste sie munter, als ob ihr nichts Aufregenderes und Interessanteres passieren konnte, als mitten in der Nacht wach zu werden. Wir müssen ein seltsames Dreiergespann gewesen sein, zwei wütende Teenager und ein ausgesprochen glückliches Baby.
An meiner Haustür sagte ich trocken: »Ich glaube, ich kann allein mit dem Fahrstuhl nach oben fahren.«
Lyle warf mir einen langen, forschenden Blick zu und schob die Karre hinaus in die Nacht.

Neunzehn

Die nächsten beiden Wochen waren schlimm. Die Anspannung, welches College mich nehmen würde, war vorüber, der Unterricht in der Schule war nicht mehr sonderlich wichtig; es gab nichts, was mich von der Sache mit Lyle ablenken konnte. Das machte es wohl besonders schlimm. Jedenfalls musste ich fast Tag und Nacht an ihn denken. Mama und Elliott waren wirklich lieb. Eines Abends nahmen sie mich mit in ein Restaurant zum Essen, und vor allem Elliott machte alle möglichen Mätzchen, um mich aufzuheitern, indem er lustige und nicht so lustige Witze erzählte. Und sie nahmen mich nicht ins Kreuzverhör, um herauszufinden, was passiert war.

Eines Abends fing ich an zu weinen. Ich war allein in meinem Zimmer und machte meine Tür richtig fest zu, damit mich keiner hören konnte. Als ich später zum Abendessen kam, hatte ich immer noch rote Augen. Nach dem Essen schaute Mama ein bisschen unschlüssig in mein Zimmer. »Jo?«

»Hmm.«

»Du hast nicht zufällig Lust, drüber zu reden, oder?«

Ich seufzte. »Ich weiß nicht.« Aber dann berichtete ich ihr ohne irgendwelche Ausschweifungen, was passiert war.

Sie saß auf dem Fußboden und sah mich mit ihren dunklen Augen an. »Oh, Jo, wie dumm und grausam von dir. Warum hast du es ihm erzählt?«

»Hätte ich lügen sollen?«

»Warum nicht? Lyle ist so sensibel und verletzlich. Es muss ihn furchtbar getroffen haben.«
Ich wurde wütend, weil sie sofort mit ihm sympathisierte.
»Und was ist damit, wie es mir geht?«
»Schatz, offensichtlich musst du noch ein paar Dinge lernen. Dazu gehört, dass die Wahrheit an sich keinen Wert hat. Wirklich null. Du musst an die Gefühle der Menschen denken! Das ist das, was zählt.«
»Warum interessierte es ihn nicht, warum ich es getan habe? Stattdessen zählt für ihn nur, *dass* ich es getan habe.«
»Weil die Menschen nicht sehr rational sind, wenn es um so etwas geht. Gerade Männern muss man da einiges nachsehen.«
»Echt?«
»Natürlich, sie sind so schrecklich eitel oder unsicher, such's dir aus.«
»Hast du nicht immer gesagt, es wäre peinlich, dass die Frauen ihre ganze Zeit damit verbringen, das männliche Ego zu hätscheln?«
Mama lächelte. »Stimmt.« Sie sah mich an. »Hast du schon daran gedacht, ihn anzurufen, um dich zu entschuldigen?«
»Mich entschuldigen? Wofür?«
»Oder vielleicht würde ein Brief … weißt du, manchmal platzt man in der Hitze des Augenblicks mit Dingen heraus, die ganz schön grausam sein können. Aber in einem Brief …«
»Soll er mir doch einen Brief schreiben.«
»Okay, vielleicht wird er das tun. Mein Gott, Jo, bist du stur. Du wirst lernen müssen, auch mal nachzugeben.«
Ich seufzte. »Gut. Lassen wir das Thema fallen, okay?«
Ich bedauerte, überhaupt mit ihr darüber gesprochen zu haben.

Mein Selbstmitleid wegen der Trennung von Lyle machte mich blind für alles um mich herum. Sonst hätte mir in der folgenden Woche auffallen müssen, dass sie selber völlig danebenhing. Am Freitag immerhin fiel mir dann doch auf, dass Elliott seit Sonntag nicht zum Abendessen nach Hause gekommen war.

Während des Essens fragte Eric plötzlich: »He, Mama, wo ist Elliott? Warum ist er nicht da?«

Mama war in der Küche. »Er ist halt eben nicht da!«, bellte sie.

Eric und ich sahen uns an.

»Er holt morgen früh seine Sachen ab«, sagte sie und kam immer noch nicht ins Esszimmer zurück, »wenn ihr das genau wissen wollt.«

»Okay«, sagte Eric eher gleichmütig. »Ich war nur neugierig.«

Trennungen schienen die Krankheit des Monats zu sein. Es hatte aber keinen Sinn, Mama auf ihre Situation anzusprechen, es sei denn man hätte Lust, bei lebendigem Leib durch den Fleischwolf gedreht zu werden. Also hielt ich den Mund.

Am Samstagmorgen kam Elliott, um seine Sachen abzuholen. Er wirkte munter, aber war auch etwas nervös. »Hallo, Jo«, sagte er.

Ich wusste nicht recht, was ich sagen sollte. Ich hätte schon gern gewusst, was passiert war. Man sollte meinen, dass sich Erwachsene nicht wegen so blöder Dinge streiten wie Teenager, aber ich habe da manchmal meine Zweifel. »Nimmst du auch deinen Wok mit?«

»Deine Küchenteile sind alle in einer Kiste«, verkündete Mama kühl aus der Küche.

»Danke«, sagte Elliott. Er sah Mama etwas beklommen an,

schien etwas sagen zu wollen, wusste aber offensichtlich nicht, wie anzufangen. Schließlich fragte er: »Beth, könnte ich ein Wort mit dir reden? Unter vier Augen?«

Ich wollte gerade verschwinden, da sagte Mama: »Jo, komm zurück! Ich will kein Gerede hinter verschlossenen Türen.« Dann wandte sie sich an Elliot: »Was ist? Was hast du noch zu sagen?«

Er war vollkommen verdutzt. »Nichts«, sagte er leise. Er richtete sich auf und verließ die Wohnung. Als er schon im Fahrstuhl war, fiel mein Blick auf den Fußboden, und ich sah, dass er seine Kiste aus der Küche nicht mitgenommen hatte.

»Mama, er hat einen Teil von seinem Zeug vergessen, seinen Wok und all das.«

»Ach, zum Teufel mit seinem Scheißwok!«, sagte Mama.

»Ich kann ihm die Sachen runterbringen.«

Sie verschwand, also fuhr ich mit dem Fahrstuhl nach unten. Elliott verstaute gerade alles in seinem Auto, das vor unserem Haus in der zweiten Reihe geparkt war.

»Hier sind deine Küchensachen«, sagte ich.

Er blickte überrascht auf. »Oh, danke, Jody«, sagte er mit ruhiger, gedrückter Stimme. Er nahm die Kiste und verstaute sie hinten ins Auto. »Sag mal«, fragte er ein bisschen verlegen, »hat, hm, Beth irgendwas darüber gesagt – äh, wie das alles gekommen ist?«

Ich schüttelte den Kopf. Ich hatte Angst davor gehabt, sie danach zu fragen; ich war doch nicht lebensmüde. Aber ich wollte ihm das nicht sagen; es wäre Mama gegenüber nicht nett gewesen.

»Ich habe das Gefühl, dass sie – na ja, dass sie ein bisschen überreagiert hat, wegen etwas …«

»Ja, dazu neigt sie manchmal«, sagte ich und lächelte.

Er versuchte auch zu lächeln, aber es glückte ihm nicht so ganz. »Ich dachte nur – na, ich dachte, ich gebe dir mal meine Telefonnummer. Ich bin in einem Hotel in der East 69th Street und werde da bleiben, bis ich mich wieder gefangen habe. Also, wenn … wenn sie mich aus irgendeinem Grund kontaktieren will, dann kann sie es tun.« Er nahm einen Kuli und schrieb die Nummer auf einen Zettel.

Ich wollte ihm wirklich gerne etwas Aufmunterndes sagen, aber alles, was mir einfiel, war: »Ich gebe sie ihr …, vielleicht, wenn sie bessere Laune hat.«

»Danke … Also, es war schön mit dir gewesen, Jody. Ich wünschte, wir hätten mehr Zeit gehabt, uns zu unterhalten. Ich wollte die ganze Zeit, dass du meinen Sohn William kennen lernst. Ihr würdet zusammenpassen, aber … ich nehme an, für so was brauchst du mich gar nicht. Du kannst auf dich selbst aufpassen.«

Ich zuckte die Achseln. »Na, hoffentlich.«

»Lass es dir gut gehn auf dem College.«

»Danke. Ich werd's versuchen.«

Er stieg ins Auto, setzte die Sonnenbrille auf und fuhr davon.

Er hatte Recht. Ich hatte nicht das Gefühl, dass wir uns wirklich kennen gelernt hatten, aber was ich von ihm wusste, gefiel mir inzwischen. Ich meine, seine Theorien fand ich zum Teil immer noch ein bisschen abgedreht, aber vielleicht ging ihm das mit meinen Theorien auch so.

Eine Woche lang hielt ich es durch, Elliot nicht zu erwähnen. Gegen Ende der Woche wandelte sich Mamas Stimmung; die bis dahin üblichen Brüllanfälle wichen einer gedämpfteren, eher stillen Phase. Eric wirkte vollkommen unberührt. Er sprang fröhlich durch die Wohnung, pfiff vor sich hin und war total gut gelaunt. Er geht neuerdings mit einem Mädchen, das er letzten Sommer kennen gelernt hat. Sie hatten beide bei Familien, die nah beieinander wohnten, als Haushaltshilfe gearbeitet und waren sich über den Weg gelaufen. Samstags verschwindet er immer gegen sieben und sieht für seine Verhältnisse ziemlich sauber und präsentabel aus. Ich hoffe, er nimmt sich meine guten Ratschläge zu Herzen und lügt nicht, um sie zu überreden, mit ihm ins Bett zu gehen.

Samstagabend waren Mama und ich allein in der Wohnung. Irgendwie schien uns das gleichzeitige Ende unserer Beziehungen nicht unbedingt einander näher zu bringen. Ich habe irgendwo gelesen, dass es meistens so ist. Mir ging es mittlerweile ein bisschen besser. Immer noch gab es Momente, in denen mich die Sache mit Lyle völlig fertig machte, aber es gab auch andere Tage. Da bemerkte ich, was für ein schöner Frühlingstag es war, dass die Sonne schien und dass es blöd wäre, nur an mein gebrochenes Herz zu denken.

Man sagt immer, Gegensätze ziehen sich an, und in Lyles und meinem Fall hatte das zweifellos gestimmt. In vielen wichtigen Dingen waren wir ganz gewiss reichlich unterschiedlich. In anderer Beziehung hatte ich den Eindruck, als wären wir ziemlich ähnlich, und ich kam nicht dahinter, ob wir es wegen unserer Gegensätzlichkeit oder wegen unserer Ähnlichkeiten so lange miteinander ausgehalten hatten.

Meine gute Laune hielt bis gegen zehn Uhr abends an. Mich packte eine meiner seltenen Aufräumstimmungen; ich ging meine ganzen Papiere durch, warf massenweise Zeug weg, sortierte sogar die Arbeiten an einen Platz und die Referate an einen anderen und so weiter. Die ganze Zeit war ich richtig stolz auf mich. Ich hätte am liebsten Mama geholt, um ihr alles zu zeigen, weil sie schon mehrmals im Laufe des Jahres eine Anstrengung dieser Art vorgeschlagen hatte. Aber sie

war nirgends zu entdecken. Gegen elf hatte ich genug geräumt, und ich ging ins Wohnzimmer, um mir einen Film im Fernsehen anzusehen. Es lief ein alter Hitchcock. Mir war danach, mich einfach mit einem Glas Limonade fallen zu lassen und mich in etwas zu versenken, das mich eine Zeit lang angenehm der Wirklichkeit enthob.
Der Fernseher war nicht da. Ich hatte keine Angst, dass er gestohlen worden war. Unser Fernseher steht auf einem kleinen Rolltisch, wer also im eigenen Zimmer fernsehen wollte, brauchte ihn nur durch die Wohnung zu rollen. Bei mir im Zimmer war der Empfang zu lausig, aber Eric holt ihn manchmal und Mama auch. Es galt aber die Regel, dass man ihn wieder zurückrollt, wenn man damit fertig ist, was beide meistens vergessen.
Ich schaute in Erics Zimmer, und als er nicht da war, wusste ich, dass der Kasten in Mamas Schlafzimmer sein musste. Die Tür war zu. Aber dann dachte ich mir »Zum Kuckuck« und klopfte an.
»Jo? Komm rein.«
Ich machte die Tür auf. Mama saß mit angezogenen Knien auf dem Bett und sah sich denselben Film an, den ich auch gucken wollte. Sie hatte ihre Brille auf, die sie nur trägt, wenn sie Filme anschaut und Dinge, die weit weg sind
»Den wollte ich mir gerade anschauen«, gestand ich, »aber wenn du lieber alleine sein willst ...«
»Mm-mm. Komm, setz dich zu mir.« Mama sah hübsch aus. Ihr Haar war offen, und sie trug ein Nachthemd, das mir wirklich sehr gut gefällt. Es ist knallpink mit orange- und lilafarbenen Blumen drauf. Ich glaube, Elliott hat es ihr zu Weihnachten geschenkt. Ich glaube, wenn ich mal Nachthemden tragen sollte, dann möchte ich diese Art haben und nicht diese aufreizenden Dinger mit schwarzer Spitze, in de-

nen man aussieht wie auf dem Umschlag eines Schauerromans.

Wir sahen uns den Film gemeinsam an. Ich war froh, Gesellschaft zu haben. Ich habe noch nie gern allein im Wohnzimmer gesessen und ferngesehen. Als der Film zu Ende war, stand Mama auf und schaltete den Fernseher aus. Dann legte sie sich zurück auf ihr Kissen und gähnte. Es war nach eins.

»O Gott o Gott«, sagte sie. Sie lächelte mich an. »Hier sind wir also.«

»Mama, was ich noch sagen wollte … Elliott hat mir seine Telefonnummer dagelassen. Er wohnt in einem Hotel, sagt er, und wenn du … na, ich dachte halt, du würdest es vielleicht gerne wissen.«

»Ich kann einfach nicht darüber hinwegkommen, dass er gelogen hat!«, sagte sie.

»Wo hat er gelogen?«

»Eine jämmerliche Lüge! Ich war auf dieser Party für einen Schriftsteller, den wir vertreten, und da tauchte seine Pam auf, diese angebliche Zimtzicke oder Butterhexe. Sie ist eine Bekannte von unserem Schriftsteller, und wir kamen ins Gespräch. Es stellte sich heraus, dass sie eine durch und durch liebenswerte, warmherzige und humorvolle Frau ist! Elliott hatte immer gesagt, dass sie mich in der Luft zerreißen würde, wenn sie mir begegnen würde, und dann passierte genau das Gegenteil. Sie hat sogar einen Freund, der total nett zu sein scheint. Und dieses ganze Gerede darüber, dass sie ihn finanziell ausnimmt. Ich meine, das ist doch einfach nicht nötig! Warum denkt er sich so einen Blödsinn aus?«

»Um dich für sich einzunehmen?«

»Das ist so dumm! Eine Beziehung auf einer Lüge aufzubauen ist das Schlimmste, was man machen kann. Aber weißt du, es liegt nicht nur an ihm. Ich falle auf all diese Geschich-

ten herein, weil ich es will! Weil ich diesen ganzen Mist geglaubt hab, wie: ›Hätschel ihre Egos, sie sind ja so sensibel, sie brechen zusammen, wenn du sie schief anguckst.‹ Lass so was bloß sein, Jo!«
Ich wusste nicht, ob ich sie an ihren genau entgegengesetzten Vorschlag von letzter Woche erinnern sollte. Vielleicht fiel ihr der Widerspruch selber auf, denn sie meinte: »Ich weiß, ich war mit meinen ständig wechselnden Männern ein lausiges Beispiel für dich, aber weißt du, es ist das alte Lied: Richte dich nach dem, was ich sage, nicht nach dem, was ich tu. Wie wär's mal mit Enthaltsamkeit? Ständig von einem Mann zum nächsten – wer braucht das eigentlich? Wer hat das überhaupt alles nötig?«
»Stimmt«, antwortete ich.

Zwanzig

Am nächsten Freitag gab Onkel Howard eine Party. Mama sagte, sie wolle hingehen und ich könnte mitkommen, wenn ich wollte. Ich sagte zu.

Onkel Howard ist Professor für Kunstgeschichte an der Columbia University – ich glaube sogar, dass er Philip schon vom College her kennt, und vielleicht haben sich Mama und Philip durch ihn kennen gelernt. Er ist ein paar Jahre jünger als Mama, kommt mir aber vor allem in letzter Zeit deutlich älter vor. Sein Haar ist schon fast ganz grau. Er ist ungefähr so groß wie Mama, ziemlich dünn. Er hat Sinn für gute Kleidung, nicht übertrieben schick, aber er wirkt, als würde er sich morgens überlegen, was heute zu ihm paßt. Das unterscheidet ihn von den meisten andern aus meiner Familie. Er lebt allein in einer nicht allzu großen Wohnung, die, anders als Philips Wohnung, sehr sonnig und hell ist, mit eleganten Kunststoffmöbeln und Perserteppichen und einem großen geschnitzten Indianer in der Diele.

Als wir klein waren, hat Howard Eric und mich kaum beachtet. Er behauptet, dass Kinder unter zwölf, unabhängig von ihrem Charakter, kleine Biester sind, mit denen man sich besser nicht abgibt. Als wir aber zwölf wurden, verfiel er fast ins andere Extrem und nahm uns dauernd mit in Museen und sogar übers Wochenende nach Boston. Es kann sein, dass er solche Sachen etwas häufiger mit Eric machte als mit mir, aber ich war auch oft mit dabei. Ich mag ihn, abgesehen von der Tatsache, dass sein Sarkasmus einem, wenn man gerade

in verletzbarer Stimmung ist, ein bisschen wehtut. Aber auf Partys ist er meistens total freundlich und läuft ständig rum, spricht mit jedem und achtet drauf, ob es einem gut geht und ob man genug zu trinken hat. Ich weiß das, denn seit wir sechzehn sind, werden wir immer mit eingeladen, und wir gehen zwar nicht immer hin, aber manchmal eben schon.
Ich hatte mich sorgfältig zurechtgemacht, weil ich darauf achten muss, dass ich das richtige Maß finde, wenn ich mit Mama ausgehe. Trage ich etwas, was – ihrer Meinung nach – zu kurz oder eng ist, dann schimpft sie, es sei zu provokativ, und wenn ich etwas trage, das alt und bequem ist, dann meint sie, ich sähe schlampig aus. Deshalb zog ich die hellgrüne Seidenbluse an, die sie mir zu meinem siebzehnten Geburtstag geschenkt hat, und eine grüne Hose. Die Bluse ist nicht wirklich durchsichtig, weil viele Blumen draufgedruckt sind. Und da ich sie von Mama bekommen habe, dürfte es eigentlich keine Probleme geben.
Ich kam mir auf der Party etwas verloren vor. Ich nehme an, das lag an meiner Stimmung. Ich war nicht sehr fröhlich oder aufgekratzt, sondern eher missgelaunt: Ich setzte mich in eine Ecke und fing an, an den Saiten einer herumliegenden Gitarre zu zupfen.
Ein Mann mit einem schwarzen Bart sagte: »Ich spiele Banjo.«
»Oh.« Ich sah auf.
»Sind Sie Howards Nichte?«
Ich nickte. »Woran erkennen Sie das?«
»Na ja, er hat gesagt, dass seine Nichte kommen würde, und Sie sind die Einzige, die jung genug aussieht, um seine Nichte zu sein.«
»Ich bin achtzehn«, sagte ich und richtete mich kerzengerade auf.

Er fing an, mir irgendwas zu erzählen, und ich hörte zu, aber gleichzeitig beobachtete ich Mama am anderen Ende des Zimmers. Sie stand in einer Ecke, einen Drink in der Hand, und sah zu einem Mann hoch. Mama hatte sich letzte Woche plötzlich die Haare schneiden lassen. Es ist nun ungefähr schulterlang, vielleicht ein bisschen kürzer, und sie trägt es in der Mitte gescheitelt. Jahrelang hatte sie eine andere Frisur, und ich kann mich nicht recht daran gewöhnen, aber alle finden es toll. Sie unterhielt sich mit dem Mann, aber wenn sie zu reden aufhörte und nur noch zuhörte, bekam ihr Gesicht einen irgendwie abwesenden, traurigen Ausdruck, so als ob sie gar nicht wirklich zuhörte. Es tat mir Leid, diesen Ausdruck auf ihrem Gesicht zu sehen. Vielleicht wusste sie nicht einmal, dass er da war, und vielleicht hätte ich ihn auch gar nicht bemerkt, wenn sie nicht meine Mutter wäre.

»Hätten Sie vielleicht Lust, mit mir hier rauszuschleichen und irgendwo einen trinken zu gehen?«, fragte der Mann mit dem schwarzen Bart.

»Hm … ich bin mit meiner Mutter hier.«

»Ihrer Mutter?«

»Sie ist Onkel Howards Schwester. Keine Nichte ohne Schwester.«

»Wo ist sie?«

»Da drüben. In der Ecke. Die mit dem roten Kleid.«

»Sagen Sie ihr doch einfach, Sie sehen sie später wieder.«

»Okay.« Ich ging zu Mama und sagte, dass ich mit dem Mann mit dem schwarzen Bart einen trinken gehen würde.

Mama wirkte nicht allzu glücklich darüber. »Jo, es ist ziemlich spät. Es ist nach Mitternacht.«

»Ich werde mich nicht in einen Kürbis verwandeln.«

»Na, ich weiß nicht. Wer ist der Typ?«

»Er heißt Jim, glaube ich.«
Ich wusste, dass Mama dachte, ich würde mich verführen lassen – das denkt sie immer. »Hör zu, mir passiert schon nichts«, sagte ich.
»Ich weiß nicht.«
Auf einmal dachte ich: Warum mache ich das? Ich hatte gar keine große Lust dazu. Deshalb ging ich zu dem Mann zurück, der, wie sich herausstellte, Gerald hieß, und sagte: »Meine Mutter meint, es ist ein bisschen spät.«
Er machte ein spöttisches Gesicht: »Ach, wirklich?«
»Und ich bin ziemlich müde.«
»Aha.« Er sah mich weiter durchdringend an. »Na schön. Dann brauch ich nur noch Ihre Nummer.«
»Meine Nummer?«
»Ihre Telefonnummer.«

Mama und ich fuhren im Taxi nach Hause. »Wie war's denn?«, fragte sie.
»Ganz nett. Ich war nicht sehr gut drauf.«
»Ich auch nicht. Hör mal, Jo, es tut mir Leid, dass ich dir bei dem Mann reingeredet hab. Wenn du wirklich so was mitmachen willst, dann liegt es bei dir.«
»Ich hatte nicht vor, irgendwas *mitzumachen*«, sagte ich em pört. »Er wollte nur einen trinken gehen.«
»Genau. Ich glaub, was mich wirklich mitgenommen hat, waren diese beiden Männer, die über dich redeten. Du hast gerade Gitarre gespielt, und einer von ihnen sagte: ›Die ist ziemlich gut‹, und der andere sagte: ›Wahrscheinlich ist die in vielen Dingen gut.‹ Ich war so wütend! Ich wäre am liebsten rübergegangen und hätte gesagt: ›He, Moment mal, das ist mein kleines Mädchen, über das ihr da so redet.‹«
Ich lachte.

»Ich muss mich selbst immer wieder dran erinnern, dass diese Zeit vorüber ist. Danke trotzdem, dass du mit mir gekommen bist, Jo. Es wäre ziemlich langweilig gewesen, wenn ich allein gegangen wäre.«

»Es hat Spaß gemacht«, sagte ich. Ich war echt froh, dass ich nicht noch auf einen Drink mit Schwarzbart gegangen war. Da ich zu den blödsten Sachen fähig zu sein scheine, war das vielleicht besser so.

Als wir nach Hause kamen, zog ich sofort den Schlafanzug an und ging ins Bett. Obwohl es schon so spät war, konnte ich nicht einschlafen. Ich dachte, dass ich vielleicht sexuell aufgekratzt war, und begann zu masturbieren, aber das brachte nichts. Manchmal habe ich das Gefühl, dass man zu viel Aufhebens um die wohltätige Wirkung des Masturbierens macht. Ich meine, ich finde es gut, dass es die Möglichkeit gibt, aber hinterher bin ich immer irgendwie deprimiert. Vielleicht liegt das an irgendwelchen Schuldgefühlen. Ich weiß nicht. Vielleicht hab ich nicht genug Phantasie. Ich meine, kann sein, wenn ich mir dabei vorstellen könnte, ich wäre mit jemandem zusammen, dass es dann echt gut wäre. Ich weiß aber immer, dass ich ganz allein und einsam daliege. Gegen halb drei stand ich schließlich auf und trank ein Glas Milch und aß ein paar Grahamcracker mit Honig, mein Lieblingsessen für mitten in der Nacht. Plötzlich überkam mich eine irrsinnige Lust, mit Lyle zu reden. Zum Glück gibt es in Renees und Wesleys Wohnung nur ein Telefon, und das steht im Wohnzimmer. Ich wusste also, dass ich sie nicht aufwecken würde, wenn ich anriefe. Wenn sich das Telefon in ihrem Schlafzimmer befände, hätte ich nie daran gedacht, ihn anzurufen. Ich nahm den Hörer ab und legte dann wieder auf: Ich ging ins Bett, stand aber schon ein paar Minuten später nochmals auf, ging zurück in die Küche und wählte.

Das Telefon klingelte viermal, bevor jemand ranging. Ganz langsam und verschlafen fragte Lyles Stimme: »Hallo?«
»Hallo, ich bin's.«
»Jo? Warum rufst du so spät an? Es ist mitten in der Nacht.«
»Ja, ich weiß. Es tut mir Leid. Ich habe dich bestimmt geweckt.«
»Ja, ich ... hier, warte eine Sekunde, ich hol mir das Telefon mal eben ans Bett. Ist was passiert?«
»Wie meinst du das?«
»Nee, ich wundere mich nur, warum du anrufst.«
»Ich hab keinen besonderen Grund.«
»Ah ... Wie geht's dir so?«
»Okay ... Und dir?«
»Ganz gut.«
»Hör zu, Lyle, es tut mir Leid. Ich bin erst spät von einer Party nach Hause gekommen und ich – ach, es tut mir Leid, dass ich dich geweckt hab.«
»Das macht nichts ... Was machst du denn so, Jo?«
»Nichts Besonderes ... Ich büße für meine Sünden.«
Ich wünschte, ich hätte Lyles Gesicht sehen können, um zu sehen, ob er lächelt oder ob er gerade diesen grimmigen, ärgerlichen Blick hat wie bei unserem Streit. Doch dann folgte ein langes Schweigen. Es begann mich schier zu überwältigen, wie dumm es gewesen war, ihn anzurufen. »Nun, danke für deinen Anruf«, sagte er sehr förmlich.
»Bitte sehr«, sagte ich.
Als ich wieder ins Bett ging, war mir noch zehnmal elender zu Mute als vorher. Mama hatte Recht – wenn ich ihm doch nur einen Brief geschrieben hätte, aber ihn mitten in der Nacht aufzuwecken! Wozu sollte das gut sein?
Es dauerte bis drei Uhr, bevor ich endlich einschlief, aber

dann schlief ich vollkommen traumlos wie ein Stein, als wäre ich in ein tiefes, schwarzes Loch gefallen. Das war gut. Selbst der schönste Traum wäre mir zu viel gewesen.

Einundzwanzig

Am anderen Morgen bekam ich einen der größten Schrecken aller Zeiten. Ich stand gegen elf auf, gähnte und stolperte in die Küche und rechnete damit, Mama oder Eric oder beide dort vorzufinden. Stattdessen stand Elliott am Herd und machte arme Ritter. Und im Esszimmer saßen Mama, Eric und seine Freundin Fiona Lobsenz, die ich schon einmal kurz gesehen hatte, um den Tisch.

Ich sah etwas erschlagen in die Runde. Ich fühlte mich ein bisschen wie Rip Van Winkle, als ob ich zehn Jahre oder länger geschlafen hätte oder als ob die Zeit verrückt spielte und sich während der Nacht ein paar Wochen zurückgedreht hätte. »Ah … hallo«, sagte ich zu Elliott.

»Reichen dir zwei Scheiben, Jody?«, fragte Elliott seelenruhig. »Ich kann noch eine in die Pfanne werfen, wenn du mehr Hunger hast.«

»Nein, zwei reichen dicke.« Ich stand regungslos da und sah ihn an. »Wann bist du, hm … zurückgekommen?«

»Oh, ich bin mitten in der Nacht durchs Schlüsselloch geschlüpft«, antwortete er und lächelte verschmitzt.

Ich folgte ihm ins Esszimmer. »Die armen Ritter schmecken echt prima, Mr. Epstein«, sagte Fiona gerade. Sie war ein kleines, ganz zierliches Mädchen, kaum einsfünfzig, mit rötlich braunen Locken und Sommersprossen und großen, blauen Augen. Jedes Mal, wenn Eric etwas sagte, sah sie ihn an, als hätte er gerade die Erde und den Mond erschaffen. Vermutlich wäre das unter jeden Umständen schwer auszuhalten gewesen, aber in diesem Moment fand ich es absolut unerträglich.

Offensichtlich wollte Elliott Fiona in dem Glauben lassen, dass er Epstein heißt. In Wirklichkeit heißt er mit Nachnamen Jarco.

»Ich nehme an, dass Eric seinen Spaß am Kochen von Ihnen hat«, sagte Fiona zu Elliott.

Mama und ich sahen uns an, denn es war das erste Mal, dass sie oder ich davon hörten, dass Eric gern kochte. Normalerweise muss man ihm fast ein Gewehr an die Schläfe halten, damit er etwas anderes macht als Spagetti.

»Es entspannt nach einem langen Arbeitstag«, antwortete Elliott und ließ auch diese Illusion unangetastet.

»Ich wünschte, das sähe mein Vater auch so«, sagte Fiona. »Er ist Chemiker und behauptet, das Kochen wäre dem zu ähnlich, was er den ganzen Tag macht, weil er da ständig Sachen von einem Reagenzglas ins andere schüttet.«

»Alles nur Ausreden«, sagte Mama, machte aber eine fröhliche Miene dazu. »Hast du gut geschlafen, Jo?«

»Ja, ziemlich gut.«

»Schade, dass Fiona und ich die Party verpasst haben«, sagte Eric. »Wir wollten hin, aber es ist irgendwie zu spät geworden.«

»So toll war es auch nicht«, sagte ich.

Elliott brachte meine armen Ritter und setzte sich mir genau gegenüber. Mir war irgendwie ganz schwummrig, so, als hätte man mir über Nacht das Gehirn rausoperiert und als gäbe es eine absolut plausible Erklärung für das, was ich vor mir sah, die alle kannten, außer mir. Alle lächelten. Alle schienen bester Laune zu sein. Jedes Mal, wenn jemand einen Scherz machte, kugelten sich alle vor Lachen, auch wenn er eher blöde war. Okay, zugegeben, ich fühlte mich ausgeschlossen. Es war, als müsste ich zusehen, wie sich die letzten vier Tiere paarweise zusammentaten und bei den ersten Regentropfen in die Arche verschwanden.

Nach dem Frühstück ging ich in mein Zimmer und versuchte, mich wieder zu sortieren. Mama steckte den Kopf zur Tür herein und sagte: »Schatz, Elliott und ich sind mit dem Rad unterwegs. Bis später.«

Ich sah sie an. »Du hast gerade einen neuen Weltrekord für Enthaltsamkeit aufgestellt ... zwölf Tage.«

»Jo, sei nicht so neunmalklug. Bis später, ja?«

Nachdem Mama und Elliott gegangen waren, streifte ich in der Wohnung umher. Erics Tür war geschlossen, aber es war klar, dass sie drinnen waren. Ich beschloss, Philip zu besuchen. Seinem Anrufbeantworter zufolge war er vor einer Woche zurückgekommen. Um ganz sicher zu sein, rief ich an, und er sagte: »Klar. Komm vorbei, Jo.«

Ich ging zu Fuß den Riverside Drive hinauf bis zu Philips Haus. Es war ein herrlicher Tag, sonnig, mit blauem Himmel und allem, was man sich wünschen konnte. Ich stellte mir vor, wie Mama und Elliott munter durch den Park radelten, und bereute die dumme Bemerkung, die ich zum Abschied gemacht hatte.

»Philip, bei uns zu Hause geht irgendwas ganz Sonderbares vor«, sagte ich, als er mich in seine Wohnung führte.

»Was denn?«, fragte er. Dann sagte er: »Jo, ich glaube, du hast Marya schon einmal getroffen, oder?«

Ich blickte auf. Vor dem Schachbrett, das aufgeklappt auf dem Couchtisch stand, hockte eine Frau auf dem Boden, die ich gesehen hatte, als ich mit Philip in der Fotoausstellung war. Sie starrte konzentriert auf das Schachbrett und sagte, ohne hochzusehen: »Hallo, Jody.«

»Äh ... hallo.« Ich starrte sie an. Ich war wie vom Donner

gerührt. Ich erinnere mich, dass Elliott einmal gesagt hatte, manche Leute würden deshalb paranoid, weil das Leben sich manchmal gegen sie zu verschwören scheint, indem eine Reihe von Dingen passieren, die ihnen, obwohl sie sich zufällig ereignen, das Gefühl geben, dass einfach zu viel gegen sie ist. Normalerweise kann man zu jemandem sagen: »Ach, das ist nur in deiner Fantasie«, aber manchmal gibt es eine Reihe von Katastrophen hintereinander, die sich kaum noch erklären lassen. Philip mit einer Frau! Warum hätte das nicht, wenn es denn schon passieren muss, ein Jahr früher kommen können? Oder, besser noch, überhaupt nicht? Und das Schlimmste war, dass ich direkt auf den ersten Blick sehen konnte, dass Marya Berger gerade die Richtige für Philip war. Sie trug eine Oshkosh-Latzhose und ein Männerhemd, war barfuß, hatte zotteliges blondes Haar und ein irgendwie seltsames, aber anziehendes Gesicht. Gerade die Art von Frau, die jemandem wie Philip auffallen muss, ein bisschen introvertiert, ein bisschen abgedreht. Und nach der Art zu urteilen, wie sie auf das Schachbrett starrte, nahm ich an, dass sie eine sehr gute Schachspielerin war, die sich nicht so leicht ablenken ließ.

»Macht es dir was aus, wenn wir zu Ende spielen?«, fragte Philip. »Ich glaube, Marya ist gerade dabei, mich vom Brett zu fegen.«

Sie lächelte nur still vor sich hin, aber ich konnte sehen, dass das Spiel ziemlich schnell aus sein würde, wenn Philip nicht sofort etwas unternahm.

Ich saß da und schaute die beiden an. Philip sah genauso aus wie immer, sein Haar war ein bisschen strähnig, seine Klamotten verknittert. Trotzdem kam ich ins Grübeln. Mr. Meleo hat im Sexualkundeunterricht einmal gesagt, dass hinter jeder Beziehung eine Vorstellung stecke, die sich die

Person von dieser Beziehung mache. Diese Vorstellungen können sehr unterschiedlich sein, sogar widersprüchlich, aber sie bestimmen, wie Leute aufeinander reagieren. Ich glaubte immer noch nicht, dass Mama recht damit gehabt hatte, dass zwischen Philip und mir eine sexuelle Spannung herrschte, auch nicht unterschwellig. Aber, mein Gott, ich hätte Marya Berger vor Eifersucht fast ins Gesicht springen können. Ich glaube, dass meine Vorstellung von meiner Beziehung mit Philip nichts mit dem Wunsch zu tun hatte, je mit ihm zu schlafen, sondern eher mit der Vorstellung, dass ich für ihn immer die Erste sein würde, die vor allen Bevorzugte. Vielleicht lag das daran, dass er nach seiner Trennung von Mama mit mir befreundet blieb und nicht mit ihr, sodass ich dachte, das würde endlos so weitergehen. Ich gebe zu, das war nicht sehr fair, weil zu der Vorstellung gehörte, dass ich Beziehungen hatte und so, während Philip einfach dableiben sollte, als jemand, mit dem ich reden konnte und zu dem ich immer kommen konnte, wenn ich in Not war.

Und nun gab es eine Marya Berger, die es sich hier offensichtlich wohl sein ließ, und Philip sah sie liebevoll an. Es fühlte sich an wie ein Schlag unter die Gürtellinie.

»Was ist denn zu Hause so sonderbar?«, fragte Philip, als sie zu Ende gespielt hatten.

»Ich weiß es nicht. Ich kann Mama nicht richtig verstehen. Vor zwei Wochen hatten sie und Elliott diesen Riesenkrach, und danach meinte sie, sie hätte sich von nun an für Enthaltsamkeit entschieden, und heute Morgen steht er plötzlich wieder in unserer Küche und macht arme Ritter zum Frühstück!«

Philip lachte. »Nun, Menschen neigen eben dazu, ihre Probleme auch wieder zu lösen.«

»Warum muss sie denn so heucheln?«, rief ich. »Sie sollte nach dem handeln, was sie sagt.«
»Jo, sei nicht so moralistisch.«
Ich wurde rot. »Nein, es ist genauso wie neulich mit mir und dem College. Ständig läuft sie rum und behauptet, an irgendetwas zu glauben, und dann dreht sie sich um und macht etwas völlig anderes.«
Marya fragte: »Magst du Elliott nicht? Ist das das Problem?«
»Nein, das ist es nicht. Ich mag ihn echt.«
Sie sahen mich mit diesem mitleidigen Sie-wird-auch-noch-erwachsen-Blick an. »Wie geht es Lyle?«, erkundigte sich Philip.
Ich schluckte. »Hm … gut.«
Ich wusste, dass Philip meiner Stimme anmerkte, dass etwas passiert sein musste, denn er wechselte rasch aber unauffällig das Thema.
Ich spielte ein paar Runden Schach mit Marya, während sich Philip ins Arbeitszimmer verzog, um ein bisschen zu arbeiten. Sie war viel besser als ich. Ich habe zwar in letzter Zeit nicht oft gespielt, aber ich hatte das Gefühl, dass sie auch dann besser gewesen wäre. Nach dem dritten Spiel sagte sie: »Gott, ich muss los! Ich soll um fünf in der Stadt sein.«
Sie und Philip fragten mich, ob ich Lust hätte, mit in die Stadt zu kommen, aber ich lehnte ab. Ich beschloss, mich auf den Heimweg zu machen.
Zu Hause war niemand. In der Wohnung war es totenstill. Ich wollte gerade in mein Zimmer gehen, als ich einen Zettel mit Erics Handschrift sah. Darauf stand: *du sollst Lyle auf dem Platz treffen.*
Die Nachricht sagte nichts darüber, auf welchem Platz – dem an der 120th Street Ecke Riverside Drive oder dem Ecke 93rd

Street und Central Park West. Und sie sagte auch nicht, wann ich ihn dort treffen sollte. Sie sagte nicht einmal, wann er angerufen hatte. Wenn ich Mama so eine Nachricht hinterlasse, geht sie an die Decke, aber da Eric nicht zu Hause war, konnte ich gar nichts machen.

Ich zog meine Tennissachen an und nahm den Bus den Riverside Drive hinauf. Als ich ankam, sah ich Lyle. Er spielte mit drei anderen Männern ein Doppel. Zwei von ihnen hatte ich schon mal gesehen, den anderen kannte ich nicht. Ich kann Lyle immer leicht ausmachen, weil er nie weiß trägt; er trägt immer dasselbe ausgeblichene marineblaue Hemd und Kakishorts. Ich stieg still auf die Anhöhe neben den Plätzen und setzte mich so hin, dass ich ihm beim Spiel zusehen konnte.

Er sah mich nicht; er war zu sehr auf das Spiel konzentriert. Ich wurde gegen meinen Willen richtig aufgekratzt, und dann ärgerte ich mich über mich selber, weil ein kleiner Anruf von Lyle so eine Wirkung auf mich hatte. Es ist schon komisch mit Paaren. Anscheinend hat man selbst, wenn man älter wird, wie Mama, immer noch nicht ausgelernt. Man hofft einfach weiterhin das Beste. Dabei will ich gar nicht sagen, dass ich glaube, dass nur die Beziehungen etwas taugen, die ewig halten. Vielleicht ist ein solcher Wunsch ein bisschen zu romantisch. Aber ich würde schon gern zehn Jahre in die Zukunft sehen können, um zu wissen, ob Lyle dann noch wichtig für mich ist, ob er dann immer noch in meinem Leben ist oder nur jemand, an den ich dann und wann zurückdenke, weil er der Erste war. Nicht der Erste im üblichen Sinne, aber der Erste, den ich richtig geliebt habe.

Ich frage mich, was aus allem wird, wenn sich doch herausstellen sollte, dass es einen Himmel gibt und dass Gott, wie ich immer schon vermutet habe, eine Frau ist. Ich stelle mir vor, dass sie aussieht wie Golda Meir, untersetzt und runzlig und weise, mit freundlich durchdringenden Augen. Alle Frauen auf der Welt, die sich zu Lebzeiten für Feministinnen gehalten haben, werden sich in einer Reihe aufstellen und einzeln für jede Phase ihres Lebens rechtfertigen müssen, in der sie sich halt- und rettungslos verliebt haben. Ich hoffe, es stellt sich heraus, dass Gott eine Tennisspielerin ist. Wenn ich ihr von Lyle erzähle, könnte ich sagen: »Wenn Sie seine Rückhand gesehen hätten, würden Sie mich verstehen.«

Ich hoffe, das wird ihr einleuchten.